# Aru Shah
## Y EL FIN DEL TIEMPO

Primera edición: mayo de 2018

Título original: ARU SHAH AND THE END OF TIME © 2018 by Roshani Chokshi.
First publishised by Disney Hyperion. Translation rights arranged by Sandra Dijkstra Literary Agency and Sandra Bruna Agencia Literaria, SL
All rights reserved

© De esta edición: 2018, Editorial Hidra, S.L.
   http://www.editorialhidra.com
   red@editorialhidra.com

Síguenos en las redes sociales:

 @EdHidra 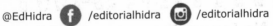 /editorialhidra   /editorialhidra

© De la traducción: Xavier Beltrán Palomino

BIC: YFH

ISBN: 978-84-17390-09-9
Depósito Legal: M-14174-2018

Impreso en España / *Printed in Spain*

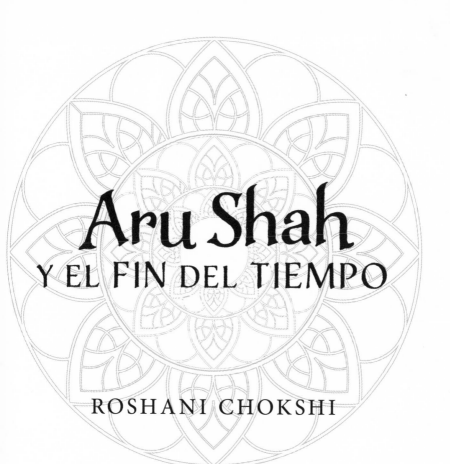

# Aru Shah
## Y EL FIN DEL TIEMPO

ROSHANI CHOKSHI

TRADUCCIÓN DE
XAVIER BELTRÁN

Editorial Hidra

*A mis hermanas:*
*Niv, Victoria, Bismah, Monica y Shraya.*
*Necesitamos nuestro propio himno, en serio.*

# Aru Shah está a punto de hacer que te explote la cabeza

¿Alguna vez has leído un libro y pensado: «Jo, ¡ojalá lo hubiera escrito yo!»?

Para mí, *Aru Shah y el fin del tiempo* es uno de esos libros. Tiene todo lo que me gusta: humor, acción, grandes personajes y, por supuesto, ¡mitología de la buena! Pero no es un libro que yo hubiera podido escribir. No cuento con la experiencia ni con los conocimientos para abordar el vasto e increíble mundo de la mitología hindú, y mucho menos para convertirlo en una lectura tan divertida y amena.

Por suerte para todos nosotros, Roshani Chokshi sí.

Si no estás familiarizado con la mitología hindú, ¡este libro te va a encantar! ¿Creías que Zeus, Ares y Apolo eran implacables? Espera a conocer a Hanuman y a Urvashi. ¿Creías que la Contracorriente era un arma genial? Echa un vistazo a este gran surtido de *astras* divinas: mazas, espadas, arcos y redes tejidas con relámpagos. Elige una. La vas a necesitar. ¿Creías que Medusa daba miedo? No tendría nada que hacer contra los *nagini* y los *raksasas*. Aru Shah, una chica inteligente e ingeniosa que estudia secundaria en Atlanta, está a punto de zambullirse en esta espiral de locura, y con su aventura alucinarás de lo lindo.

Si ya sabes un poco de mitología hindú, estás a punto de presenciar la reunión familiar más entretenida de la historia. Te vas a encontrar con gente a la que adorarás: dioses, demonios, monstruos, villanos y héroes. Vas a elevarte hasta los cielos y a descender hasta el inframundo. Y da igual cuántos mitos hindúes conozcas de antemano, te apuesto una bolsa de chucherías a que vas a aprender cosas nuevas.

¿Se nota lo emocionado que estoy por compartir este libro contigo? Sí, estoy bastante emocionado.

¿A qué estás esperando? Aru Shah te recibirá en el Museo de Arte y Cultura de la Antigua India, donde trabaja su madre. Han empezado las vacaciones de otoño y Aru está convencida de que será un día aburridillo.

Madre mía. ¡Qué equivocada está!

*Rick Riordan*

# UNO

## Cuando Aru se arrepiente de haber abierto la puerta

Lo malo de crecer rodeado de cosas peligrosísimas es que al final te acabas acostumbrando. Desde que tenía uso de razón, Aru siempre había vivido en el Museo de Arte y Cultura de la Antigua India. Y sabía de sobra que nadie podía tocar la lámpara que estaba al final de la Sala de los Dioses.

Aru hablaba de «la lámpara de la destrucción» igual que un pirata llamaría «viejo Ralph» como si tal cosa a un monstruo marino que hubiera amaestrado. Pero aunque la lámpara ya no le inquietaba, no la había encendido nunca. Eso iba contra las normas. Las normas que repasaba todos los sábados al hacer de guía para los visitantes de la tarde.

Quizá a mucha gente le desagradaría trabajar durante el fin de semana, pero para Aru nunca fue un trabajo.

Era más bien una ceremonia.

Un secreto.

Se ponía su chaleco rojo impoluto y se ataba los tres botoncitos con forma de abeja. Imitaba la voz de conservadora de museo de su madre y todo el mundo —y eso era lo mejor— estaba superatento. Nunca dejaban de mirarla fijamente. Sobre todo cuando les contaba lo de la lámpara maldita.

A veces pensaba que era la cosa más increíble de la que jamás hubiera hablado. Una lámpara maldita es un tema mucho más interesante que una visita al dentista, por ejemplo. Aunque habría quien diría que eso es también una maldición.

Aru llevaba tanto tiempo viviendo en el museo que aquel lugar ya no tenía secretos para ella. Creció leyendo y haciendo los deberes al lado del gigantesco elefante de piedra de la entrada. A menudo se quedaba dormida en el auditorio y se despertaba justo antes de que la grabación de la visita autoguiada dijera que la India se independizó de los ingleses en 1947. A veces hasta escondía chucherías en la boca de la estatua de un dragón marino de hace cuatrocientos años (al que llamaba Steve) en el ala oeste. Aru lo sabía todo de cada objeto del museo. De todos salvo uno...

La lámpara. Era un misterio.

—No es exactamente una lámpara —le dijo su madre, la célebre conservadora y arqueóloga K. P. Shah, la primera vez que se la enseñó a Aru—. Es lo que llamamos una *diya*.

Aru se recordaba a sí misma con la nariz pegada a la urna de cristal, contemplando aquella masa de barro. De todos los objetos malditos del mundo, aquel era con diferencia el más aburrido. Tenía la forma de un disco de *hockey* aplastado. En los bordes había unas pequeñas marcas, como mordisquitos. Y a pesar de ser de lo más normal, daba la impresión de que todas las estatuas de la Sala de los Dioses se alejaban de la lámpara para poner tierra de por medio entre ellos.

—¿Por qué no la podemos encender? —le había preguntado a su madre.

—A veces, la luz ilumina cosas que es mejor dejar a oscuras. —Ni siquiera la miró mientras se lo dijo—. Además, nunca sabes quién te está observando.

Bueno, pues Aru observaba. Se había pasado la vida entera observando.

Todos los días, al salir de clase, volvía a casa, colgaba la mochila en la trompa del elefante de piedra y se dirigía a la Sala de los Dioses.

Era la exposición más popular del museo y contaba con un centenar de estatuas de diferentes dioses hindúes. Su madre había cubierto las paredes con altos espejos para que los visitantes vieran los utensilios desde todos los ángulos. Los espejos eran *vintage* (palabra que Aru utilizó cuando intercambió con Burton Prater un centavo verdoso por dos dólares y medio Twix). Debido a los árboles de Júpiter y a los olmos altos al lado de las ventanas, la luz que se colaba en la Sala de los Dioses era siempre un poco tenue. Casi difuminada. Como si las estatuas llevaran coronas de luz.

Aru se quedaba en la entrada y recorría con la mirada sus estatuas favoritas: el dios Indra, el rey de los cielos, empuñaba un rayo; Krishna tocaba la flauta; Buda, sentado con la espalda recta y las piernas cruzadas, meditaba... Hasta que sus ojos se fijaban irremediablemente en la urna de cristal y en la *diya*.

Se quedaba allí varios minutos, esperando que pasara algo, algo interesante que pudiera contar al día siguiente al volver a clase o que hiciera ver a la gente que ella, Aru Shah, no era una estudiante más que holgazaneaba en secundaria, sino una persona extraordinaria...

Aru esperaba ver magia.

Y todos los días acababa decepcionada.


—Haced algo —susurró a las estatuas de los dioses. Era lunes por la mañana y todavía llevaba puesto el pijama—. Tenéis tiempo de sobra para hacer algo chulo, estoy en plenas vacaciones de otoño.

Las estatuas no hicieron nada.

Aru se encogió de hombros y miró por la ventana. Los árboles de Atlanta (Estados Unidos) todavía no se habían dado cuenta de que ya era octubre. Solo las copas brillaban con una tonalidad rojiza y dorada, como si alguien hubiera cogido medio árbol, lo hubiera metido en un cubo ardiendo y luego lo hubiera devuelto a su sitio.

Como ella imaginaba, el día iba camino de ser de lo más tranquilo. Aru lo tendría que haber interpretado como el primer aviso. El mundo tiene cierta tendencia a engañarnos. Se divierte haciendo que un día parezca radiante y apacible como una gota de miel que se desliza por el tarro, mientras espera a que bajes la guardia...

Y justo entonces, ataca.

Unos instantes antes de que sonara el timbre de la visita guiada, la madre de Aru se encontraba en el piso de dos habitaciones adosado al museo. Daba la sensación de que estaba leyendo tres libros al mismo tiempo, a la vez que también hablaba por teléfono en un idioma que sonaba a un coro de campanitas diminutas. Aru, en cambio, estaba tumbada en el sofá y le lanzaba palomitas para ver si así le prestaba atención.

—Mamá. Si no dices que no, hoy me llevas al cine.

Su madre se rio alegremente al teléfono. Aru frunció el ceño. ¿Por qué ella no se reía así? Cuando Aru se reía, parecía que se estuviera ahogando.

—Mamá. Si no dices que no, adoptaremos un perrito. Un Gran Pirineo. ¡Y le llamaremos Pluto!

Ahora, su madre asentía con los ojos cerrados, es decir, estaba escuchando muy atentamente a su interlocutor. A Aru, ni caso.

—Mamá. Si no dices que no...

«¡Riiiing!»

«¡Riiiing!»

«¡Riiiing!»

Su madre levantó una ceja y se quedó mirando a Aru. «Ya sabes qué tienes que hacer.» Aru sabía lo que tenía que hacer. Solo que no quería hacerlo.

Rodó por el sofá y se arrastró por el suelo como Spiderman en un último intento por ver si su madre se fijaba en ella. Una auténtica proeza si tenemos en cuenta que el suelo estaba repleto de libros y tazas de té chai medio vacías. Miró hacia atrás y vio que su madre apuntaba algo en una libreta. Arrastrando los pies, Aru abrió la puerta y fue hacia las escaleras.

Los lunes por la tarde eran tranquilos en el museo. Ni siquiera Sherrilyn, la jefa de seguridad del museo y la sufrida canguro de Aru durante los fines de semana, se presentaba los lunes. Si hubiera sido cualquier otro día —salvo los domingos, cuando el museo estaba cerrado—, Aru habría echado una mano y repartido pegatinas entre los visitantes. Habría guiado a la gente por las distintas exposiciones y habría indicado dónde estaban los lavabos. Una vez incluso tuvo la oportunidad de gritarle a una persona que estaba dando palmaditas al elefante de piedra, en el cual había un cartelito que decía claramente NO TOCAR (Aru creía que lo que ponía en el cartel era una orden que debía obedecer todo el mundo... menos ella).

Los lunes, habría esperado unos cuantos visitantes ocasionales que buscaran refugio momentáneo para huir del mal tiempo. O gente que quisiera expresar su preocupación, de la manera más educada posible, por que el Museo de Arte y Cultura de la Antigua India venerara al demonio. O, a veces, al mensajero de la empresa FedEx, que necesitaba una firma para entregar un paquete.

Lo que jamás habría esperado al abrir la puerta para dar la bienvenida a los nuevos visitantes es que se tratara de tres alumnos del instituto Augustus. Aru tuvo la misma sensación que cuando un ascensor se detiene demasiado deprisa. Un pinchazo de terror le removió las tripas cuando los tres alumnos se quedaron mirándola a ella y a su pijama de Spiderman.

La primera de ellos, Poppy Lopez, cruzó sus brazos morenos y pecosos. Llevaba el pelo castaño recogido en un moño de bailarina. El segundo, Burton Prater, alargó la mano, y Aru pudo ver en su palma un horroroso centavo. Burton era bajito y pálido y la camiseta de rayas negras y amarillas que llevaba le hacía parecer un triste abejorro. La tercera, Arielle Reddy, la chica más guapa de la clase, de piel morena y reluciente cabellera oscura, no hacía más que observar.

—Lo sabía —dijo Poppy, triunfante—. En clase de mates nos dijiste que pasarías las vacaciones en Francia con tu madre.

«Es lo que mamá me prometió», pensó Aru.

El verano anterior, la madre de Aru se acurrucó en el sofá, agotada tras un nuevo viaje al extranjero. Justo antes de quedarse dormida, le dio un apretón a Aru en el hombro y le dijo: «En otoño quizá vengas conmigo a París, Aru. Al lado del río Sena hay una cafetería en la que oyes a las estrellas antes de que se pongan a bailar en el cielo. Visitaremos museos y panaderías, beberemos café en tazas pequeñitas y pasaremos horas en los jardines».

Aru se pasó aquella noche soñando despierta con calles estrechas y serpenteantes y con jardines tan sofisticados que hasta sus propias flores desprendían arrogancia. Con esa promesa en mente, Aru recogió su habitación y fregó los platos sin quejarse. Y en clase, esa promesa se convirtió en su armadura. Los demás alumnos del instituto Augustus pasaban las vacaciones en lugares como las Maldivas o la Provenza francesa y se quejaban cuando sus yates estaban en un taller náutico. La promesa del viaje a París hizo que Aru diera un pasito adelante y casi se sintiese una más.

Ahora, Aru intentaba no empequeñecerse ante la mirada de ojos azules de Poppy.

—Mi madre tenía que encargarse de una misión secreta en el museo. No podía llevarme con ella.

Parte de aquello era verdad. Su madre nunca la llevaba con ella en viajes de negocios.

—Me timaste. —Burton lanzó el centavo verde al suelo—. ¡Te di dos dólares!

—Y yo te di un centavo *vintage*... —empezó Aru.

—Sabemos que nos estás mintiendo, Aru Shah —la interrumpió Arielle—. Eres una mentirosa. Y cuando volvamos a clase, se lo diremos a todo el mundo...

Eso sacudió a Aru por dentro. Cuando el mes anterior empezó en el instituto Augustus, tenía cierta esperanza de encajar. Pero había durado bien poco.

A diferencia de los demás alumnos, a ella nadie la llevaba al instituto en un coche negro y elegante. No tenía una casa fuera del país. Tampoco tenía una sala de estudio ni un invernadero, sino simplemente una habitación, y hasta ella misma sabía que su cuarto se parecía más a un armario con delirios de grandeza.

Pero lo que sí tenía era imaginación. Aru se había pasado toda la vida soñando despierta. Cada fin de semana, mientras esperaba a que su madre volviera a casa, ella urdía una historia: su madre era una espía, una princesa exiliada, una hechicera.

Su madre aseguraba que odiaba los viajes de negocios, pero que eran necesarios para que el museo siguiera abierto. Y cuando volvía a casa y se olvidaba de algunas cosas —como de las partidas de ajedrez de Aru o su ensayo con el coro—, no era porque le dieran igual, sino porque estaba demasiado ocupada compaginando la guerra y la paz con el arte.

Así pues, cuando sus compañeros del instituto Augustus le preguntaban algo, Aru les contaba cuentos. Los mismos que se contaba a sí misma. Hablaba de ciudades a las que nunca había ido y de comidas que jamás había probado. Si llegaba a clase con los zapatos pelados era porque su otro par lo estaban reparando en Italia. Había llegado a dominar el gesto condescendiente que tenían todos y pronunciaba mal a propósito los nombres de las tiendas donde compraba la ropa, como la francesa *Louis Vuitrón* y la alemana *Hugo Poss*. Si eso fallaba, resoplaba y decía:

—Será que no conoces la marca, en serio.

Y de ese modo había encajado en clase.

Las mentiras surtieron efecto durante un tiempo. Incluso la invitaron a pasar un fin de semana en el lago con Poppy y Arielle. Pero Aru lo había echado todo a perder el día que la pillaron escabulléndose del aparcamiento. Arielle le preguntó cuál era su coche. Aru señaló uno cualquiera y la sonrisa de Arielle se contrajo.

—Qué curioso. Porque ese es el coche de mi chófer.

Ahora, Arielle miraba a Aru con el mismo desdén de entonces.

—Nos dijiste que tenías un elefante —dijo Poppy.

—¡Es verdad! —Aru señaló el elefante de piedra que estaba detrás de ella.

—¡Nos dijiste que lo habías rescatado de la India!

—Bueno, mi madre me dijo que lo sacaron de un templo, que es una manera de decir «rescatar»...

—Y nos dijiste que tenías una lámpara maldita —dijo Arielle.

Aru vio una lucecita roja en el móvil de Burton. ¡La estaba grabando! Entró en pánico. ¿Y si subían el vídeo a internet? Tenía dos opciones: 1) esperar que el universo se apiadara de ella y la hiciera arder en llamas antes de volver a clase, o 2) cambiarse el nombre, ponerse una barba y mudarse.

O también, para evitar todo eso...

Les podría enseñar algo imposible.

—La lámpara maldita es real —les dijo—. Os lo voy a demostrar.

# DOS

## ¡Uy!

Eran las cuatro de la tarde cuando Aru y sus tres compañeros de clase entraron juntos en la Sala de los Dioses.

Las cuatro de la tarde se parecen a un sótano. En teoría, es algo totalmente inocente. Pero si te paras a pensar en un sótano, es un amasijo de cemento derramado sobre la tierra viva. Tiene rincones malolientes e inacabados y vigas de madera que lanzan sombras muy alargadas. Es como si dijera: «casi, pero no del todo». Las cuatro de la tarde también son así. Casi es la hora de merendar, pero no del todo. Y tampoco es la hora de comer. Y precisamente la magia y las pesadillas tienden a escoger esos momentos de «casi, pero no del todo», y a esperar.

—Por cierto, ¿y tu madre? —le preguntó Poppy.

—Está en Francia —dijo Aru, intentando mantener la barbilla levantada—. No he podido irme con ella porque me tengo que encargar del museo.

—Seguro que nos está mintiendo otra vez —dijo Burton.

—Segurísimo que nos está mintiendo. Es lo único que se le da bien —añadió Arielle.

Aru se abrazó a sí misma. Se le daban bien muchas cosas, pero la gente no se fijaba. Se le daba bien recordar datos que solo había oído una vez. También se le daba bien el ajedrez, hasta el punto de que tal vez hubiera llegado al campeonato nacional si Poppy y Arielle no le hubieran dicho: «Nadie importante juega al ajedrez, Aru. Déjalo». Y Aru abandonó el equipo de ajedrez. También se le daban bien los exámenes. Pero ahora, siempre que se sentaba a hacer un examen, solamente pensaba en lo caro que era el instituto (a su madre le costaba una fortuna) y en cómo todo el mundo juzgaba sus zapatos, que estaban de moda el año pasado pero este ya no. Aru quería que se fijaran en ella. Pero al final lograba que se fijaran en ella por las razones equivocadas.

—Pensaba que nos dijiste que tenías un apartamento en el centro, pero en el instituto consta que tu dirección es este tugurio —espetó Arielle—. ¿En serio vives en un museo?

«Sí.»

—¿Cómo? Fijaos bien... ¿Acaso veis mi habitación?

«Está arriba...»

—Si no vives aquí, ¿qué haces en pijama?

—En Inglaterra la gente lleva pijama durante el día —dijo Aru.

«Quizá.»

—La realeza lleva siempre pijama.

«Si yo fuera de la realeza, lo llevaría.»

—Lo que tú digas, Aru.

Los cuatro se encontraban en la Sala de los Dioses. Poppy frunció el ceño.

—¿Por qué tus dioses tienen tantas manos?

—Es que son así. —Las orejas de Aru se pusieron rojas.

—¿Qué hay, unos mil dioses?

—No lo sé —dijo Aru.

Y en esta ocasión sí que decía la verdad. Su madre le contó que había un montón de dioses hindúes, pero no siempre eran la misma persona. A veces se reencarnaban: su alma renacía en otra persona. A Aru le gustaba esa idea. A menudo se preguntaba quién debió de ser en otra vida. Tal vez aquella otra versión de Aru habría sabido vencer a la bestia de la secundaria.

Sus compañeros se dispersaron por la Sala de los Dioses. Poppy movió la cadera y las manos para imitar a una de las estatuas, y después empezó a reír. Arielle señaló los cuerpos con curvas pronunciadas de las diosas y puso los ojos en blanco. El calor se adueñaba del estómago de Aru.

Quería que todas las estatuas se hicieran añicos en sus pedestales. Deseaba que no estuvieran tan... desnudas. Que no fueran tan diferentes.

Aquello le hizo pensar en el año anterior, cuando su madre la acompañó a la fiesta de fin de curso de su viejo instituto. Aru llevó lo que para ella era su conjunto más bonito: un *salwar kameez* azul claro con lentejuelas en forma de estrella y bordado con cientos de hilos plateados. Su madre se puso un sari rojo oscuro. Aru se sintió la protagonista de un cuento de hadas. Al menos hasta que entraron en el salón de fiestas y vio que los ojos de todos los asistentes despedían cierta lástima. O vergüenza. Una de las chicas susurró demasiado fuerte: «¿No sabe que no es Halloween o qué?». Aru fingió que le dolía la barriga para irse pronto a casa.

—¡Estate quieto! —dijo cuando Burton comenzó a darle golpecitos al tridente del dios Shiva.

—¿Por qué?

—Porque... ¡Porque hay cámaras! Y cuando vuelva mi madre, se lo contará al gobierno de la India y vendrán a por ti.

«Mentira, mentira.» Pero funcionó. Burton dio un paso atrás.

—¿Dónde está esa lámpara? —preguntó Arielle.

Aru se acercó al final de la exposición. La urna de cristal centelleó por la luz del sol. En el interior, la *diya* estaba envuelta en sombras. Cubierta de polvo y sin brillo.

—¿Eso de ahí? —dijo Poppy—. Si se parece a lo que hizo mi hermano en parvulario.

—El museo compró la Diya de Bharata después de 1947, cuando la India se independizó del Reino Unido —recitó Aru, imitando la voz de su madre lo mejor posible—. Se cree que la Lámpara de Bharata llegó a encontrarse en el templo de —«no lo pronuncies mal, por favor»— Kurukshetra.

—¿Kuruqué? Qué nombre más raro. ¿Y por qué estaba allí? —preguntó Burton.

—Porque es donde tuvo lugar la guerra del Mahabharata.

—¿La guerra de qué?

Aru carraspeó y se puso en modo «guía de museo».

—El *Mahabharata* es uno de los dos poemas épicos hindúes. Está escrito en sánscrito, una antigua lengua india que ya no se habla. —Aru hizo una pausa dramática—. El *Mahabharata* cuenta la historia de una guerra civil entre los cinco hermanos Pandava y sus cien primos...

—¿Cien primos? —dijo Arielle—. Eso es imposible.

Aru la ignoró.

—Según la leyenda, la luz de la Lámpara de Bharata despierta al Durmiente, un demonio que invocará al dios Shiva, el temido Señor de la Destrucción, que bailará encima del mundo y pondrá fin al tiempo.

—¿Bailará? —se burló Burton.

—Es un baile cósmico —dijo Aru, para ver si así sonaba mejor.

Cuando pensaba en el baile del dios Shiva, Aru se imaginaba a alguien pateando el cielo. Las nubes se resquebrajarían con los relámpagos. El planeta entero se rompería en mil pedazos.

Pero era evidente que sus compañeros se imaginaban a alguien bailando una conga.

—Así que si enciendes esa lámpara, ¿el mundo desaparecerá? —preguntó Burton.

Aru se quedó mirando la *diya*, por si a esta se le ocurría aportar algo a la historia. Pero no, seguía en silencio, como es habitual en una lámpara.

—Sí.

—Pues hazlo. —Arielle la miraba con desprecio—. Si nos estás contando la verdad, hazlo.

—Si te estoy contando la verdad, y por cierto, te aseguro que sí, ¿tienes idea de lo que podría pasar?

—No te desvíes del tema. Enciéndela una vez. ¿A que no te atreves?

Burton levantó el móvil. La lucecita roja se mofaba de ella.

Aru tragó saliva. Si su madre estuviera allí, la sacaría del museo de los pelos. Pero no, estaba arriba, preparándose para irse (otra vez). En realidad, si la lámpara era tan peligrosa, ¿por qué iban a dejarla con ella? Vale, Sherrilyn estaba por ahí. Pero Sherrilyn se pasaba casi todo el rato viendo *reality shows* en la tele.

A lo mejor no era para tanto. Podría encender una llama chiquitita y soplarla enseguida. O también podría romper la urna de cristal y fingir que era víctima de una maldición. Y empezar a caminar en plan zombi. O arrastrarse como Spiderman. A todos les daría tanto miedo que nunca volverían a hablar de lo ocurrido.

«Por favor, venga, por favor, no volveré a mentir jamás, lo prometo.»

Se lo iba repitiendo mentalmente cuando cogió la urna de cristal y la levantó. En cuanto quitó el cristal, varios rayos finos de luz roja alcanzaron la lámpara. Si un solo cabello se cruzaba en el camino de esos rayos láser, un coche de policía acudiría de inmediato al museo.

Poppy, Arielle y Burton respiraron hondo al mismo tiempo. Aru se sentía importante. «¿Lo veis? Ya os he dicho que era algo espectacular.» Se preguntó si hacía falta seguir. A lo mejor aquello ya bastaba. Justo entonces, Poppy se inclinó hacia delante.

—Hazlo de una vez —dijo—. Me aburro.

Aru introdujo el código de seguridad, el día de su cumpleaños, y vio como desaparecían los rayos rojos. El aire se impregnó del olor de la *diya* de barro. Olía como huele el interior de un templo: a cosas quemadas y a especias.

—Dinos la verdad y ya está, Aru —dijo Arielle—. Y luego nos das diez dólares a cada uno y no subiremos el vídeo en el que te pillamos en otra estúpida mentira de las tuyas.

Pero Aru sabía que aquel no iba a ser el final. Entre un demonio que podría arrasar el mundo y una alumna de secundaria, Aru elegiría al demonio sin pensárselo (como haríamos casi todos, seguro).

Sin los rayos rojos sobre la superficie, la lámpara parecía peligrosa. Como si de algún modo supiera que tenía una protección menos. El frío recorría la espalda de Aru y sus dedos estaban paralizados. El pequeño platillo de metal que se encontraba en el centro de la lámpara parecía un ojo abierto. Y la miraba directamente a ella.

—N-no tengo cerillas —dijo Aru retrocediendo un paso.

—Yo sí. —Poppy sacó un mechero verde—. Lo cogí del coche de mi hermano.

Aru fue a por el mechero. Accionó la ruedecilla metálica y surgió una llama diminuta. Su respiración se detuvo. «Unos segundos y ya.» Después, podría dejar de ser Aru la Melodramática, alejarse de aquel lío y no volver a mentir jamás de los jamases.

En cuanto acercó la llama a la lámpara, la Sala de los Dioses se oscureció, como si un interruptor hubiese apagado toda la luz natural. Poppy y Arielle se acercaron más. Burton también lo intentó, pero Poppy lo echó para atrás.

—Aru...

Daba la impresión de que una voz la llamaba desde el interior de la lámpara de barro.

A Aru casi se le cayó el mechero, pero pudo cerrar el puño a tiempo. No era capaz de dejar de contemplar la lámpara. Como si el objeto la obligara a aproximarse más y más.

—Aru, Aru, Aru...

—¡Acaba de una vez, Shah! —chilló Arielle.

De reojo, Aru vio el parpadeo de la luz roja del móvil de Burton. Le auguraba un año horrible, la taquilla llena de ensalada de col y la expresión de honda decepción de su madre. Pero quizá si seguía, si por un golpe de suerte conseguía engañar a Arielle, Poppy y Burton, tal vez la dejarían sentarse con ellos en el comedor. Tal vez no tendría que esconderse detrás de sus historias porque su propia vida por fin sería suficiente.

Así que no se detuvo.

Acercó la llama al borde de la *diya*.

Cuando rozó el barro seco con el dedo, un extraño pensamiento se adueñó de su mente. Recordó haber visto un documental sobre criaturas del fondo del mar. Vio que algunas utilizaban cebo, como una esfera de luz, para atraer a sus presas. En cuanto un pez se atrevía a nadar hacia la lucecita que flotaba en el agua, la criatura marina lo devoraba con sus enormes dientes afilados. Así veía Aru aquella lámpara: un pequeño halo de luz sujetado por un monstruo que se ocultaba en las tinieblas...

Una trampa.

Cuando la llama prendió, delante de los ojos de Aru estalló una luz. Una sombra se escapaba de la lámpara, con la espalda recta y los brazos alargados. Hizo un sonido terrible... ¿Era una risa? Aru no podía quitarse aquel ruido de la cabeza. Se le había clavado a los pensamientos como un resto de aceite. Daba la sensación de que alguien hubiera agarrado el silencio y lo hubiera lanzado a otra parte.

Mientras la sombra se erguía y abandonaba la lámpara, Aru retrocedió. El terror se apoderó de su cuerpo. Intentó soplar la vela, pero la llama no se movía. Poco a poco, la sombra creció y se convirtió en una pesadilla. Era alta, delgada, peluda y tenía cuernos y colmillos.

—Ay, Aru, Aru, Aru... ¿Qué has hecho?

# TRES

## El despertar

Aru se despertó en el suelo. Las luces titilaban. En la sala algo olía mal, a óxido. Se apoyó en los codos y buscó la lámpara con los ojos. Había desaparecido. No había nada que indicara que la lámpara había estado allí, solo unos cristales rotos en el suelo. Aru torció el cuello para mirar hacia atrás...

Todas las estatuas la observaban.

Un escalofrío gélido le sacudió la columna.

—¿Poppy? —la llamó, mientras se ponía de pie—. ¿Arielle? ¿Burton?

Y fue entonces cuando los vio.

Los tres seguían apiñados. Tenían el aspecto de una película que se ha pausado en plena escena de lucha. La mano de Poppy estaba en el pecho de Burton. Él, de puntillas, inclinado hacia atrás, a punto de caer. Arielle tenía los ojos como platos y la boca abierta en un grito mudo. Estaban congelados en el tiempo. Aru se acercó y los tocó. Tenían la piel caliente. Y pulso en el cuello. Pero no se movían. No se podían mover.

«¿Qué ha pasado?»

Su mirada se fijó en la luz roja del bolsillo de Burton. El móvil. Quizá podría rebobinar la grabación. Por desgracia, el móvil no se movía del bolsillo. Todo estaba paralizado. Todo menos ella.

Aquello era un sueño. Tenía que serlo. Se pellizcó.

—¡Ay! —dijo, dolorida.

Estaba despierta, sin duda. En cierto modo, sus compañeros también. Pero entonces, ¿por qué estaba todo tan... quieto? Un chirrido hizo eco fuera de la Sala de los Dioses. Aru se puso recta. Le había parecido que era una puerta.

—¿Mamá? —susurró mientras empezaba a correr. Seguro que su madre había oído el ruido y había bajado al museo. Ella sabría qué hacer.

En la entrada a la Sala de los Dioses, Aru vio tres cosas que no tenían sentido:

1. Su madre también estaba congelada, con los pies separados del suelo, como si la hubieran pillado en plena zancada. Su pelo oscuro estaba suelto en el aire. Y los ojos y la boca, bien abiertos por el miedo.

2. Toda la estancia tenía un aspecto extraño, apagado, sin luz. Porque nada tenía sombra.

3. El chirrido no provenía de la puerta. Provenía del elefante.

Aru vio, con una mezcla entre asombro y pánico, que el elefante de piedra que llevaba décadas en el museo de pronto estaba en el suelo. Levantó la trompa, la misma trompa que Aru había usado como perchero donde colgar la mochila, y se la llevó a la frente. En un movimiento rápido y chirriante, abrió la boca.

Aterrorizada, Aru corrió hasta donde estaba su madre. Le cogió la mano e intentó que dejara de flotar en el aire.

—¡Mamá! El elefante está poseído. ¡Tienes que despertarte!

Su madre no se movió. Aru siguió su mirada. En el momento en que se quedó congelada, estaba mirando directamente hacia la Sala de los Dioses.

—¿Mamá?

Una voz retumbó desde el interior del elefante. Profunda, áspera y antigua. Aru se encogió.

—¿QUIÉN SE HA ATREVIDO A ENCENDER LA LÁMPARA? —gritó la voz. Era oscura como una tormenta. Aru pensó que tal vez fueran a salir rayos de luz de la boca del elefante, algo que, en otras circunstancias, habría sido muy emocionante—. ¿QUIÉN SE HA ATREVIDO A DESPERTAR AL DURMIENTE DE SU LETARGO?

—Fu-fui yo... —Aru se estremeció—. Pero ¡no era mi intención!

—¡ESTÁS MINTIENDO, GUERRERO! Y, POR ELLO, HE SIDO INVOCADO.

De la boca del elefante salió un sonido de alas batientes. Aru tragó saliva.

Ese era su final, Aru estaba convencida. ¿Los pájaros comían seres humanos? Probablemente dependiera del tamaño del pájaro. O del tamaño de la persona. Para evitar formar parte de aquella posibilidad, intentó esconderse detrás de su madre, pero el cuerpo no la cubría del todo. Una sombra se fue alargando por el suelo. Enorme y alada.

El ser que había hablado salió volando de la boca del elefante.

Era...

Una paloma.

—¡Puaj! —exclamó Aru.

Su madre le solía decir que las palomas eran ratas con alas.

—¿Dónde está? —preguntó la paloma—. Uno de los cinco viejos guerreros ha encendido la Lámpara de Bharata...

Aru movió la cabeza y se le escapó una pregunta antes de poderlo evitar:

—¿Por qué ahora tu voz suena diferente?

En el interior del elefante, el pájaro sonaba capaz de convencer a una montaña de convertirse en un volcán. Ahora sonaba como su profe de mates la vez que intentó cantar a capela y pisó sin querer una pieza de Lego. El resto de aquel día habló con una voz tensa y malhumorada.

—¿Tienes algún problema con mi voz, humana? —La paloma sacó pecho.

—No, pero...

—¿Acaso no tengo el aspecto de un pájaro capaz de provocar la mayor devastación?

—Me refiero a...

—Porque permite que te diga que ciudades enteras me injurian. Pronuncian mi nombre como si fuera una maldición.

—¿Y eso es bueno?

—Es poderoso —espetó el pájaro—. Y entre bueno y poderoso, siempre escogeré lo segundo.

—¿Y por eso eres una paloma?

¿Un pájaro puede entrecerrar los ojos? Si no es así, ese dominaba el truco a la perfección.

—Se ha encendido la lámpara. El Durmiente empezará a despertarse. Es mi deber sagrado guiar al hermano Pandava que la ha encendido.

—¿Pandava? —repitió Aru.

Conocía aquel nombre. Era el apellido de los cinco hermanos del poema *Mahabharata*. Su madre le había contado que cada uno de ellos tenía poderes espectaculares y que empuñaban armas fantásticas porque eran hijos de dioses. ¡Héroes! Pero ¿qué tenía que ver todo aquello con la lámpara? ¿Se había dado un golpe en la cabeza sin darse cuenta? Se palpó la frente en busca de un chichón.

—Sí. Pandava —dijo la paloma con desprecio. Volvió a sacar pecho—. Solo uno de los cinco hermanos Pandava es capaz de encender la lámpara. ¿Sabes dónde ha ido, humana?

—La lámpara la he encendido yo. —Aru levantó la barbilla.

El pájaro se quedó mirándola. Durante un buen rato.

—Bueno, pues que el mundo se acabe ya.

# CUATRO

## I-nep-cia

Aru había leído en alguna parte que, si te quedas mirando a un chimpancé, el animal te devuelve la mirada, te sonríe... y luego te ataca.

No había leído nada sobre qué tipo de consecuencias provocaba mirar a una paloma.

Pero sí sabía que las miradas eran algo muy potente. Su madre le contó historias sobre Gandhari, una reina que decidió vivir con los ojos vendados para así empatizar con su esposo, que era ciego. Solamente una vez se quitó la venda, y fue para mirar a su hijo mayor. Su mirada tenía tanto poder que a él lo habría vuelto invencible... si hubiese estado desnudo. Pero no, le daba demasiada vergüenza ir por ahí sin ropa interior. Aun así, era superfuerte, pero no todo lo fuerte que podría haber sido. (Aru sentía simpatía por el príncipe. Seguro que fue un momento incomodísimo.)

Aru mantuvo contacto visual con la paloma... pero dio un paso atrás.

Al final, el pájaro se rindió. Sacudió la cabeza y plegó las alas.

—¡Los últimos Pandava durmientes fueron tan brillantes! —dijo—. El último Arjuna fue senador. El último Yudhisthira, un célebre juez. El último Bhima, un atleta olímpico, y Nakula y Sahadeva fueron dos famosos modelos masculinos que escribieron libros de autoayuda superventas y ¡fundaron la primera academia del mundo de *hot-yoga*! Y fíjate lo que ha dado ahora esa estirpe: una niña, hay que ver.

Para Aru, aquello no era justo, ni mucho menos. Hasta los más populares en algún momento fueron niños. Los jueces no nacían ya con la toga y el mazo.

Y así llegó a otra pregunta: ¿de qué estaba hablando el pájaro? Esos nombres (Arjuna, Yudhisthira, Bhima, Nakula y Sahadeva) pertenecían a los cinco hermanos Pandava más famosos. Había uno más, Karna, el Pandava secreto. En la épica, los demás Pandava no descubrieron que era hermano suyo hasta comenzada la guerra.

Y ¿por qué había dicho «durmiente»? Eso quería decir «dormido», ¿no?

La paloma se dejó caer sobre la espalda y, en un gesto dramático, se cubrió el pico con un ala.

—Así que este es mi destino —rumió—. A mí antes me rodeaba el éxito. Fui el primero de la clase, que lo sepas —resopló.

—Esto... ¿Lo siento?

—Ah, ¡demasiado tarde! —La paloma levantó el ala y miró fijamente a Aru—. ¡Tendrías que haberlo pensado antes de meternos en este lío! Es que mírate... Qué horror. —Se tapó la cara con las dos alas, entre murmullos—. ¿Por qué cada generación debe tener sus propios héroes?

—Espera. O sea, ¿ha habido cinco hermanos Pandava en cada generación? —preguntó Aru.

—Por desgracia, sí —dijo el pájaro mientras sacudía las alas.

—¿Y yo soy una de ellos?

—No me hagas decirlo otra vez, por favor.

—Pero... ¿cómo lo sabes?

—¡Porque has encendido la lámpara!

Aru se detuvo. Sí, la lámpara la encendió ella. Acercó la llama al borde de metal del objeto. Pero era el mechero del hermano de Poppy. ¿Eso tenía algo que ver? Y solo pretendía encenderla unos segundos, no dejarla encendida. ¿La convertía eso en una heroína solo a medias?

—Estoy bastante convencido de que eres una Pandava —continuó el pájaro—. Muy convencido. Al menos eso es lo que espero. De no ser así, ¿qué haría yo aquí? Y hablando de eso, ¿qué hago yo aquí? ¿Qué hago en este cuerpo miserable? —Se quedó mirando el techo—. ¿Quién soy?

—Yo...

—En fin, qué más da —dijo el pájaro con un suspiro de resignación—. Si tú has encendido la lámpara maldita, el otro lo sabrá.

—¿Quién...?

—Tendremos que pasar por la Puerta de la Multitud. Ella siempre lo sabe. Además, es muchísimo más fácil que buscarlo en Google Maps. Ese es el artilugio más desconcertante de este siglo.

—¡Eres un pájaro! ¿No se supone que sabes hacia dónde vas?

—No soy un pájaro cualquiera, heroína engreída. Soy... —farfulló el pájaro, aunque luego se calló—. Bueno, supongo que no importa quién sea yo. Lo que importa es que lo detengamos todo antes de que ocurra algo devastador de verdad. Durante los próximos nueve días, el tiempo se detendrá allá por donde camine el Durmiente. En el décimo día, el Durmiente llegará al Señor de la Destrucción y él, Shiva, ejecutará el baile para poner fin al tiempo.

—¿Y el Señor de la Destrucción no puede decir «gracias, pero no»?

—No sabes nada sobre los dioses —le espetó la paloma.

Aru se puso a pensar en eso. No le chocaba la idea de que los dioses y las diosas existieran, pero sí que una persona pudiera llegar a conocerlos. Los dioses eran como la luna: lo bastante lejanos como para no estar en su mente a todas horas, lo bastante poderosos como para inspirar asombro.

Aru miró hacia atrás para ver a su madre y a sus compañeros, todos congelados.

—Así que, ¿se van a quedar como están?

—Es temporal —dijo el pájaro—. Siempre y cuando tú no desprendas inepcia.

—¿Inepcia? ¿Eso qué es, latín?

El pájaro se dio un golpe en la cabeza contra una barandilla de madera.

—El universo tiene un sentido del humor muy cruel —gimió—. Tú eres de los pocos que pueden solucionar este embrollo. Y también eres la que lo ha comenzado. Así pues, el otro y tú tendréis que ser héroes.

A Aru aquello no le sonaba muy heroico. Más bien, parecía un lío épico que requería una enmienda épica.

—¿«El otro»? ¿A qué te refieres? —quiso saber Aru, con los hombros caídos.

—¡A tu hermano, por supuesto! ¿O acaso crees que vas a emprender la aventura tú sola? Las aventuras son para las familias —dijo el pájaro—. Tu hermano (o hermana, aunque creo que eso no ha sucedido nunca) te estará esperando. Cuando un Pandava despierta, también despierta otro, normalmente el que está más preparado para capitanear el desafío. Hasta ahora, los Pandava siempre han sido adultos, no un manojo espachurrado de hormonas e incompetencia.

—Gracias.

—Ven conmigo, jovencita.

—¿Tú quién eres?

Aru no pensaba dar ni un solo paso sin que el animal le revelara su identidad. Aunque dudaba que llevase un carné, la verdad.

El pájaro se detuvo y dijo al fin:

—A pesar de que un niño jamás debería pronunciar un nombre tan ilustre como el mío, me puedes llamar Subala. —Se arregló las plumas con el pico—. Yo soy...

es decir, yo era... Bueno, es una larga historia. La cuestión es que he venido a ayudar.

—¿Y por qué tengo que ir contigo?

—¡Chiquilla desagradecida! ¿No tienes ningún sentido del *dharma*? ¡Es tu deber! La congelación se extenderá como una plaga por el despertar del Durmiente. Si no le detenemos antes de la próxima luna nueva, tu madre se quedará para siempre como está ahora. ¿Es eso lo que quieres?

A Aru le ardían las mejillas. Pues claro que no quería eso. Pero también tenía la sensación de que el mundo entero giraba en el sentido contrario y aún no había recuperado el equilibrio.

—¿Te llamas Subala? Demasiadas sílabas —dijo Aru, mientras el miedo le atenazaba el corazón—. ¿Y si necesito ayuda y tengo que llamarte? Perderé un brazo o una pierna antes de acabar de pronunciar un nombre tan largo. Te llamaré Sue.

—Sue es un nombre de hembra. Yo soy macho.

Aru, que escuchaba a menudo la lista de Sherrilyn con canciones de Johnny Cash, no estuvo de acuerdo con Subala.

—Qué va. Fíjate si no en la canción «A Boy Named Sue», «Un chico llamado Sue». —Y comenzó a cantarla.

—Ahórrame la tortura de la música *country* —se indignó Subala mientras volaba hacia la boca del elefante.

Bueno, pues si no le gustaba Sue, qué tal...

—¡Bu! —gritó Aru.

Subala giró la cabeza y soltó una maldición. Se posó encima de la trompa del elefante.

—Puede que hayas ganado esta batalla, pero yo que tú me borraría enseguida esa sonrisilla vanidosa de la cara. Tus acciones han provocado gravísimas consecuencias, muchacha. Como Pandava de esta generación, es ahora tu deber responder a la llamada y aceptar la misión. La última vez que sucedió fue hace más de ochocientos años. Pero seguro que tu madre ya te lo ha contado. —Bu se quedó mirándola—. Porque te lo ha contado, ¿verdad?

Aru se quedó callada al recordar todo lo que su madre le había contado en los últimos años. No eran más que nimiedades que no sorprenderían a nadie: que un hervidor era una bandada de halcones; que algunas historias anidaban dentro de otras historias; y que, cuando haces té chai, siempre debes dejar las hojas de menta para el final.

Pero no le había dicho nada de aventuras heroicas. No mencionó que Aru fuera una Pandava. Ni cómo se había convertido en una de ellos.

Y ni una sola vez le dio instrucciones para prepararse por si en algún momento le daba por desencadenar accidentalmente el fin del universo.

Quizá su madre no creía que Aru pudiera encargarse de una misión así con éxito.

Quizá no quería alimentar las esperanzas de Aru de hacer algún día algo heroico.

Aquella vez, Aru iba a decir la verdad. No era una situación de la que pudiera librarse con una mentira o por arte de magia.

—No —dijo, obligándose a mirar a Bu a los ojos.

Pero lo que vio la hizo apretar los puños. La paloma la estaba mirando con los ojos entrecerrados. La miraba como si ella no fuera nada del otro mundo... y eso era injusto.

En su interior tenía la sangre, o por lo menos el alma, de una heroína. (Bueno, más o menos. No conocía la mecánica de la reencarnación.)

—Pero eso no es problema —dijo—, lo aprenderé.

Bu ladeó la cabeza.

Las mentiras brotaron con alegría de la boca de Aru. Palabras de autocomplacencia. Palabras falsas que no eran necesariamente malas:

—Mi profe una vez me dijo que era un genio —exclamó.

No le contó que su profesor de Educación Física no se lo había llamado en plan piropo. Aru había establecido un tiempo récord (para ella) de catorce minutos para dar una vuelta alrededor de la pista de atletismo. La siguiente ocasión en que corrieron para batir sus propios récords, ella pasó de los carriles de la pista y, sencillamente, cruzó el campo a pie para llegar a la meta. Su profesor se la quedó mirando y le dijo: «¿Te crees un genio o qué?».

—Y soy una estudiante de matrícula —añadió.

Y era verdad que se había matriculado en el instituto.

Cuanto más decía —aunque, como mucho, fueran verdades a medias—, mejor se sentía. Las palabras tenían un poder propio.

—Excelente. Todos mis temores se han apaciguado —le contestó Bu secamente—. Y ahora, andando. ¡No hay tiempo que perder!

Emitió un arrullo y la boca del elefante se abrió de par en par como si fuera una puerta, con la mandíbula inferior en el suelo. Una ráfaga de viento que provenía de otro lugar sopló a su alrededor y se arremolinó en el aire sofocante del museo.

Si Aru daba un paso adelante, abandonaría Atlanta... Entraría en un mundo completamente distinto. La embargó la emoción, seguida de un doloroso pinchazo de culpa. Si no era capaz de resolver el entuerto, su madre se convertiría en lo que ya llenaba el museo: una reliquia polvorienta. Aru acarició la mano rígida de su madre con los dedos.

—Arreglaré este lío —dijo—. Te lo prometo.

—¡Más te vale! —le gritó Bu desde la trompa del elefante.

# CINCO

## La otra hermana

Agarrada a uno de los colmillos del elefante, Aru entró en la boca de la estatua. En el interior, el aire era frío y seco, y el hueco era más grande de lo que cabría esperar. Vio un pasillo, excavado en la piedra y el mármol, y un techo que se elevaba sobre su cabeza. Aru miró a su alrededor, patidifusa, mientras recordaba todas las veces que se había apoyado en el elefante, sin sospechar que dentro se escondía un corredor mágico.

—¡Venga, venga! —Bu volaba por el pasillo y la instaba a avanzar.

Aru echó a correr para alcanzarlo.

Detrás de ella, la entrada se selló sola. Delante, dio con una puerta cerrada. La luz se colaba por una grieta en el lateral.

Bu se posó en su hombro y le picoteó la oreja.

—¿A qué ha venido eso? —exclamó Aru.

—Te lo debía por haberme cambiado el nombre —dijo la paloma con chulería—. Ahora, dile a la Puerta de la Multitud que debes ir con tu hermano, que se ha despertado.

Su hermano. De pronto, Aru se encontraba mal. Su madre viajaba casi todos los fines de semana. ¿Eran viajes de negocios o es que iba a visitar a sus otros hijos? Hijos con los que prefería pasar el tiempo.

—¿Cómo voy a tener yo un hermano?

—La sangre no es lo único que te relaciona con la gente —dijo Bu—. Tienes un hermano porque compartís divinidad. Sois hijos de un dios porque uno de ellos ayudó a crear vuestra alma. Y eso no altera vuestra genética en absoluto. La genética es la que te dice que nunca medirás más de metro y medio. A tu alma eso le da igual. Las almas no tienen altura, que lo sepas.

Después de «sois hijos de un dios», Aru no oyó nada más.

Hasta aquel momento, su cerebro solo había entendido a medias que ella podría ser una Pandava. Pero si lo era de verdad, eso quería decir que un dios colaboró en su creación. Y que la reclamaba como suya. Como hija suya.

Aru se llevó la mano al corazón. Sintió un rarísimo impulso por buscar en su interior, por si era capaz de agarrar su propia alma. Quería echarle un vistazo, comprobar si tenía alguna etiqueta, como las camisetas. ¿Qué pondría? «(CASI) FABRICADA EN LOS CIELOS.» Si no la tocaba, no le parecería real.

En ese momento, en su mente se asentó un nuevo pensamiento, uno que era todavía más extraño que el hecho de que su padre fuera un dios.

—Entonces, ¿soy una diosa o qué? —preguntó.

«No estaría nada mal.»

—No —le respondió Bu.

—Pero los Pandava eran semidioses. Utilizaban armas divinas y esas cosas. Por lo tanto, yo soy media diosa, ¿no? —insistió Aru. Se examinó las manos y las dobló como hacía Spiderman para empezar a lanzar sus redes—. ¿Eso quiere decir que también puedo hacer cosas mágicas? ¿Tendré poderes? ¿O una capa?

—Nada de capas.

—¿Y un sombrero?

—No.

—¿Y una canción propia?

—Basta, por favor.

Aru se observó la ropa. Si estaba a punto de encontrarse con su viejo hermano desconocido, deseó llevar algo que no fuera su pijama de Spiderman.

—Y ¿qué pasará después... después de que lo conozca?

Bu hizo aquel gesto de paloma de observarla de reojo.

—Pues tenemos que ir al Más Allá, evidentemente. Ya no es lo que era antes. Va haciéndose más pequeño con la imaginación de la humanidad, así que supongo que ahora tiene el tamaño de un armario. O quizá de una caja de zapatos.

—¿Cómo voy a caber yo allí?

—Ya te dejará espacio —dijo Bu a la ligera—. Lo tendrías que haber visto en todo su esplendor. Había un Bazar Nocturno en el que vendían cadenas de sueños. Si sabías cantar muy bien, podías hacerte con una ración de arroz con leche espolvoreado con luz lunar. Es lo más delicioso que he comido nunca... Bueno, no, después de un buen demonio picante. Mmm. —Pasó por alto el escalofrío de Aru—. Os llevaremos a la Corte Celestial. Una vez allí, deberéis pedir oficialmente los detalles de vuestra misión al Consejo de Guardianes. —Al citar al Consejo, las plumas de Bu ondularon al viento—. Tú tendrás tus propias armas. Yo recuperaré mi lugar de honor, que no te quepa la menor duda. Y a partir de ahí, todo dependerá de ti y de tu hermano. O hermana, los dioses nos asistan.

—¿Armas? —repitió Aru—. ¿Qué tipo de armas? En secundaria no te explican estas cosas. ¿Cómo se supone que voy a evitar que el Durmiente llegue hasta el Señor de la Destrucción si se me da fatal lanzar con el arco?

—¡Con el arco se tira, no se lanza!

—Eso quería decir. Ya lo sabía.

Aru no era precisamente un as en deporte. La semana anterior se hurgó muy fuerte la nariz para fingir que le sangraba y así no jugar al balón prisionero.

—Tal vez en tu interior se esconda un talento oculto —dijo Bu. Se quedó mirándola—. Enterrado bien al fondo, imagino.

—Pero si hay tantos dioses, ¿por qué no se encargan ellos? ¿Por qué lo dejan todo en manos de, como has dicho antes, un manojo de hormonas e incompetencia?

—Los dioses y las diosas a veces echan una mano, pero no se meten de lleno en los asuntos que afectan solo a los humanos. Para ellos, las vidas mortales no son más que una legaña.

—¿Me estás diciendo que a los dioses no les importará lo más mínimo que todo su universo se vaya a pique?

—Incluso el tiempo debe tener fin. —Bu se encogió de hombros—. De vuestro éxito dependerá que los demás se involucren o no. Los dioses aceptarán el resultado sea el que sea.

—Pues qué bien. —Aru tragó saliva—. Qué alegría me das.

Bu le mordisqueó la oreja.

—¡Ay! —dijo Aru—. ¿Puedes parar?

—¡Eres hija de un dios! ¡Ponte recta!

Aru se frotó la oreja. Un dios era su... su padre. Todavía le costaba creerlo.

Había contado mentiras sobre un montón de cosas, pero jamás se inventó una historia sobre su padre. Presumir de alguien que no tenía ningún interés en ella la habría hecho sentir ridícula. ¿Por qué iba a pintarlo a él mejor de lo que era en realidad? Su padre nunca estuvo ahí. Fin.

Y su madre tampoco hablaba de él. En su casa solamente había una foto de un hombre. Era un tipo atractivo, de pelo negro, con la piel de color ámbar oscuro y un par de ojos rarísimos. Uno era azul, el otro marrón. Y Aru ni siquiera estaba segura de que fuera su padre. No tenía pinta de dios, para nada. Por lo menos, no se parecía a los de la Sala de los Dioses. Pero bueno, las estatuas antiguas no eran una buena referencia. Todo el mundo era casi idéntico cuando tenía la forma de una estatua de granito y arenisca y los rasgos faciales se limitaban a sonrisas marchitas y ojos entrecerrados.

Por lo visto, el origen de Aru era divino, pero siempre que se miraba en el espejo, lo único que veía era que sus cejas seguían empeñadas en unirse. Y era lo más lógico del mundo pensar que, si eres un poquitín divino, no serás unicejo.

—Ahora —dijo Bu— dile a la Puerta de la Multitud adónde quieres ir.

Aru contempló la puerta. En el marco había muchísimos símbolos y escenas grabados. Imágenes de guerreros que sujetaban arcos y disparaban flechas.

Aru parpadeó, y entonces vio una flecha de madera que pasaba zumbando por la superficie. Se acercó y apoyó una mano en la puerta. La madera grabada se apretó contra ella, como si fuera un gato que le acariciaba la palma con el hocico. Como si también quisiera reconocerla a ella.

—Llévame hasta... el otro Pandava. —Pronunció aquellas palabras de manera entrecortada.

Tenía razón. Las palabras eran poderosas. En cuanto dijo «Pandava», todas las emociones que provocaba el descubrimiento de quién era en realidad se desataron como una primavera que cobra vida.

No fue desagradable.

Le pareció igual que subirse a una montaña rusa y relajarse lo suficiente como para dejar que el miedo inicial se convirtiera en otra cosa: euforia. Alegría. Expectación.

Ella era Aru Shah.

De pronto, el mundo que creía conocer se abrió de par en par, como si alguien hubiera levantado el telón del escenario para enseñarle que había muchísimo más de lo que imaginaba. La magia existía. Los secretos se agazapaban en las tinieblas. Los personajes de las historias, las mismas que le habían contado a ella, se quitaban las máscaras y exclamaban: «Yo no fui jamás un cuento, sino una realidad».

Y un nuevo pensamiento le arrancó la sonrisa: su madre, paralizada con una expresión de preocupación en la cara. Aru sintió un doloroso nudo en el corazón. «No voy a dejar que te quedes así, mamá. Te lo prometo.»

La puerta se abrió.

La luz inundó el pasillo.

Bu soltó un graznido.

Aru notó que tiraban de ella hacia delante. Atrás quedaba el clima apacible de Atlanta. Ahora todo era frío y resplandeciente. Parpadeó y vio que se encontraba en el largo camino de entrada de una casa blanca descomunal. El sol ya se ponía. Todos los árboles estaban desnudos. Y justo delante de ella había... ¿una tortuga gigante?

Espera, no. Una chica. Una chica que llevaba una mochila muy poco favorecedora. Tenía los brazos cruzados y, debajo de los ojos, manchas de maquillaje corrido. Agarraba un bolígrafo con una mano y, con la otra, un paquete de almendras.

—¿En el Más Allá hay abejas? —preguntó la muchacha. No parecía sorprendida de ver a Aru. De hecho, le lanzó una mirada un poco recriminatoria, como si Aru llegase tarde—. No sé si me dan alergia o no, pero por si acaso. Si te pica una abeja, tardas un minuto en morir.

Un minuto. Y fijo que no hay sala de urgencias. A ver, ya sé que hay curas mágicas y tal, pero ¿y si no bastan? —La chica siguió mirando a Aru, ahora con los ojos medio cerrados—. Espero que no te den alergia las abejas. Solo tengo una inyección para utilizar en caso de emergencia. Supongo que la podemos compartir, ¿no? Yo te pincho a ti y tú me pinchas a mí.

Aru la miró fijamente. ¿Esa era su legendaria hermana Pandava? ¿La descendiente de un dios?

La chica comenzó a rebuscar en su mochila. Bu se derrumbó sobre la hierba. Aru oyó sus sollozos contenidos de «por qué a mí, por qué a mí».

# SEIS

## Mirando sin mirar

—Si has venido a buscarme, es que tu familia también se ha quedado congelada —dijo la chica. Titubeó un poco, pero enseguida se puso aún más recta—. ¿Llevas algo de dinero, por si acaso? No me he atrevido a cogerle el monedero a mi madre. No me parecía bien. —Estornudó y puso los ojos como platos—. ¿Y si soy alérgica a la magia? ¿Es lo que...?

—Basta —gruñó Bu—. ¿Eres una Pandava?

La chica asintió.

—¡Contéstame! —dijo Bu.

—Ha dicho que sí con la cabeza. —Aru le dio un golpecito con el zapato.

—No lo he visto.

—Será porque estás boca abajo en el suelo...

Bu se había derrumbado en el jardín delantero de lo que Aru supuso que era la casa de aquella chica. Qué sitio tan aburrido. No era en absoluto el tipo de lugar en el que ella imaginaba a otro hijo de los dioses. La hierba era claramente de la periferia. Limpia, pero no demasiado verde como para llamar mucho la atención.

Con un gran esfuerzo, Bu rodó y se quedó tumbado de espaldas. Con un suspiro, Aru lo levantó del suelo y se lo acercó a la chica.

—Él es nuestro... Mmm...

—Asistente embrujado, compinche, la alegría entre tanto drama, etcétera, etcétera —dijo Bu. Siguió tumbado en las manos de Aru—. A veces, los héroes épicos reciben la ayuda de águilas reales y de príncipes primates muy listos. Pero ha pasado cierto tiempo. El mundo está de un rancio que tira para atrás, así que... aquí estoy yo.

—Los héroes tenían águilas reales y nosotras tenemos a... —empezó la muchacha.

—Nosotras tenemos a un ser de antiguo renombre e ilustreza.

«Ilustreza» era una palabra que Aru oyó en una película en la que la gente se dirigía a una emperatriz. Aru suponía que significaba «ilustrada», porque era evidente que la cara de la emperatriz estaba dibujada (nadie se dejaba aquellas cejas). Pero no parecía ser un insulto. De hecho, Bu se levantó, sacudió las plumas y asintió.

La chica le lanzó a Aru una mirada en plan: «¿Seguro?». Aru se encogió de hombros. Quizá no era más que una mentira para levantarle el ánimo al pájaro. Quizá era la verdad. A Aru no le había costado decir aquello. Se había pasado la vida así: cuando veía algo que no era muy bueno, se decía a sí misma todas las cosas por las que en realidad era genial.

—Yo soy Aru.

—Mini. —La otra chica pestañeó.

—¿Cómo?

—Yo soy Mini —repitió ella.

—A ver, sí, eres bajita —dijo Aru—. Pero...

—Que ese es mi nombre.

—Ah.

—Así que... ¿somos hermanas? Pero no hermanas hermanas. Hermanas de alma.

Mini estaba muchísimo más tranquila que Aru cuando se enteró de que era una Pandava.

—¿Eso es lo que somos? —preguntó Aru.

—Ajá.

Aru quería saber muchas más cosas. Era probable que los padres de Mini le hubieran revelado su verdadera identidad, porque la chica estaba preparada (a su manera). Sabía qué ocurría. Sabía que Aru debía de estar relacionada con ella de algún modo porque también era una Pandava.

Sin embargo, la situación era de lo más extraña. Tan incómoda como caminar con unos zapatos demasiado grandes.

Siendo Aru cien por cien sincera consigo misma (y ella no se sinceraba totalmente con nadie más), sintió una punzada aguda de decepción. Pero ¿qué esperaba? A menudo, la cantidad de sorpresa que quería sentir no acababa de coincidir con la que sentía en realidad.

El año anterior, cuando le hablaron del baile de fin de curso, se imaginó algo parecido a una película de Bollywood. Luces resplandecientes. Un viento —de origen desconocido— le ondearía el pelo y todo el mundo bailaría una coreografía y daría los mismos pasos al mismo tiempo. Cuando llegó al baile, ningún viento le ondeó el pelo. Pero alguien le estornudó en la cara. Los refrescos estaban tibios y la comida, helada. Nada de coreografías (aquel baile *country* y cutre no contaba). Los que bailaban las canciones pop que sonaban estaban entusiasmadísimos. El profesor que vigilaba la fiesta no paraba de gritar: «¡Que corra el aire, por el amor de Dios!». Lo que al final de la noche se convirtió en: «¡QUE CORRA EL AIRE, POR EL AMOR DE LA SANTÍSIMA TRINIDAD! Y para colmo, el aire acondicionado se estropeó durante el baile. Cuando terminó, Aru se sintió rodeada del típico ambiente pestilente de después del patio. Eso era, digámoslo sin rodeos, lo peor de lo peor.

Conocer a Mini fue mejor que un baile de fin de curso. Aun así, Aru se sintió estafada.

Le habría gustado ver una sonrisa de hermana que le dijera: «Te conozco de toda la vida». En cambio, tenía delante a una extraña y a una paloma cuya cordura era más que cuestionable. Quizá tenía que ser así, una especie de prueba. Ella era una heroína (¿o solo a medias?), por lo que tal vez le tocaba ser paciente y demostrar que merecía su papel de Pandava. Solo entonces aparecería la magia.

Así pues, Aru le dedicó a Mini la que esperaba que fuera su sonrisa más amigable y deslumbrante.

Mini dio un paso atrás y apretó más fuerte su inyección antialergias.

No tenía el aspecto de ser una Pandava reencarnada, no más que Aru. Pero eran muy diferentes. Mini tenía los ojos ligeramente curvados. Y la piel del color dorado claro de la miel diluida. Nada que ver con el moreno de Aru. Aquello tenía sentido, sin embargo. La India era un país enorme con más de mil millones de habitantes. De un estado a otro, la gente era muy distinta. Ni siquiera hablaban los mismos idiomas.

Bu se elevó de las manos de Aru y revoloteó delante de las caras de las chicas.

—Tú eres Mini, ella es Aru. Y yo soy un impaciente. Presentaciones hechas, ¿vale? Pues andando al Más Allá.

—Señor *Unimpaciente*, ¿cómo llegaremos hasta allí? —le preguntó Mini.

—Veo que la ironía no es lo tuyo. —Bu se quedó mirándola—. Esperemos que hayas heredado algún otro don.

—Siendo una chica, será «doña», no «don» —observó Mini.

Antes de que Bu volviera a desplomarse, Aru lo agarró.

—¿No tendríamos que irnos ya? El Durmiente está por ahí paralizando a la gente, y si no lo detenemos antes del noveno día, esas personas... —Aru tragó saliva. No lo vio tan real hasta que lo dijo en voz alta—. Se quedarán así para siempre.

—¡Rumbo al Más Allá! —chilló Bu.

Podría haber sonado superépico. Como cuando Batman grita: «¡Al Batmóvil!». Pero apenas se le entendió, porque Bu graznaba dentro de las manos ahuecadas de Aru. A continuación, ella lo dejó en un árbol cercano.

—No recuerdo cómo se llega —dijo Mini—. Fui una vez, pero me mareé por el camino.

—¿Has estado antes en el Más Allá? —La envidia se apoderaba de Aru.

—Mis padres llevaron a mi hermano cuando cumplió trece —asintió Mini—. Yo también tuve que ir, porque no encontraron canguro para mí. Creo que los padres de cualquier Pandava tienen el deber de llevarlo al Más Allá en cuanto empieza a notarse que es un semidiós. ¿Los tuyos no?

«¿Los tuyos no?»

Aru detestaba aquella pregunta y todas sus variantes. La había oído muchas veces en los últimos años.

«Mi madre me ha preparado un bocadillo para la excursión. ¿La tuya no?»

«Mis padres siempre vienen a verme al ensayo de coro. ¿Los tuyos no?»

«Lo siento, no me puedo quedar después de clase. Mi madre me recogerá. ¿La tuya no?»

No. La suya y los suyos no, nunca.

La cara de Aru debió de reflejar una respuesta clara. La expresión de Mini se suavizó.

—Seguro que quería y al final nunca encontraba el momento. No pasa nada.

Aru miró a Mini: la boca aplastada y las cejas juntas. Y Mini le tenía lástima. Darse cuenta de eso fue como una picadura de mosquito. Chiquitita y agujereante.

Lo justo para ser un fastidio.

Y también para hacerla reflexionar. Si la madre de Mini se lo había contado todo a ella, ¿quería decir que sus madres se conocían? ¿Que hablaban? De ser así, ¿cómo es que Aru no lo sabía?

Colgado de un mirto, Bu empezó a arreglarse las plumas con el pico.

—Sí. Veamos, así es como se llega: vosotras...

—¿No vamos en coche? —preguntó Mini.

Aru frunció el ceño. No sabía mucho sobre magia, pero no pensaba que al Más Allá pudiera llegarse por carretera.

—Es demasiado peligroso. —Bu sacudió la cabeza—. El Durmiente os está buscando.

—¿Por qué? —preguntó Aru, con escalofríos por medio cuerpo—. Creía que su misión era despertar al Señor de la Destrucción. ¿Qué quiere de nosotras?

—Vuestras armas —dijo Bu—. El Señor de la Destrucción está rodeado de una esfera celestial que solamente puede hacerse añicos con un artilugio inmortal como esas armas.

—Espera, espera. —A Aru le empezaba a doler la cabeza—. O sea, necesitamos armas que eviten que nuestras armas se conviertan... en armas.

—Pero ¡no tenemos ningún arma! —exclamó Mini—. Por lo menos, yo no. —Se puso pálida—. ¿Se supone que debería tener una? ¿Tú tienes? ¿Es demasiado tarde para conseguir una? ¿Hay alguna específica, como, por ejemplo, tener solo dos lápices para hacer todos los exámenes o...?

—¡Silencio! —chilló Bu—. Es normal que estéis desarmadas. En cuanto al lugar del que recuperaréis esas armas tan poderosas, será el Consejo de Guardianes el que os dé las instrucciones. Nos esperan en el Más Allá.

Revoloteó delante de ellas. Luego, picoteó el suelo mientras caminaba haciendo un circulito.

—La clave para llegar al Más Allá es establecer contacto. Tenéis que agarraros a algo invisible. Imaginaos que es una cuerda de esperanza. Lo único que hay que hacer es encontrarla y tirar de ella. Así de sencillo.

—¿Una cuerda de esperanza? —dijo Aru—. Eso es imposible...

—¡Si fuera más fácil, cualquiera iría al Más Allá! —contraatacó Bu.

Mini se subió un poco las gafas y después empezó a manotear el aire. Con cuidado, como si el viento la pudiera morder. No ocurrió nada.

—Mirar de reojo es muy útil —dijo Bu—. Normalmente es así como se encuentran casi todas las entradas al Más Allá. Hay que mirar sin mirar. Hay que creer sin creer. Es interesantísimo.

Aru lo intentó. Miró de reojo, sintiéndose de lo más ridícula. Pero entonces, y para su sorpresa, vio algo que parecía un hilo de luz en el medio de una calle vacía. El mundo permanecía en silencio. Todas las casas preciosas estaban cerca y lejísimos a la vez. Aru pensó que, si alargaba la mano, sus dedos tocarían una fina lámina de cristal.

—Nada más contactar con el intervalo, cerrad los ojos.

Mini obedeció y Aru la imitó. Alargó los brazos sin ninguna esperanza, pero deseando encontrar algo desesperadamente.

Al principio, sus dedos no dieron con nada, pero después... lo notó. Como una corriente de calor.

Le recordó al verano. A aquellos días en que su madre la llevaba al lago, algo nada habitual. A veces en el agua había zonas frías. Y a veces había remolinos de calor, una porción de agua calentada por el sol que la envolvía.

O a veces era que, sencillamente, alguien había hecho pis a su lado. Eso era lo peor.

Y ahora lo sintió (el calor, no el pis).

Sujetó la corriente y algo sólido rozó su mano...

Un pomo.

Bueno, no un pomo normal. Más bien un poco de magia que hacía todo lo posible por parecerse a un pomo. Era metálico y frío al tacto, pero se retorcía e intentaba liberarse de su mano. Se oyó un chirrido indignado cuando Aru agarró el pomo con más fuerza. Todos sus pensamientos se unieron en una sola petición: «Dejadme entrar».

El pomo hizo «ejem».

Ella tiró.

Y donde antes había un tramo de carretera, un árbol de Júpiter y un buzón un poquito torcido, ahora había un panel de luz. Las alas de Bu batieron detrás de ella.

Los tres caminaron hacia aquella entrada de luz. (Bueno, Bu no, porque había decidido posarse en la cabeza de Aru.) Los ojos de Aru se adaptaron poco a poco. Al principio solo veía un techo cavernoso que se arqueaba encima de su cabeza. Se encontraban en una cueva gigantesca salpicada de estrellas. A su alrededor volaban lucecitas minúsculas.

—¡Abejas! —aulló Mini.

Aru se fijó bien. No eran luces ni abejas, sino polillas. Polillas con alas de fuego. Cada vez que una pasaba por su lado, Aru oía el susurro de una risa. Las paredes estaban cubiertas de sombras. No había puertas que permitieran la entrada o la salida. Estaban en una burbuja.

Aru examinó el extraño suelo que había a sus pies: blanquecino e irregular. Cada baldosa tenía un tamaño diferente. De hecho, cuanto más lo miraba, más le parecían...

—¡Huesos! —dijo una voz más adelante—. ¿Os gustan? Tardé años en coleccionarlos. Caminar encima de ellos es muy cómodo, pero cuidado con los dientes. Hay algunos incisivos.

Aru se puso rígida. Mini empezó a rebuscar en la mochila y sacó un inhalador.

Las polillas de luz se arremolinaron junto a una silueta en la oscuridad. Una a una, batieron las alas y se quedaron quietas, como si quisieran escoltar a quienquiera que estuviese en la negrura. La silueta se hizo más nítida.

Ahora parecía un cocodrilo que se hubiera revolcado en un montón de luces de Navidad. Solo que aquel cocodrilo era azul brillante y tan grande como una casa de tres pisos. El cocodrilo también sonreía, y podía deberse a que estaba alegre o a que estaba —como empezó a deducir Aru con auténtico terror— hambriento.

# SIETE

## El Consejo de Guardianes

—Porfavornonoscomasporfavornonoscomasporfa-
vornonoscomas —dijo Mini al instante.

—¿Comeros? —repitió la criatura, pasmada. Abrió
los ojos de par en par. A Aru le recordaron a los de un
insecto: raros y geométricos, como una unión de pantallas
de televisión—. No se os ve muy comestibles. Perdón.
No quería ser grosero.

Aru no se sintió ofendida de ninguna de las maneras, pero prefirió no decirlo.

—¡Makara! —Bu salió volando hacia delante—.
¡Guardián de los umbrales entre mundos!

Aru lo miró embobada. ¡Un *makara* de verdad! Los
había visto en fotos, pero solo en forma de estatuas de
cocodrilo que custodiaban templos y puertas. Según la leyenda, la diosa del río Ganges recorría el agua montada
en uno. Aru no sabía si aquella historia los convertía en
barcos mitológicos o en perros guardianes. A juzgar por
la manera en que el *makara* movía la cola de la emoción,
Aru optó por lo segundo.

—Deja pasar a los hermanos Pandava de esta generación... —comenzó Bu.

—Yo más bien diría hermanas. —El *makara* frunció el ceño.

—¡A eso me refería! —le espetó Bu.

—Espera... A ti te reconozco —dijo el *makara* lentamente, con la cabeza ladeada mientras observaba a Bu—. No tienes el mismo aspecto.

—Ya. Bueno, es lo que pasa cuando... —Las palabras de Bu terminaron en un murmullo incoherente—. Las heroínas han venido a reunirse con el Consejo y obtener los detalles de su misión.

—¡Ah! ¡Una nueva oportunidad para el fin del mundo! Qué maravilla. Espero recibir a más gente. No suelo recibir a mucha. ¡Ahí va! Creo que la última vez que abrí esta puerta para una Reclamación fue en..., buf, hace mucho. No sé ni cuántos años han pasado. Los números nunca se me han dado bien —dijo el *makara* con cierta timidez—. Siempre que intento contar, me acabo distrayendo. También me pasa al hablar, a veces es como... es como... —El *makara* parpadeó—. Tengo bastante hambre. ¿Me puedo ir ya?

—Makara —gruñó Bu. El *makara* se encogió y se puso en cuclillas—. Abre la puerta de la Corte Celestial.

—¡Ah! Por supuesto. Sí, ¡eso lo sé hacer! —dijo el *makara*—. Primero, tengo que comprobar que son quienes dices que son. ¿Quiénes dices que son? ¿O qué son? No he visto nunca topos, ¿sabes?, y el otro día leí algo sobre ellos en un libro de animales. ¿Son topos?

—Humanos —colaboró Aru.

—Qué humanos tan pequeños. ¿Seguro que no son topos?

—No hemos acabado de crecer —dijo Mini—. Pero mi pediatra dice que lo más probable es que no mida más de metro y medio.

—¿Un metro y medio, dices? —preguntó el *makara*. Se sentó en el suelo y se rascó la frente—. Un metro tiene muchos vagones. Un tamaño demasiado grande para un humano. Pero es solo mi opinión.

El *makara* levantó la cabeza, como si quisiera ver más allá. Algo destelló en sus ojos geométricos. Aru vio una imagen de sí misma abriendo la puerta del museo a Poppy, Arielle y Burton. Vio que la llama del mechero se acercaba al borde de la lámpara.

Otra cosa brilló en las profundidades de la mirada del *makara*... Aru vio que Mini encontraba a sus padres paralizados en el sofá. En la televisión daban una película. Un chico mayor, seguramente el hermano de Mini, estaba en pleno tiro de baloncesto.

Al principio, Mini se hizo un ovillo en el suelo del comedor y lloró y lloró. Al cabo de unos minutos, fue al piso de arriba y cogió una mochila. Se quedó mirando su reflejo en el espejo, cogió el lápiz de ojos de su madre y se pintarrajeó unas líneas rápidas en las mejillas. Después, les dio un beso a sus padres congelados, abrazó a su hermano inmóvil y salió afuera, preparada para afrontar cualquier mal que estuviera destinada a derrotar.

Mini, a pesar de sus temores a las alergias y a las abejas mágicas, era valiente.

La cara de Aru se enrojeció. Comparada con Mini, ella no era nada valiente.

—Bueno, pues ¡sí que son quienes dices que son! —anunció el *makara*—. Espero que el Consejo se fíe de mí.

—Eso, eso. —Bu carraspeó—. Yo nunca miento.

Aru no era capaz de decir lo mismo.

—¿Fuiste tú quien encendió la lámpara? —Mini la miraba fijamente.

«Ahora viene la bronca.»

—Sé que tenía que pasar —dijo Mini enseguida, como si hubiera ofendido a Aru—. Mi madre me contó que el Durmiente siempre estuvo destinado a intentar derrotarnos. No te preocupes, no estoy enfadada. Era imposible que supieras lo que pasaría con la lámpara.

Y era cierto, pero aun así... Aru sabía que no debía encenderla. El problema es que su madre nunca le explicó por qué. Por tanto, Aru pensó que no era más que una de aquellas advertencias generales que los padres dan a los niños, como «¡Ponte crema o te vas a quemar!» o, como le solía recordar a Aru la encargada del templo hindú del campamento de verano, «¡Ponte crema o te pondrás más morena y no encontrarás marido!». Hasta que pasara, ¿qué más daba? Aru nunca se quemó la piel, y con doce años no tenía ninguna necesidad de ponerse a buscar marido.

Pero contra los demonios no había ninguna loción protectora. Todo se resumía a una sola cosa: ella no debía encender la lámpara y, de todos modos, la encendió. El hecho de que era algo «destinado» a suceder no le quitaba su parte de culpa. El remordimiento de Aru empezaba a agitarse en su estómago. Hasta tal punto que pensaba que iba a vomitar.

Una polilla brillante aleteó delante de Aru, Mini y Bu. Le crecieron las alas y la luz atravesó el aire, como una especie de caligrafía hecha con la luz de las estrellas. Las alas se alargaron y se desplegaron hasta llegar a cubrir a las chicas y al pájaro.

—¡Adiós, personitas incomibles, adiós, Subala! —gritó el *makara*, que ya se perdía de vista—. ¡Que todas las puertas que encontréis en la vida se os abran y nunca os golpeen en el culo al cerrarse!

La polilla se desvaneció y los tres se encontraron en una estancia al aire libre. Normal que se llamara Corte Celestial. Por encima de ellos, el cielo estaba veteado de nubes. Las paredes eran cintas de luz titilante. En el aire flotaba una música suave. Aquel espacio desprendía el olor intenso y delicioso de la tierra después de una tormenta de verano. Aru deseó que el mundo oliera siempre así. A miel, menta y plantitas verdes brillantes.

A su lado, Mini gruñó y se agarró la barriga.

—¿Os he dicho que tengo acrofobia?

—¿Te dan miedo las arañas?

—¡No! Eso es aracnofobia. ¡Me dan miedo las alturas!

—¿Las alturas?

Aru miró hacia abajo. Y ojalá no lo hubiera hecho. Había un buen motivo para pensar que volaban por encima de la tierra: eso era exactamente lo que estaban haciendo.

Debajo de sus pies había dos volutas de nubes. Y más allá... una larguísima caída por el cielo vacío.

—No os quitéis las zapatillas nubosas —dijo Bu, que revoloteaba a su lado—. No sería una buena idea.

—¿Es aquí donde se encuentra el Consejo? —gimoteó Mini.

—Se reúnen los martes y los jueves, y durante las lunas llenas y las lunas nuevas, y también para el primer y para el último capítulo de una temporada de *Juego de tronos*.

Hablando de tronos... A su alrededor flotaban siete sillas enormes dignas de la realeza. Todos los tronos eran de oro. Salvo uno, fuera del círculo, que estaba deslustrado y oxidado. Aru solo vio las letras U-A-L-A que estaban grabadas justo debajo del asiento.

Los otros nombres eran fáciles de leer. Al recorrerlos, Aru se quedó sin aliento. Los reconocía de las historias que había oído y de los objetos que su madre había comprado para el museo.

Estaba Urvashi la *apsara*, la cantante y bailarina celestial cuya belleza nadie podía igualar. También Hanuman, el famoso pícaro que ayudó al dios Rama en su lucha contra el rey de los demonios. Había más nombres. Como Ulupi y Surasa, las reinas serpientes; Jambavan, el rey oso; y Kubera, el Señor de las Riquezas. Estos guardianes eran inmortales y dignos de veneración, pero a menudo se los consideraba al margen del plantel principal de dioses y diosas.

Cuando Bu habló de un consejo, Aru se imaginó a estirados consejeros de un Gobierno, no a personajes de los mitos y los cuentos que le habían metido en la cabeza desde que era una niña. Urvashi era una especie de reina ninfa celestial y Hanuman, que era el hijo del dios del viento, un poderoso semidiós.

Ahora sí que Aru deseó no llevar su pijama de Spiderman. Era una horrible pesadilla en la que ella recorría la alfombra roja del estreno de una superproducción con un sombrero de papel de aluminio y botas de lluvia con forma de patitos de goma. ¿Por qué le estaba ocurriendo todo aquello a ella?

—En una escala del uno al diez —Aru se giró hacia Mini—, ¿cómo me ves? El diez sería «quema la ropa que llevas».

—Pero ¡entonces no llevarías nada de nada! —dijo Mini, horrorizada.

—O sea, que tengo una pinta horrorosa pero que la alternativa es todavía peor, ¿no?

El silencio de Mini era un «sí» clarísimo.

—Mejor ver un pijama que piel —dijo Bu—. Salvo que sea la piel de un demonio al que has matado. Entonces sería una vestimenta muy de héroe.

¿La piel pesada y apestosa de un demonio?

—Prefiero el tejido de poliéster —dijo Aru.

—¿De Poli Éster? ¡Pobre criatura! —graznó Bu. Para ser una paloma, puso una cara de honda preocupación—. Los que estudiáis secundaria sois de lo más cruel.

Mini, tal vez al notar que la conversación pasaba de absurda a superabsurda, decidió intervenir.

—¿Por qué algunos tronos solo se intuyen?

Aru se fijó en el círculo de tronos. Había algunos parcialmente transparentes.

—No todos los guardianes del Consejo están disponibles al mismo tiempo —dijo Bu—. ¿Por qué iban a estarlo si el mundo no necesita que lo salven? Nadie pensaba que fueran a encender la lámpara en unos diez o veinte años más. Creían que aún había tiempo para prepararse para la llegada del Durmiente. Hasta que alguien... —Se quedó mirando a Aru.

Aru pestañeó, inocente. «¿Quién, yo?»

A su lado, Mini se atrevió a echar un vistazo a sus pies y comenzó a tambalearse.

—Ay, que me va a dar algo —gimió.

—¡Ni se te ocurra! —exclamó Bu. Voló hasta Mini y le picoteó la nariz—. ¡Me vais a avergonzar delante de los guardianes! ¡Espaldas rectas! ¡Plumas arregladas! ¡Picos impolutos!

—¿Qué va a pasar? —preguntó Aru.

Normalmente no se ponía nerviosa al conocer a gente nueva. Pero es que Urvashi y Hanuman no eran gente normal y corriente. Tampoco eran leyendas. Eran reales.

—El Consejo tiene el deber de preparar la misión. El Durmiente está por ahí ahora mismo, buscando una manera de hacerse con las armas celestiales y utilizarlas para despertar al Señor de la Destrucción. Vosotras debéis conseguir las armas primero.

—¿Nosotras solas? —preguntó Mini.

—Me tenéis a mí —dijo Bu con delicadeza.

—Ah, genial. Porque contra un demonio, lo mejor es tener a una paloma de compinche —dijo Aru.

—¡Serás grosera! —resopló Bu.

—¡No está tan mal! —terció Mini con una alegría falsa—. ¿No se supone que el Consejo nos ayudará?

En aquel instante, Aru oyó una carcajada que pareció la risa de un candelabro.

—¿Por qué iba a querer ayudaros? —preguntó una voz clara y sonora.

Antes, aquel lugar olía a tormenta de verano; ahora, como si todas las flores habidas y por haber se hubieran convertido en perfume. No era agradable. Era agobiante.

Aru se giró y vio a la mujer más bella del mundo sentada en el trono en el que se leía Urvashi. Llevaba *leggings* negros y un *salwar kameez* superior que habría pasado por un simple tejido de algodón blanco de no ser porque brillaba como si los hilos fueran de luz lunar. Alrededor de los codos tenía un par de brazaletes *gunghroos* con cascabeles que resplandecían. Era una mujer alta, con la piel oscura y el pelo recogido en una trenza lateral un poco desarreglada. Daba la impresión de que acabara de salir de un ensayo de baile. Y probablemente fuera así, teniendo en cuenta que era la gran bailarina de los cielos.

—¿Para salvarnos a todos nos traes esto? Casi que prefiero prenderme fuego a mí misma y ahorrarle el trago al Señor de la Destrucción.

Aru tardó unos instantes en darse cuenta de que Urvashi no hablaba ni con ella ni con Mini. Hablaba con Bu.

A la izquierda de la bailarina celestial, una voz grave soltó una carcajada.

—Se la tienes jurada, ¿eh? Hace más de mil años que se cargó tu conjunto.

Hanuman, el semidiós primate, se materializó en su trono. Vestía una americana de seda y una camisa estampada con hojas silvestres. Su cola se desplomó sobre el respaldo del asiento, y de una de sus orejas colgaba una joya que parecía una pequeña corona.

—No era un conjunto cualquiera, orangután —le espetó Urvashi—. Estaba hecho de los gritos de asombro de todas las personas que me llegaron a ver. ¡Tardaron siglos en coserlo! ¡Subala lo sabía!

—Es un pájaro... ¿Qué esperabas? —dijo Hanuman.

—¡No soy un pájaro! —gritó Bu—. ¡Y lo sabes!

Aru estaba tan distraída con aquella discusión que tardó un rato en darse cuenta de que Mini le tiraba de la manga. Mini señalaba hacia el trono deslustrado en el que se leían las letras U-A-L-A.

Aru dedujo cuáles eran las letras que faltaban: una S y una B. Subala. ¡Bu era uno de los guardianes! Pero no se parecía a los demás. No era brillante ni poderoso. Y su trono había sido apartado del círculo. ¿Qué había sucedido?

—Ya sabéis por qué he venido —dijo Bu a los guardianes—. Ellas son las heroínas elegidas de esta era.

—Es decir, que hemos pasado de ayudar a los salvadores de la humanidad a hacer de niñeras. No, gracias.
—Urvashi arrugó la nariz.

—No somos niñas. —Aru se ruborizó.

—Eh, Aru... —dijo Mini—, sí que somos niñas.

—Somos preadolescentes.

—Es lo mismo, pero dicho de otra manera.

—Ya, pero suena mejor —masculló Aru.

—Seáis lo que seáis, para mí solamente sois una cosa —dijo Urvashi—. Una. Pérdida. De. Mi. Precioso. Tiempo. —Sacudió el reposabrazos de su trono y después clavó su oscura mirada en Bu—. Por cierto, ¿cómo has traído hasta aquí a dos niñas mortales?

—Por el camino de siempre —resopló Bu—. Y no son niñas mortales. Tienen alma de Pandava. Sé que es así.

—Si son Pandava de verdad, me maravilla que seas precisamente tú el elegido para echarles una mano. —La risa de Urvashi sonó a música de cascabeles—. Pero no me fío de ti. Las almas de los Pandava llevan aletargadas desde el fin de la guerra del Mahabharata. ¿Por qué iban a aparecer ahora?

—Porque el Durmiente se ha despertado —intervino Aru, cuya rabia le cosquilleaba la piel—. Y necesitamos ayuda para poder salvar a nuestras familias.

A su lado, Mini asintió, entristecida.

—Así pues, tenéis que darnos un arma y decirnos qué hay que hacer —dijo Aru.

—¿El Durmiente? —Hanuman las observaba solemnemente. Levantó la cola—. Entonces es lo que nos temíamos, Urvashi. Lo que hemos visto... Era él.

Bajo los pies de Aru, el cielo desapareció. El aire se llenó de electricidad estática y a ella y a Mini les pareció estar encima de una pantalla de televisión gigantesca. Hanuman pasó la mano por la pantalla y por debajo de ellos comenzaron a proyectarse imágenes.

La primera visión mostraba la calle del Museo de Arte y Cultura de la Antigua India. Una hoja movida por el viento no había llegado a caer. Lo único que se movía allí eran las nubes. Reinaba el silencio, pero un silencio desagradable. Un silencio de cementerio: desolado, espeluznante e impertérrito.

La segunda visión mostraba la calle de las afueras donde Aru y Bu encontraron a Mini. Dos chicos aparecían congelados en plena discusión sobre un cómic. Una chica que jugaba al baloncesto había dado un salto y estaba paralizada en el aire, los dedos aún pegados al balón.

Junto a Aru, Mini soltó un grito.

—¡Mis vecinos! ¿Están bien? ¿Sabéis que si no bebemos agua en unas doce horas podemos llegar a morir? ¿Cómo...?

—Los congelados ahora no sufren —les contó Hanuman—. Pero sí que sufrirán si no detenemos al Durmiente cuando llegue la luna nueva.

A Aru se le cerró la garganta. Toda esa gente... gente a la que no conocía. Acabarían heridos por culpa de aquello, por culpa de lo que había hecho ella.

—El Durmiente nos está pisando los talones —dijo Bu, pesimista—. Ha pasado por ahí en su búsqueda para dar con nosotros.

—«Búsqueda» es una palabra demasiado suave para lo que está haciendo. Es una cacería —dijo Urvashi.

La espalda de Aru se llenó de escalofríos. Sin embargo, algo no tenía sentido. Si el Durmiente los buscaba a ellos, ¿por qué no se quedó en el museo cuando Aru encendió la lámpara?

Era evidente que los buscaba (se negaba a pensar que los cazaba; ella era una chica, no una liebre), pero también estaba urdiendo un plan. Por lo menos, es lo que haría ella si fuera un demonio. Si tus enemigos han salido a por ti, debes despistarlos. Como en una partida de ajedrez. Tienes que llevar a cabo el movimiento más imprevisible. Y para llegar a tu objetivo, el rey, primero debes echar abajo las defensas.

—¿Ha pasado algo más? —quiso saber Aru.

—¿Algo más que un mundo que se va congelando poco a poco, quieres decir? —se burló Urvashi con una mueca de disgusto.

Pero Hanuman lo entendió. Su cola dio un chasquido.

—Los vehículos... —dijo lentamente—. Los vehículos de los dioses y las diosas han desaparecido.

Gracias a las historias de su madre, Aru sabía que cuando Hanuman decía «vehículos» no se refería ni a coches ni a bicis. Se refería a las monturas especiales que utilizaban las deidades. Ganesha, el dios de los nuevos comienzos, con cabeza de elefante, montaba en un ratón (Aru siempre pensó que debía de ser un ratón muy cachas). La diosa de la fortuna, Lakshmi, montaba en un búho. Indra, el rey de los dioses, montaba en un majestuoso caballo de siete cabezas.

—El Durmiente también pretende ralentizar los cielos —dijo Urvashi, con los ojos como platos—. Querrá cortarnos las piernas... Pero si se ha despertado de verdad, ¿cómo es posible que los agentes de los cielos sean... ellas? —Movió una mano en dirección a Aru y Mini.

Mini sujetó la mochila con más fuerza. A diferencia de Aru, ella no miraba fijamente. Tenía los ojos brillantes, como si estuviera a punto de echarse a llorar.

—Porque... porque somos Pandava —dijo Aru, intentando que no le temblara la voz—. Y es nuestro trabajo o...

—Vuestro *dharma* —susurró Bu—. Ayudar a derrotar al Durmiente una última vez es vuestro deber sagrado.

«¿Derrotar? ¿Una última vez?» Todo aquello era nuevo para Aru. Hasta las caras de los guardianes se tensaron al oírlo.

—Sí. Eso —dijo Aru—. Nos tenéis que ayudar, pues.

—¿Ah, sí? —dijo Urvashi. Su voz sonaba ahora terriblemente tranquila—. Si sois Pandava, demostradlo.

—Jamás hemos obligado a nadie a presentarse a una Reclamación si no estaban preparados. Los Pandava siempre se han sometido a un entrenamiento, ¡siempre! —Hanuman se levantó del trono y se quedó mirando a Aru y a Mini—. Son solo unas niñas.

—De acuerdo con las normas —dijo Urvashi con una sonrisa cruel—, creer o no creer que son semideidades es algo que debemos aceptar por unanimidad los guardianes disponibles. Yo no me lo creo. Y si son solo unas niñas, que no molesten.

Aru iba a decir algo, pero otra persona se le adelantó.

—Os lo vamos a demostrar —dijo Mini.

Tenía los puños bien apretados a ambos lados. Aru sintió una extraña ráfaga de orgullo por la sorprendente valentía de Mini. A Bu, sin embargo, no se le veía entusiasmado. Aleteó hasta su antiguo trono con la cara más contraída y solemne que podía poner una paloma.

—¡Que comience la Reclamación! —gritó Urvashi.

La Corte Celestial se alejó rumbo a la oscuridad. Y donde antes estaba el círculo de tronos que las rodeaba, ahora había otra cosa: cinco estatuas gigantes. Si no se encontraran ya en el cielo, Aru habría supuesto que las cabezas de las estatuas tocarían las nubes.

Su corazón latió con fuerza, ya sin la anterior ráfaga de confianza.

—Decís «reclamación» una y otra vez, pero ¿qué es lo que vamos a reclamar exactamente?

—¿Los gastos de la hipoteca? ¿La cláusula suelo? —probó Mini. Se encogió de hombros al ver la cara de desconcierto de Aru—. ¿Qué pasa? Mi madre es asesora fiscal.

—Vosotras no vais a reclamar nada —dijo Bu—. La Reclamación la harán los dioses. Cada hermano o hermana Pandava tiene un padre divino diferente. Ahora vais a saber quién es el vuestro.

Aru sabía por las historias de su madre que había cinco hermanos Pandava principales. Los tres primeros (Yudhisthira, Arjuna y Bhima) eran los hijos del dios de la muerte, del dios de los cielos y del dios del viento, respectivamente. Los gemelos Nakula y Sahadeva nacieron gracias a la bendición de los Ashuin, los dioses gemelos de la medicina y del ocaso. Y todavía había un sexto: Karna, el Pandava secreto, hijo del dios del sol.

Aru no sabía por qué se llamaban «hermanos» si ni siquiera tenían la misma madre, pero quizá era por lo que antes había dicho Bu: que dos hermanos no necesariamente están unidos por la sangre. Las almas de ambas compartían una divinidad que era tan potente como la sangre.

O algo así.

—Un momento. O sea, ¿ahora bajarán de los cielos, nos sopesarán y dirán: «Sí, esa de ahí parece mi hija»? —preguntó Aru.

—¿Sin documentación ni nada? —aulló Mini con voz aterrorizada—. ¿De qué se trata? ¿De una charla o de un análisis, como una prueba de paternidad?

Si Bu conocía la respuesta, no tenía ningún interés en compartirla con ellas. Ignoró las preguntas y se acercó a una de las estatuas gigantes.

—Haced un *pranam* cuando pronuncie los nombres de los dioses —dijo.

Un *pranam* es un saludo en el que se tocan los pies de los mayores. Aru debía hacerlo cuando iba al templo y se encontraba con el sacerdote o con alguien mucho más viejo y reputado.

—Siempre me toca hacerlo cuando los padres de mi madre vienen de visita —susurró Mini—. Los pies de mi abuelo son superpeludos...

—¿Y los padres de tu padre? —preguntó Aru.

—Son filipinos. A mi yaya solo le gusta que le toque los pies si le estoy dando un masaje.

—¡Chsss! —dijo Bu.

—¿Cómo sabremos si uno de los dioses nos reclama? —preguntó Aru.

—Muy fácil. Decidirán dejaros con vida.

—¿CÓMO? —gritaron Mini y Aru al mismo tiempo.

Las paredes de cintas de luz empezaron a parpadear.

—No os preocupéis —las tranquilizó Bu alegremente—. Solo me he equivocado con un Pandava una vez.

—O sea, que esa persona...

—¡Cuidado! —chilló Mini empujando a Aru.

Las cintas de luz poco a poco se convirtieron en un montón de puntitos centelleantes, como estrellas. Pero a medida que se acercaban, Aru vio que no eran estrellas.

Eran puntas de flecha.

Y se dirigían directamente hacia ellas.

# OCHO

## ¿Quién es tu padre?

Aru había visto muchísimas películas. Quizá más de la cuenta, pero le daba igual. En una película, ese sería el momento en el que vería pasar toda su vida delante de ella mientras un grupo de gente gritaba entre sollozos: «¡Aguanta! ¡No vayas hacia la luz!».

Cuanto más cerca estaban las flechas, más grandes eran. Cortaban el aire, y el ruido que hacían estaba entre una mueca y un silbido.

Aru recorrió el cielo vacío con los ojos. Qué importaban las reglas de las películas. Iría donde fuera —incluso hacia una luz sospechosa y brillante al final de un túnel— con tal de salir de allí.

Y entonces, la lluvia de flechas se detuvo de golpe. Como si alguien hubiera apretado el botón de pausa.

—No os preocupéis —dijo Bu—. Las flechas no os alcanzarán de verdad hasta que hayáis presentado vuestros respetos a los cinco dioses padres del *Mahabharata*.

Aru y Mini se agacharon, una al lado de la otra. Las dos se quedaron mirando las flechas temblorosas que, a poca distancia, se cernían sobre sus cabezas. Quizá fuera su imaginación, pero Aru y Mini creyeron que a las flechas les molestaba mucho tener que esperar para abalanzarse sobre ellas.

—¿Deberíamos alegrarnos? —dijo Aru.

—Dios Yama, te saludamos —enunció Bu con voz grave.

La estatua de Yama, el Señor de la Justicia y de la Muerte, se les acercó. Era gris como la ceniza. Le sobresalían dos colmillos del labio inferior. Con una mano sujetaba la vara *danda*, el bastón que utilizaba para castigar a las almas en la otra vida. Con la otra, el lazo que usaba para atar las almas de los muertos. La respiración de Aru se aceleró al recordar qué Pandava era su hijo: Yudhisthira. Era el hermano mayor Pandava, conocido por ser noble, justo y sabio.

Aru no sabía si quería que Yama fuera su padre. ¿Ser conocida por ser la más sabia y justa? Demasiada presión.

—¡El *pranam*! —bufó Bu.

Mini y Aru se inclinaron hacia delante y tocaron los pies del dios.

—Dios Indra —dijo Bu.

La estatua de Indra, el rey de los cielos, era la siguiente. Su piel era del color de una tormenta. En una mano sujetaba su arma *vajra*, el relámpago. Aru no podía ser hija de Indra, de ninguna de las maneras. Su hijo Pandava era Arjuna el Triunfal. De todos los hermanos Pandava, Arjuna era el más famoso. Fue el que vivió más aventuras, y su increíble destreza con el arco y las flechas era legendaria. Si ser sabio y justo era demasiada presión, imagina ser considerado el héroe más grande de la historia.

«No, muchas gracias», pensó Aru.

—Dios Vayu.

«Anda, pues ese no estaría tan mal.»

Vayu, Señor de los Vientos, trajo consigo una suave brisa. Tenía la piel oscura y el aspecto de un actor guapísimo de Bollywood. Sujetaba un pendón que anunciaba las direcciones del viento. Su hijo Pandava era Bhima el Fuerte. A Bhima se le conocía por tener un apetito ridículamente insaciable, por ser superfuerte y también por su mal carácter. Aru creyó que podría con todo eso.

—Los dioses Ashuin, Nashatia y Dasra.

Brillaron dos estatuas con cabeza de caballo. Eran los dioses de la aurora y del ocaso, y también de la medicina. Sus hijos Pandava también eran gemelos: Nakula el Hermoso y Sahadeva el Sabio.

«No me importaría que se me conociera por ser guapa», pensó Aru. En cuanto a la sabiduría, tenía ciertos recelos.

Mini y Aru presentaron sus respetos a todos. Una vez terminado el último *pranam*, las dos se situaron en el círculo de dioses, espalda contra espalda. Por encima de su cabeza, Aru oyó el siseo impaciente de las flechas. Los dardos temblaban, pero no como una hoja que está a punto de caer de una rama, sino como una especie de bestia rabiosa que tiembla de las ganas que tiene de despedazarte. Demasiado tarde, Aru recordó el «consuelo» de

Bu: que las flechas solo las alcanzarían cuando hubieran terminado los *pranams*.

Y ya los habían terminado.

Un sonido afilado cortó el aire, como si alguien hubiera lanzado al suelo un puñado de agujas de coser. Una flecha aterrizó cerca del pie de Aru. Mini chilló.

Unas cuantas flechas fueron arrojadas al suelo. No todas a la vez. No, eso habría sido demasiado fácil.

Era como si alguien estuviera tentando a los dioses: «¿Te llama la atención una de estas niñas? ¿Quieres salvar a una? Espera, te daré un segundo para que te lo pienses».

Desesperada, Aru intentaba ver por encima de su cabeza.

—¡Aparta! —gritó Mini mientras intentaba empujar a Aru fuera del círculo de estatuas.

Aru se tambaleó hacia atrás. Cuando miró hacia el lugar donde había estado, vio un puñado de flechas en el aire.

—¡Tranquilizaos! —gritó Bu.

—¡¿Cómo quieres que nos tranquilicemos si nos están disparando flechas?! —chilló ella.

—¡Los dioses! —dijo Bu.

—Pero ¡nosotras no somos diosas! —contraatacó Mini.

—Uy. ¡Es verdad!

Mini levantó la mochila y corrió para llegar al lado de Aru.

—Tenemos que escondernos —murmuró.

Pero ¿de qué iba a servir? Las flechas las encontrarían igualmente. Aru observó las estatuas y sus rostros fríos e impasibles. «¿Acaso les da igual?» Trató de desencajar uno de los dedos de una estatua para lanzárselo a las flechas. Aunque no tuviera éxito, por lo menos así se sentiría útil. Pero la piedra no cedió.

Más flechas aterrizaron delante de Aru. Una se quedó a poquísima distancia de su meñique. Otra le pasó rozando la oreja. Ahora, las flechas parecían una colonia de murciélagos.

—Es el fin —gimió Mini, con la mochila bien levantada. Estaba apretada contra los pies de piedra de Vayu.

Aru empezó a mentalizarse.

A su alrededor volaban varias puntas de flecha que le lanzaban viento a la cara.

Aru alargó una mano y cerró los ojos.

—¡Basta!

El silbido del viento se silenció. Aru abrió los ojos. Todavía tenía la mano extendida. Por unos instantes, se preguntó si las flechas las había detenido ella. Pero entonces vio qué era lo que la protegía: una red. La red chisporroteaba y brillaba como si la malla estuviera hecha de... de relámpagos.

Sus pies ya no tocaban el suelo. Estaba flotando en medio de un halo de luz. En aquel momento, Aru sintió el absurdo deseo de hacer dos cosas:

1. Cantar «El ciclo de la vida», la canción de *El rey león*.

2. Vomitar.

¿Levitar debido a una fuerza secreta? No, gracias. Pero entonces miró a su alrededor y vio que las flechas habían desaparecido. Las estatuas también habían cambiado de sitio. Antes estaba junto al dios del viento. Pero ahora era Indra, el dios del trueno, el que la miraba. Su cara era aún de piedra, pero su expresión pasó de la indiferencia a... la simpatía. Como si se hubiera dado cuenta de quién era Aru.

Su hija.

Ella, Aru Shah, era hija de Indra, el rey de los cielos.

# NUEVE

## Las tres llaves

**H**ay muchos hindúes que no comen carne de vaca. Igual que algunos compañeros judíos y musulmanes de Aru no comían cerdo. Siempre que en el comedor tocaba hamburguesa, ella tenía que comerse una masa de champiñón demasiado dura que parecía piel de dinosaurio (y seguramente sabía igual). Sus compañeros la miraban con lástima.

—Pobre. Las hamburguesas son lo mejor del mundo —le solían decir—. No sabes lo que te pierdes.

Aru no estaba de acuerdo. La pizza era lo mejor del mundo. Además, ¿cómo iba a saber lo que se perdía si nunca lo había probado?

Con los padres quizá pasaba lo mismo. Su madre y ella ya estaban la mar de bien solas, gracias por preguntar.

Pero un padre no es una hamburguesa, claro. La hamburguesa, si quieres, la puedes rechazar.

En cuanto a crecer sin padre... Aru nunca tuvo alternativa.

Cuando pensaba en ello durante un buen rato, se ponía furiosa. ¿Cómo fue su padre capaz de abandonarlas? Objetivamente, Aru se consideraba una chica estupenda. (Vale, no era del todo objetiva.) Y su madre... Su madre era guapa, espléndida y elegante. Pero siempre estaba triste. Quizá si el padre de Aru anduviera por casa, su madre estaría más contenta. El hecho de que alguien se hubiera atrevido a provocar tristeza en su madre la enfurecía.

Sin embargo, ahora que veía la verdad con sus propios ojos, era como si la hubiera alcanzado un rayo. Qué ironía, ¿verdad? Nunca vio indicios de que Indra pudiera ser su padre... ¿o sí?

A Aru siempre le habían encantado las tormentas eléctricas. A veces, cuando tenía pesadillas, un trueno y un relámpago surgían de la nada, iluminando el cielo en una especie de nana creada solo para ella.

¿Era obra del dios Indra?

Pero si Indra era su padre, entonces Aru era la reencarnación de Arjuna. El mejor guerrero de todos. Y no tenían nada en común.

Arjuna era bueno, honesto y perfecto. Casi demasiado, pensó Aru. Su madre le contó que Arjuna era tan honesto que aceptó un exilio de doce años en el bosque solo para que se cumplieran las reglas.

Como muchos de los antiguos gobernantes, los reyes de la India tenían más de una esposa. Pero era muy poco frecuente que una mujer tuviera más de un esposo. Y precisamente ese fue el caso en el cuento de Draupadi, la princesa bella y virtuosa que se casó con los cinco hermanos Pandava. Cada año era la esposa de uno de los cinco. A Aru, aquello le parecía más sensato que ser la esposa de los cinco al mismo tiempo.

Imagínate que llegas a casa y al cruzar la puerta dices: «Cariño, ¿estás en casa», y oyes:

«¡Sí, mi vida!»

«¡Sí, mi vida!»

«¡Sí, mi vida!»

«¡Sí, mi vida!»

«¡Sí, mi vida!»

Entre los cinco hermanos había una regla: nadie podía irrumpir en la intimidad de Draupadi cuando ella estaba con uno de los esposos. Un día, a Arjuna lo llamaron para luchar contra unos demonios. Él debía responder a la llamada, porque eso es lo que se espera de los héroes. El único problema era que se había dejado su arco y su flecha especiales en el salón en el que la princesa Draupadi estaba comiendo con uno de sus hermanos. El castigo por entrometerse en la intimidad del matrimonio era el exilio. En lugar de dejar que los demonios hirieran a gente inocente, Arjuna eligió romper las reglas.

Y por esa razón tuvo que pasar doce años en el bosque.

Aru detestaba aquella historia. El exilio era completamente innecesario. Su hermano y Draupadi hasta perdonaron a Arjuna cuando él les dijo que solo quería coger su arco y su flecha. Además, ¿por qué entró en el salón? Podría haber llamado a la puerta y gritado: «Hermano, me

he dejado el arco y la flecha. ¿Me los puedes alcanzar?».
Sería como pedirle a un amigo que te pase un poco de papel higiénico por debajo de la puerta si estás en un apuro.

Pero Arjuna no hizo eso. Supuestamente, el exilio era una buena acción. Para Aru, era un tiempo muy mal aprovechado.

Aru observó la estatua. Quizá no se pareciera en nada a Arjuna, pero que tu padre sea el rey de los cielos tal vez no sea del todo negativo cuando has sido tú quien, por accidente, ha desencadenado el fin del mundo...

A su alrededor, la red de luz se desvaneció. En su lugar, flotaba una esfera dorada, pequeña como una pelota de *ping-pong*. Con curiosidad, la cogió del aire y le dio vueltas con las manos. «¿Qué diantre es?» Y fue justo entonces cuando oyó sollozar a Mini.

Aru se giró y vio que Mini estaba sentada en una nube, con la mochila bien apretada contra su pecho. La estatua del dios Yama se había movido y ahora se erguía imponente a su lado. La vara *danda* ya no estaba en la mano del dios, sino haciendo añicos las flechas que se dirigían hacia Mini.

—¿De la Muerte? —susurró—. ¿Soy hija de la Muerte?

La verdad sea dicha, a Aru aquello le sonó chulísimo. Imagínate que llegas a una fiesta y anuncias: «Soy hija de la Muerte». Así seguro que la primera porción de tarta es para ti. Además, te brinda la mejor oportunidad para utilizar la frase preferida de los niños más mimados: «Se lo voy a decir a mi padre».

—¡Eso lo echa todo a perder! —Los ojos de Mini estaban inundados de lágrimas—. ¡Creía que sería hija de uno de los gemelos Ashuin! ¡Hija del dios de la medicina! ¿Qué facultad de Medicina me va a aceptar si soy hija de la Muerte? —Se balanceaba hacia delante y hacia atrás, llorando.

Una sombra se acercó hasta Aru. Levantó la mirada y vio que Bu las rodeaba. Sin embargo, en su sombra había algo extraño. No parecía la sombra de una paloma. Era... gigantesca.

Bu voló hasta el hombro de Aru. La miró a ella, luego a Mini. Y finalmente, otra vez a ella.

Bu no era nada sutil con sus insinuaciones: «¡Vamos, ve a consolarla!».

Con un suspiro, Aru empezó a caminar. Se sentó al lado de Mini y le puso una mano en el hombro.

—¿Qué pasa? —Mini se sorbió los mocos.

Aru pensó en lo que solía hacer para animarse a sí misma. Intentar darle la vuelta a la situación. Mirarla desde otro punto de vista.

—No está tan mal —dijo Aru—. En las historias, Yudhisthira era el hijo del dios Yama y nadie se alejaba de él. Todo el mundo iba a verlo porque era muy sabio, justo y tal. También fue un rey muy bueno... Y quizá, como médica, serás hasta mejor por ser hija de la Muerte. ¿Y si eres capaz de saber antes que nadie que algo va mal? ¡Porque podrás sentir la muerte! ¡Igual que un perro!

Mini levantó la cabeza.

—Piénsalo —prosiguió Aru—. Podrás salvar a muchísima más gente. Serás la mejor médica.

—¿De verdad lo crees? —Mini volvió a sorberse los mocos.

«¿Tal vez?»

—Pues claro —dijo Aru mientras se ponía de pie—. Se trata de ver qué haces con lo que tienes. ¿Verdad, Bu?

Bu resopló.

—¿Ves? Bu también lo cree. ¡Y él nunca miente! Es nuestro fiel guardián, nunca te guiaría por el mal camino.

Entonces, algo cambió en la expresión de Bu. Ladeó un poco la cabeza.

—Cierto —dijo con suavidad.

Mini se levantó. Esbozó una sonrisilla. Sin avisar, rodeó a Aru con los brazos y la abrazó con fuerza, a ella y a un trozo de ala de Bu. El pájaro graznó y Mini apretó más fuerte.

—Gracias —dijo.

Aru se quedó inmóvil. Nadie le había dado las gracias jamás, y mucho menos abrazado, tras contar una mentira. Pero quizá no había mentido en absoluto. Quizá no era tanto mentir como dejar volar la imaginación. Ver las cosas desde otra perspectiva. Eso no era tan malo. ¿Y si esta manera de pensar pudiera ayudarla a hacer amigos, en lugar de a perderlos?

Aru le devolvió el abrazo.

Un trueno retumbó en el cielo. Aru y Mini se separaron de un salto. Las estatuas de los padres de los Pandava desaparecieron y reapareció la Corte Celestial. Urvashi y Hanuman estaban sentados en el borde de sus tronos con los ojos como platos.

—Así pues, es verdad —dijo Urvashi con voz suave, intimidada—. Son ellas... Es decir..., sí que son ellas.

—Los Pandava han sido despertados para combatir una vez más —comentó Hanuman mientras se rascaba la barbilla.

—No todos —dijo Urvashi mirando a Aru y a Mini—. Solo las almas reencarnadas de Arjuna y de Yudhisthira.

—De momento —siguió Hanuman con pesimismo—. Si no detenemos al Durmiente, el resto también despertará.

Aru miró hacia abajo, más allá de sus pies, donde el mundo no era más que una sucesión borrosa de árboles y ríos. En alguna parte había más gente con alma de Pandava. ¿Qué estarían haciendo? ¿Estarían congelados? ¿También sabían, más o menos, quiénes eran, como Mini? ¿O no tenían ninguna idea..., como ella?

—Los demás solo despertarán si se les necesita. Cuando crece la oscuridad es cuando viene la luz como respuesta —dijo Bu—. Hasta en el caos, el mundo busca cierto equilibrio.

—¿Ahora es cuando nos dirás eso de «hazlo o no lo hagas, pero no lo intentes»? —preguntó Aru.

Bu puso mala cara.

—Si el Durmiente intenta ir a despertar al Señor de la Destrucción, necesitará las armas celestiales —dijo Hanuman—. ¿Sabéis lo que eso significa, Pandava?

—¿Que debemos destrozar todas las armas para que el Durmiente no las pueda utilizar? —dijo Aru en el mismo momento en el que Mini decía:

—¿Que tenemos que encontrarlas antes que él?

—O eso —murmuró Aru.

—La hija de la Muerte ha dado en el clavo. —Hanuman las observaba sombríamente.

Aru tardó unos instantes en recordar que la hija de la Muerte era Mini. ¿Ella qué era, pues? Refunfuñó que «la hija del Trueno» parecía más bien el nombre elegante de una yegua.

—Antes de que os demos los detalles de vuestra misión, enseñadme los dones que os han dado los dioses —dijo Urvashi—. Si los dioses quieren, esos dones os aliviarán el dolor en vuestra aventura.

¿Dones? En ese momento, Aru se acordó de la bola dorada que había aparecido al desvanecerse la red de relámpagos de Indra. Se la sacó del bolsillo del pijama.

—¿Te refieres a esto?

La boca de Urvashi hizo una mueca de desagrado.

Mini rebuscó en la mochila y extrajo una pequeña polvera de color morado.

—Apareció cuando —se le entrecortó la voz al decir «el dios Yama»— me reclamó.

—Un juguete... y un espejito —resumió Urvashi. Se giró hacia Hanuman—. ¿Antes los héroes no recibían corceles poderosos? ¿O armaduras de combate? ¿Incluso espadas?

¿Lo estaba malinterpretando Aru o de verdad la cara de Hanuman mostraba una clarísima expresión de preocupación?

—El dios Indra y el dios Yama son... inescrutables —dijo al fin.

—¿Y eso qué quiere decir? —Mini frunció el ceño.

—Creo que quiere decir que tienen muchas manías —dijo Aru.

—Te refieres a «escrupulosos».

—Quiere decir —profirió Hanuman— que vuestros padres son misteriosos, pero siempre por un motivo. Los dones que os han dado están destinados a ayudaros en vuestra aventura.

Aru se sintió ridícula. ¿Cómo la iba a ayudar una pelota contra un demonio? Sería como intentar detener una avalancha con una cuchara.

—Ahí lo tenéis —dijo Urvashi—. Quizá significa que los dioses no quieren que salvéis el mundo.

—O —graznó Bu— que esta vez necesitamos un tipo diferente de héroe.

—De heroína —lo corrigió Mini en voz baja.

Héroes, heroínas. ¿De verdad Aru era una heroína? ¿O era solo alguien que había cometido un error épico y que debía hacer algo épico para arreglarlo?

Urvashi tenía la mirada perdida. Sus labios apretados formaban una línea muy fina. Pero a continuación, dejó caer los hombros y levantó la barbilla.

—Muy bien. Acercaos, niñas, para oír vuestra misión.

Aru y Mini arrastraron los pies hacia delante. El viento las mantenía en el aire. Un viento que ganaba velocidad y las rodeaba, haciendo tiritar a Aru.

Aquello ya no parecía una divertida montaña rusa. Nada más ver la red brillante del dios Indra, el corazón de Aru se había vuelto pesado. En teoría, una misión celestial sonaba genial. Pero en la práctica, un montón de vidas pendían de un hilo.

Quizá por eso los superhéroes llevaban capa. Quizá no fueran capas, sino mantas extra, como la que Aru tenía al final de la cama, con la que se tapaba hasta la barbilla cuando se iba a dormir. Quizá los superhéroes se ataban las mantas al cuello para sentir un poquito más de consuelo dondequiera que fueran. Porque seamos sinceros, salvar el mundo asusta a cualquiera. No pasa nada por admitirlo. (Y en ese momento a Aru le habría venido de perlas su mantita.)

—El Durmiente necesita las armas celestiales para liberar al Señor de la Destrucción. —Urvashi se levantó del trono—. Vosotras debéis despertar las armas antes que él. Para hacerlo, debéis ir al Reino de la Muerte. En el Reino de la Muerte se encuentra el Pozo del Pasado. Debéis mirar dentro del pozo y allí descubriréis la manera de derrotar al Durmiente de una vez por todas.

—Un reino siniestro, armas dormidas, un pozo de lo más raro... Perfecto. Bueno, empecemos de una vez —dijo Aru—. ¿Dónde está la puerta de ese reino? ¿Hay una entrada por aquí? ¿O quizá...?

—Normalmente, para llegar al Reino de la Muerte te tienes que morir —anunció Urvashi.

Aru y Mini intercambiaron miradas nerviosas.

—Pito, pito, gorgorito... —empezó Mini.

—¡Y tú te quedas! —gritó Aru en el mismo momento. Y señaló hacia su compañera.

—Ay, no... —Mini empalideció.

—Niñas —dijo Urvashi con una mano levantada—. Hay una manera de abrir la Puerta de la Muerte sin llegar a morir. Necesitaréis tres llaves. Pero están escondidas, tendréis que encontrarlas. La primera llave es un ramito de juventud. La segunda, un bocado de adultez. Y la tercera, un sorbo de vejez.

—Muy bien. —Aru se quedó mirando a Urvashi—. ¿En qué pasillo del Leroy Merlin está todo eso?

Mini se rio, pero era una risa que decía: «Ay, que me va a dar algo».

—Este mapa os será de ayuda —les dijo Urvashi—. No tenéis más que tocar el símbolo de la llave para ser transportadas a un lugar que esté cerca de ella. A partir de ahí, encontrar y reclamar la llave auténtica dependerá de vosotras.

Urvashi abrió las manos. Aru no se había fijado hasta entonces, pero la piel de Urvashi, desde las puntas de los dedos hasta los codos, estaba cubierta de dibujos. Era un diseño *mehndi*, hecho con hojas de henna molidas. Una especie de tatuajes temporales que llevaban las mujeres en celebraciones como bodas o festivales. El diseño de Urvashi, sin embargo, no se parecía a nada que Aru hubiera visto antes.

En primer lugar, porque se movía.

—El ramito de juventud. —En la muñeca de Urvashi floreció un brote—. El bocado de adultez. —En un lado de su mano, un libro se abría y se cerraba—. El sorbo de vejez. —Una ola de agua le recorría los dedos.

En el medio de la palma, en cambio, no había nada.

—Disponéis de nueve días hasta la luna nueva, hermanas Pandava. Tal vez un poco menos, porque aquí el tiempo no pasa a la misma velocidad que en los reinos mortales —dijo Urvashi—. Evitad que el Durmiente robe las armas celestiales y descubrid en el Pozo del Pasado la manera de derrotarlo, y entonces recibiréis el entrenamiento Pandava de manos de todo el Consejo. —Se detuvo para ponerse el pelo detrás del hombro—. Incluida yo misma. La gente mataría por la posibilidad de verme cara a cara. De hecho, hay gente que ha matado para verme. —Sonrió—. Triunfad y vuestro deshonrado guardián podrá volver a formar parte del Consejo.

—Triunfarán, lo sé —dijo Bu, que no paraba de recorrer el hombro de Aru—. Al fin y al cabo, me tienen a mí para guiarlas, y yo en el pasado fui un ilustre consejero.

—En el pasado —repitió Urvashi. Ignorando a Bu, agarró las manos de Aru. Después, las de Mini. Cuando Aru bajó la mirada, vio que su propia piel también estaba cubierta por el mismo mapa *mehndi*—. Tomad —dijo—, vuestro mapa. Luchad bien.

Por primera vez, la sonrisa de Urvashi era cálida. Pero también mostraba cierta tristeza. Cruzó las piernas y se puso las manos en el regazo. Se la veía tan viva y hermosa que costaba creer que hubiera estado presente en las historias antiguas. Aru sabía que Urvashi no solo había entrenado a héroes... los había amado. Hasta llegó a casarse y tener hijos con uno. Pero eran mortales. Seguro que ella los había sobrevivido.

—Tan jóvenes —murmuró Urvashi—. No es justo.

Y dicho esto, desapareció.

—¿La hija del dios Indra y la hija del dios Yama? —Hanuman las observó—. Qué osadía. Antes de que abandonéis la Corte Celestial, me gustaría deciros algo.

¿Osadía?

¿Eso era bueno? Por lo menos, es lo que Aru esperaba. El año anterior hizo un test por internet para ver qué facción de *Divergente* era la que le correspondía a ella. Y le tocó Osadía, que por lo visto quería decir que era valiente y osada. ¿Debía alegrarse?

Y si Hanuman, el mismísimo Hanuman, creía que mandarlas a ellas era una osadía, tal vez no fuera malo. Pero entonces, Aru se miró la mano y observó los tres símbolos de las tres llaves absurdas (¿cómo se da un sorbo de vejez exactamente?) y se le revolvió el estómago. Sí, sí que era malo.

Hanuman abrió las garras. Sobre sus palmas planeaba un sol pequeñito. Brillaba con tanta intensidad que Aru deseó llevar gafas de sol.

—Al poco de nacer, confundí el sol con una fruta. Me metí en un buen lío —dijo, aunque sonaba más satisfecho que arrepentido—. Me choqué con un planeta y estropeé un eclipse que estaba previsto. Indra, tu padre, se enfadó tanto que me lanzó su célebre rayo para hacerme caer del cielo. El relámpago me dio en una mejilla, y por eso recibí el nombre de Hanuman, o «el de la gran mandíbula». —Se la acarició, sonriendo por aquel recuerdo—. Además, siempre les gastaba bromas a los sacerdotes. Así que me maldijeron —continuó—. Fue una maldición chiquitita, la típica que se echa a los niños inmortales traviesos.

—¿Te castigaron con una maldición? —preguntó Mini.

—¿Solamente por ser un niño? —añadió Aru.

No era justo.

—Me dijeron que nunca me acordaría de lo fuerte y lo poderoso que soy hasta que alguien me lo recordase —les contó Hanuman—. A veces me pregunto si no es una maldición que nos afecta a todos en algún momento.

El sol pequeñito desapareció. Hanuman les dio una palmada suave en la cabeza a las dos. Con un último gesto dirigido a Bu, el semidiós mono desapareció. Ahora estaban los tres solos en una extensión de cielo vacío.

—Andando, hermanas Pandava —les dijo Bu—. El mapa nos guiará hasta la ubicación de la primera llave. A partir de ahí, es cosa vuestra.

Aru tocó la imagen de la primera llave, el ramito floreciente que tenía en la muñeca. Sintió un pinchazo en el estómago y respiró hondo.

En un abrir y cerrar de ojos, los tres se encontraron en el aparcamiento de un centro comercial. ¿Dónde estaban? Aquel lugar no parecía Atlanta. La nieve cubría las ramas desnudas de unos cuantos árboles larguiruchos. Allí solo había un par de coches y furgonetas aparcados. A una dependienta se le cayó el cigarrillo al verlos. Pero si le pareció raro que dos chicas y una paloma se materializaran de la nada, no hizo ningún comentario al respecto.

Aru sintió una oleada de alivio. Que la dependienta se moviese quería decir que el Durmiente no los había seguido. De momento.

—¡Oh, no! —exclamó Mini.

—¿Qué pasa? —preguntó Aru.

Mini levantó la mano. En el centro de la palma, había un símbolo:

$$\mathcal{C}$$

—Son los días que faltan para que llegue la luna nueva —dijo Bu con tristeza.

—¿En serio? —se extrañó Aru mientras se miraba la palma de la mano—. Qué nueve más raro.

—Es un número sánscrito —le explicó Bu.

—*Asta* —dijo lentamente Mini, observándose la mano—. El número ocho.

El brazo de Aru se llenó de escalofríos. ¡Ya habían perdido un día!

—¿Cómo lo sabes? —le preguntó con un poco de envidia.

—¡Aprendí a contar hasta diez en quince idiomas diferentes! —dijo Mini, orgullosa.

—Menuda pérdida de tiempo.

Hasta Bu asintió con la cabeza.

—Bueno, pues ahora mismo resulta de lo más útil —se defendió Mini—, porque así sabemos que solo nos quedan ocho días para que el mundo se congele y el tiempo se detenga.

Aru se puso derecha. Una corriente fría le enredaba el pelo. Tuvo la sensación de que alguien la observaba.

—Bu... ¿qué pasa si el Durmiente nos encuentra antes de que nosotras encontremos las armas?

—Ah. —Bu picoteó el asfalto—. Pues os matará.

Mini gimoteó.

«Nota para mí misma», pensó Aru. «No aceptes nunca más una misión celestial.»

# DIEZ

## Rumbo al salón de belleza

Mini tardó cinco minutos, con todos sus segundos, en poder articular palabra.

—¿Que nos... matará? —chilló.

—Es un demonio, Mini —dijo Aru—. ¿Qué esperabas que hiciera? ¿Que nos sirviera el té?

Bu dio varios saltitos por la acera, agarró una piedra con el pico, echó a volar y se la lanzó a Mini a la cabeza.

—¡Ay!

—¡Bien! Sientes dolor. Saboréalo, niña. Así sabrás que no estás muerta —dijo Bu—. No todavía, al menos. Y tú —se quedó mirando a Aru—, cuidado con esa lengua afilada.

Aru puso los ojos en blanco. Solo había puntualizado lo evidente.

—¿El Durmiente no conoce otra manera de llegar al Reino de la Muerte? —preguntó Aru—. ¿Por qué nos tiene que seguir?

«Qué demonio más vago.»

—Él no ve lo que veis vosotras —dijo Bu.

—¿Y si intenta atacarnos mientras tanto? —quiso saber Mini—. No tenemos nada con lo que defendernos.

Eso no era del todo cierto. Cada una contaba con un don. Aru abrió la mano, donde se encontraba la pelota de *ping-pong* dorada. No tenía pinta de hacer nada excepcional. La lanzó al suelo. De inmediato, la bola saltó hasta su mano. Aru arrugó la nariz. La lanzó más lejos. La pelota volvió una vez más. La lanzó a través de la calle y la bola cayó en una alcantarilla.

Enseguida estaba en su mano de nuevo.

—Vale, mola, pero no sirve de nada para luchar contra un demonio.

—Da gracias de todos modos —la regañó Bu.

—Gracias, universo —dijo Aru—. Así, si me muero, me enterrarán con esta bola pegada a la mano.

—¿Te enterrarán? —dijo Mini—. ¿No prefieres que te incineren? Bueno, supongo que depende de si quieres seguir la tradición de los funerales hindúes...

—No me estás ayudando, Mini.

—Nunca sabes qué te resultará útil cuando vayas a necesitarlo más —terció Bu.

Dio la sensación de que quería añadir algo, pero entonces Mini chilló.

—¡Hala! —exclamó mientras miraba a la polvera que le había dado el dios Yama.

La envidia se apoderaba de Aru. ¿El don de Mini sí que hacía magia de verdad? ¿Por qué el suyo no?

—¿Qué ves? —le preguntó.

—¡Un grano! —dijo Mini, girando la cabeza para mirarse la nariz.

—¿Cómo? ¿Y ya está?

—¡Eso quiere decir que estoy creciendo!

—O que no te cuidas demasiado —se burló Aru.

—O eso, sí —dijo Mini. Cuando cerró la polvera estaba mucho menos emocionada.

—En fin, que tenemos un espejo y una bola brillante —resumió Aru.

—Exacto —dijo Bu.

—Para luchar contra monstruos.

—Exacto.

A ver, ¿de qué servía ser semidiosas si solo tenían eso? ¡Sus armas resplandecientes no proporcionaban mucha tranquilidad! ¿Dónde estaba su corcel mágico? Si al menos Aru tuviera una capa, se sentiría mucho mejor.

—Tal vez no necesitéis más armas para conseguir las tres llaves —dijo Bu.

—¿Y si las necesitamos? —preguntó Mini.

—Pues entonces os tendré que llevar al Bazar Nocturno. —Las plumas de Bu temblaron.

«¿Bazar Nocturno? Qué bien suena eso», pensó Aru.

—Si sobrevivimos a la búsqueda de la primera llave —dijo Mini.

Aquello no sonaba tan bien.

—Si aquí es donde nos ha traído el mapa *mehndi* de Urvashi —comentó Mini mientras miraba a su alrededor—, la primera llave debe de estar cerca... Pero ¿por qué iba nadie a esconder una llave del Reino de la Muerte en un centro comercial?

Los tres recorrieron el aparcamiento con la mirada. Había una tienda de comida china para llevar y una tintorería. También un Starbucks en cuyo letrero faltaban algunas letras, por lo que se leía: «STA B S.»

A Aru le llamó la atención un letrero que centelleaba un poco más que los demás:

«SALÓN DE BELLEZA

TANTA HERMOSURA Y TAN POCA PINTURA»

Cuanto más miraba Aru aquel letrero, más brillaba el dibujo *mendhi* de la primera llave. A su lado, Mini movía los dedos.

—¿Tu mapa también brilla más? Quizá es una especie de rastreador... —dijo Mini mientras se toqueteaba el tatuaje del ramito de juventud de su muñeca.

—Solo hay una manera de saberlo —resolvió Aru—. Tenemos que entrar.

Mini tragó saliva, pero asintió y los tres se dirigieron hacia el salón.

Los bordes del escaparate estaban iluminados. Parecía la típica tienda de cosas de Halloween, con unos cuantos fantasmas dibujados en el cristal y una calabaza medio podrida junto a la entrada. Del techo colgaban máscaras de mujeres gritando. Las caras alargadas y las bocas abiertas le recordaron a Aru al cuadro de Edvard Munch que su profesora de arte les enseñó un día en clase.

—Qué sitio tan raro —dijo Mini, acercándose más a Aru—. ¿Lo hueles?

Pues sí. Un olor fuerte y agrio, a goma chamuscada o a hojas carbonizadas. Arrugó la nariz y se tapó la cara con una manga.

—Huele como si hubieran quemado algo —dijo Aru—. O a alguien...

Mini se apoyó en la puerta con las manos en forma de visera.

—No veo nada —susurró.

La puerta era un espejo oscuro. Aru se preguntó si el cristal era de esos polarizados que permiten que los que haya al otro lado te vean a ti mientras tú solo ves tu propio reflejo. Aru descubrió aquel tipo de vidrio de la peor manera posible. Dos semanas atrás, se miró en el cristal de la puerta de la sala de profesores para ver si tenía algo en la nariz. Una profesora tosió discretamente al otro lado y le dijo:

—Querida, no tienes ningún moco pegado. Créeme. Te veo perfectamente.

Aru se sintió avergonzadísima.

Ahora no se sentía avergonzada. Notó una punzada fría que le recorría la espalda, arriba y abajo. El aire crujió y explotó como las ramas de una hoguera. Se le erizaron los pelos del cogote.

Una luz empezó a brillar en el bolsillo de sus pantalones. Era la pelota de *ping-pong*.

Grabado en la puerta se leía lo siguiente: «MADAME BEE ASURA, ESTILISTA».

Aru conocía aquel nombre. ¿De qué?

—Bu, cuando abramos la puerta, no seas... en fin, no seas tú —dijo Aru.

—¿Qué se supone que significa eso? —replicó Bu.

—¡Tienes que ser una paloma normal y corriente! O nos descubrirán.

—¿Quieres que me quede fuera?

—Dejaré la puerta abierta —dijo Mini. Sacó unas galletas de la mochila, las desmigajó y lanzó los trocitos al suelo—. ¡Pitas, pitas!

—A. Mí. No. Me. Gusta. Comer. Del. Suelo.

El olor amargo a humo inundó las fosas nasales de Aru.

—A. Mí. Me. Da. Igual —le respondió entre susurros—. Tú quédate aquí y pórtate bien mientras nosotras investigamos.

Una campanilla tintineó cuando Aru abrió la puerta.

Las chicas entraron en la tienda. Mini dejó la puerta un poco entornada y Aru vio cómo se asomaban los ojos pequeños y brillantes de cierto pájaro.

El establecimiento era de un azul brillantísimo. Aru tocó la pared con cuidado y la sintió fría y dura. Estaba hecha de gemas. El suelo y el techo eran paneles de espejos. Junto a las paredes se alineaban cómodas butacas de peluquería. Pero en lugar de un espejo, delante de cada butaca había un retrato. Todos eran de mujeres muy hermosas. Y a pesar de todo, no parecían muy contentas.

Porque se habían quedado paralizadas mientras gritaban. Como las máscaras del techo.

La fila de butacas de peluquería parecía interminable. Había por lo menos setenta retratos de mujeres horrorizadas.

—No. No. No —dijo Mini—. Esto no pinta bien.

—¿Puedo ayudaros en algo, chicas?

Al final de la tienda, Aru vio una mujer preciosa que caminaba hacia ellas.

Urvashi era bella como rosa. Nuestra mente está entrenada para distinguir su belleza.

Sin embargo, aquella mujer era bella como la imagen de un rayo que ilumina y rompe el cielo. Casi siniestra. Del todo despampanante.

Era alta y delgada, con una melena oscura y brillante cuyos rizos se apilaban en lo alto de su cabeza. Sonrió, y Aru vio una hilera de dientes afilados detrás del pintalabios rojizo.

—¿Venís a cortaros el pelo?

—No —dijo Mini.

Aru le dio un codazo en las costillas y añadió:

—No veníamos a eso, pero ¿podría ser?

Aru quería pasar más tiempo con aquella espléndida mujer. Estar cerca de ella hacía que se sintiera fascinada. Experimentó un deseo irresistible por agradarle.

—Ni hablar —dijo Mini con firmeza mientras tiraba del brazo de Aru.

—¿Se puede saber qué te pasa? —murmuró Aru, soltándose de Mini. Aquella mujer solo quería cortarle el pelo. Además, era tan... guapa—. Total, tenemos que investigar por aquí.

—El negocio no va muy bien —dijo la mujer. Ahora se encontraba justo delante de ellas—. Soy Madame Bee. ¿Cómo os llamáis, preciosas?

—Mini... —dijo Mini, con voz chillona. No miraba a la mujer. Estaba con la vista fija en la pared.

—Aru.

—Qué nombres tan bonitos —canturreó Madame Bee—. Normalmente solo corto el pelo a mujeres mayores. Su belleza es un poco más... contundente. Eso. —Sonrió—. Lleva más tiempo impregnándose, como el té, y por tanto dura mucho más. Venid, tomad asiento.

Las acompañó hasta dos de las butacas vacías del salón.

—Vuelvo enseguida —dijo Madame Bee—. Tengo que ir a la trastienda a por unas cosas. —Antes de irse, les regaló una sonrisa. Aru se sintió igual que si se hubiera zampado un montón de gofres: calentita, melosa... y somnolienta.

—¡Mira! —siseó Mini. Agarró la cara de Aru y la giró hacia la pared.

La mujer del retrato más cercano seguía gritando. Pero había algo más: sus ojos... se movían. Seguían a Mini y a Aru. Una nueva corriente fría recorrió el cuerpo de Aru, que se despertó de golpe.

—Ha inmovilizado a estas mujeres, Aru —susurró Mini—. ¡Tenemos que irnos de aquí!

Aru se levantó de la butaca. Mini llevaba razón.

Pero había otro problema.

—La primera llave tiene que estar aquí —le recordó Aru. Levantó la mano, donde el dibujo brillaba cada vez más intensamente—. ¡Antes de irnos tenemos que encontrar el ramito de juventud!

Las chicas inspeccionaron la tienda. Estaba inmaculada. Con los espejos del techo y del suelo, deberían haber sido capaces de encontrar la llave fácilmente. Sin embargo, no vieron nada que se pareciera al dibujo *mehndi*.

—Debe de estar por aquí, en alguna parte... —masculló Mini.

—¿Por qué los dioses no nos han dado dones más útiles? —remugó Aru. No podía llamar «papá» al dios Indra. Le daba mucha cosa.

Mini sacó la polvera. Cuando la abrió, ocurrió algo muy raro.

En el espejito, Aru vio una versión distinta de la tienda en la que se encontraban. Las paredes no estaban cubiertas de joyas, sino de fragmentos de huesos. En lugar de un suelo pulido, había una extensión de barro compacto. Y cuando Mini movió la polvera para reflejar los retratos de las mujeres aterrorizadas, los cuadros revelaron algo muy distinto: calaveras.

—La polvera ve más allá de los hechizos —dijo Mini, boquiabierta.

Oyeron un ruido y pegaron un bote.

Las dos levantaron la mirada y vieron que Madame Bee se les acercaba con un carrito en el que llevaba dos cajas en miniatura.

—Necesitaba un par de urnas para vuestras cenizas —les anunció con una sonrisa.

Aru y Mini miraron la polvera. Donde antes se erguía una mujer preciosa, ahora vieron lo que era Madame Bee en realidad.

Una *asura*.

Un demonio.

Su pelo no eran bonitos rizos oscuros, sino bucles de fuego. Sus dientes no eran simples dientes, sino colmillos que sobresalían de unos labios negros y finos. Su piel no tenía un tono ámbar oscuro, sino blanco pálido.

Y encima de la cabeza llevaba algo. ¿Una bonita horquilla azul?

No, un ramito de florecillas azules. Salvo por el color, era idéntica al dibujo del mapa *mehndi*.

El ramito de juventud.

La primera llave del Reino de la Muerte.

# ONCE

## Y en cenizas
## nos convertiremos

—¿**P**or qué no estáis en las butacas, niñas? —les preguntó Madame Bee.

Mini tragó saliva. La polvera se cerró con un fuerte clac.

—Estábamos mirando la decoración —dijo Aru enseguida—. Es preciosa. Como usted.

Madame Bee le ofreció su sonrisa más radiante. Levantó una ceja y movió la cabeza para ponerse el pelo detrás de los hombros.

—Llevo años coleccionando preciosidades, ¿cómo no voy a ser preciosa? —dijo—. Y ahora sentaos, haced el favor. ¿A quién corto primero?

—Eh... Querrá decir que a quién le corta el pelo primero, ¿no?

Madame Bee ladeó la cabeza. Toda la luz que había en la tienda desapareció por las paredes. Varias sombras aterciopeladas se deslizaron hacia adelante como las serpientes.

—No.

Lanzó el carrito al suelo y se abalanzó sobre ellas. Aru solo pudo apartarse de su camino y arrastrar a Mini con ella.

—Venga, ¿no sabéis que jugar con la comida es de mala educación? —les preguntó Madame Bee—. No me gusta la mala educación. Estaos quietas.

Mini y Aru echaron a correr. Aru patinó en el suelo y estuvo a punto de chocarse con una butaca. Se enderezó mientras las piernas le bombeaban con fuerza. Pero daba igual cuánto intentara llegar a la puerta: la entrada cada vez se alejaba más y más.

Aru observó los espejos del techo. ¿Dónde estaba la *asura*? Su reflejo no aparecía en los espejos. «Quizá ha desaparecido», pensó Aru, de pronto ilusionada.

Entonces, una sensación fría se apoderó de todo su cuerpo.

Oyó una voz que le hacía cosquillas en el cuello.

—Acércate, bonita. Ya me queda poca belleza. Tú no tienes mucha, pero me dará para un bocado o dos —dijo Madame Bee.

Aru saltó y dio media vuelta, pero Madame Bee desapareció con un pum y reapareció en otro rincón de la tienda.

—¡Esconderos no servirá de nada! —cantó.

Con cada palabra, desaparecía y volvía a aparecer más cerca.

—¡Pssst! —siseó Mini.

Madame Bee seguía carcajeándose y dando vueltas en círculos, o lo que sea que hagan los *asuras* cuando se relamen. Allí, apoyada contra una pared, había una mesa enorme cubierta de papeles, cepillos y botes y botes de laca.

Mini asomó la cabeza por debajo y Aru gateó hasta llegar a su lado. La *asura* rio, caminando lentamente hacia ellas como si tuviera todo el tiempo del mundo.

—¡Bu, socorro! —chilló Aru.

Pero si la paloma la oyó, no fue en su ayuda.

—No os penséis que no sé quiénes sois —canturreó la *asura*—, ¡criaturillas Pandava! Ha sido todo un detalle que hayáis venido hasta aquí para que os arrebate la belleza. De nada servirá que llaméis a vuestro amiguito plumado. Él no puede entrar en mi mundo. Igual que vosotras no podéis salir.

—Por todos los dioses, ¿qué hacemos? —susurró Mini, abrazándose las rodillas con los brazos—. ¿Cómo me van a identificar mis padres si de mí solo quedan cenizas? Con mi historial dental y...

—¡Mini! ¡La polvera! —siseó Aru.

«Quizá Madame Bee está rodeada de falsos espejos por alguna razón», pensó Aru. Aquella charla sobre la belleza le había dado una idea. Se revolvió los bolsillos para coger la brillante pelotita de *ping-pong*.

De pronto, Madame Bee se acuclilló. Su cara estaba del revés.

—¡Cucú! —cantó con una sonrisa fantasmal cada vez más amplia.

Aru se enfrentó al demonio, ignorando los escalofríos que le subían por la espalda.

—Era mentira —dijo—. No eres tan guapa. ¿Ves?

Mini giró el espejito de la polvera hacia la *asura*. El rostro del demonio se volvió aún más pálido. El pelo le crujió y restalló como si la imagen de su propia fealdad la hubiera electrizado.

—¡Noooo! —gritó la *asura*—. ¡Esa no soy yo! ¡Esa no soy yo! —Se retorcía de dolor en el suelo.

Aru y Mini comenzaron a correr. La pelotita dorada de *ping-pong* estaba muy caliente en el interior del bolsillo. Aru la sacó y entrecerró los ojos. Brillaba como un sol en miniatura.

—¡Os voy a atrapar! —chilló la *asura*.

Aru le lanzó la bola a la cara...

—¡No si no nos puedes ver! —gritó Aru.

La luz de la bola cegó a Madame Bee y el demonio cayó hacia atrás.

—¡Mis ojos! —aulló.

Un resplandor dorado y maravilloso llenaba el salón, y Aru vio la rara escena de alguien que recogía la primera luz del alba con centenares de cubos.

—Maldita luz celestial —rugió la *asura*.

«Vaya», pensó Aru. «Así que eso es lo que hay dentro de la bola...»

A lo mejor al final no era tan inútil.

Aru levantó la mano y la bola volvió enseguida a su palma. Mini todavía sujetaba la polvera y dio un grito cuando vio la pelota. En la otra mano de Mini apareció una esfera dorada idéntica.

—¿Cómo...? —comenzó a decir Aru.

Mini cerró los dedos alrededor de la bola. La esfera desapareció.

Una ilusión.

—¿Cómo has hecho eso? —le preguntó Aru.

—N-no lo sé —dijo Mini, confusa—. Solo he mirado a la bola dorada y he pensado en ella, y entonces ha aparecido la otra. Pero ¡no era real!

—¿Dónde os habéis metiiiiido, Pandava? —cantaba la *asura*.

Ellas retrocedieron lentamente.

La *asura* gateaba y movía la cabeza de un lado a otro, inspeccionando la tienda. El corazón de Aru empezó a latir más deprisa. ¡El demonio estaba recuperando la vista!

—¿Y ahora, qué? —preguntó Mini sin aliento—. ¿Cómo vamos a robar lo que ya sabes?

Algo estaba molestando a Aru. ¿De dónde procedía aquel constante olor a humo? ¿Dónde quemaba cosas la *asura*?

—Enséñame otra vez la tienda con la polvera —le pidió Aru.

Mini movió el espejito hacia ella.

Había algo en lo que Aru no se había fijado antes.

La visión sin hechizos de aquel lugar no había cambiado, pero los ojos de Aru repararon en un detalle: huellas aquí y allí. Huellas de ceniza. ¿Tal vez era la propia Madame Bee la que desprendía aquel olor a humo? En el interior de Aru algo hizo clic. Todo comenzaba a tener sentido. Hasta el nombre del salón: BEE ASURA. B. Asura.

—Ya sé quién es. —Aru bajó la voz y susurró—. ¡Es Brahmasura! ¡La *asura* que convertía en ceniza todo lo que tocaba!

—¿Y eso es bueno porque...? —siseó Mini.

—Porque sabemos cómo vencerla.

—¿Ah, sí?

—Sí —dijo Aru, esta vez con más firmeza—. Sujeta el espejo con la mano. Creo que no solo muestra las ilusiones: también puede crearlas.

—Como antes con la bola —comprendió Mini.

—No ha sido nada agradable, niñas —cantó Brahmasura, que se iba acercando—. ¿No sabíais que a los demonios nos parece de muy mala educación que nos den en la cara con luz celestial? Eso saca la verdad... a la luz.

Delante de las dos chicas, la piel de Brahmasura empezó a arrugarse y a hundirse. Se le encogieron los labios y se le cayeron los dientes. Su nariz se alargó hasta convertirse en un hocico y le crecieron colmillos a ambos lados.

A Aru casi le da algo.

La cabeza de la *asura* se giró hacia ellas. Se lamió los labios.

—Ahí estáis —dijo con voz suave y rítmica. Se arrastró hacia delante—. Ahora veis mi auténtico yo, ¿verdad? Bueno, no pasa nada. Siempre he creído que las mujeres saben ver más allá de las ilusiones.

Los dedos de Mini se cerraron con más fuerza sobre la polvera. Estaba temblando. Aru le agarró la mano que tenía libre.

—Pobrecitas Pandava —se rio Brahmasura—. ¡Pensabais que seríais héroes!

—En realidad, heroínas —dijo Mini con los ojos entrecerrados—. Somos chicas.

Madame Bee volvió a reír. Ahora se arrastraba más deprisa, como una asquerosa araña mutante.

—¡Espera! —gritó Aru—. Yo que tú no nos haría daño —siguió sin aliento—. Al fin y al cabo, has perdido algo, ¿no lo quieres recuperar?

Le hizo un gesto a Mini. La frente de su amiga estaba perlada de sudor. Se llevó una mano al bolsillo de la chaqueta y extrajo el ramito de brillantes florecillas azules. Alargó el brazo todo lo que pudo. La *asura* enseñó los colmillos. Sin inmutarse, Mini agitó el ramito delante de la cara de Brahmasura.

Madame Bee lo vio y soltó un aullido.

—¿De dónde lo has sacado?

—Te lo hemos robado —dijo Aru—. Se te ha caído al darte un golpe en la cabeza con la mesa.

Mini retrocedió muy lentamente. En una de las mesas del salón había un secador de pelo. Mini lo cogió con cuidado mientras sacudía la otra mano salvajemente.

—No aguantaré mucho —articuló. Sus dedos se iban volviendo blancos por el esfuerzo que le suponía seguir con la ilusión del ramito de juventud.

«Solo un poquito más», pensó Aru.

Suavemente, la *asura* se llevó las manos a la cabeza, con cuidado de no rozar su mortífera piel. Cuando tocó el ramito de juventud con la punta de los dedos, hizo una mueca de desprecio.

—Estúpidas mentirosas —dijo Madame Bee—. El Durmiente se ha liberado de las cadenas. Los demás nos daremos un banquete de primera. ¿En serio creíais que...?

—¡Ahora, Mini! —gritó Aru.

Mini encendió el secador. Brahmasura chilló cuando el aire caliente le golpeó la cara. Su cabellera larga y grisácea comenzó a ondear en todas direcciones y el demonio intentó recolocarse el pelo sin llegar a tocarlo. Mini entrecerró los ojos, corrió hacia delante y, con el secador, le dio un golpe a la mano de la *asura*.

La palma del demonio aterrizó sobre su cuero cabelludo con un sonoro paf. Un horrible aullido rasgó el aire. Numerosas llamas brotaron alrededor de la mano de Brahmasura.

Aru tiró de Mini hacia atrás.

De inmediato, el olor a quemado se apoderó de la tienda. La luz inundaba el lugar y Aru se tapó la cara. Sus oídos se llenaron de los gritos de Madame Bee.

Cuando por fin pudo mirar, los ojos de Aru se dirigieron hacia Mini, que estaba a cuatro patas, buscando por el suelo. Al final, se sentó y sonrió triunfal.

—Ha salido volando. —Orgullosa, enseñó lo que tenía en la mano: el ramito de juventud azul y brillante. El verdadero.

A su lado había una montaña de cenizas de demonio, aún humeantes.

# DOCE

¡A por otro demonio!
Espera, mejor no...

**M**ini sujetaba el ramito de juventud con el brazo extendido.

—Mini, ¿por qué lo sujetas así?

—¡Porque hay un gran riesgo biológico! ¿Y si está contaminado? —preguntó Mini—. A saber cuánto tiempo lleva en el pelo de un demonio. Además, ¿cómo se lo puso ella en la cabeza si todo lo que toca lo convierte en cenizas?

Aru pensó en los productos para el pelo y los botes del salón.

—Creo que la *asura* solo quemaba lo que tocaba si estaba vivo.

—¿Y crees que el ramito no está vivo?

—Es una llave del Reino de la Muerte —dijo Aru—. La muerte no se puede matar.

—Mmm. —Ahora Mini contemplaba el ramito con aún más suspicacia—. ¿Y si sujetarlo me hace algo a mí? ¿Y si me deja joven para siempre, por ejemplo?

—¿Y eso es malo? —A Aru no le importaría evitarse las arrugas. Si fuera una eterna adolescente, podría colarse en cualquier parte. Y siempre le harían el descuento para jóvenes en la heladería.

—¡Mírame! —dijo Mini—. Nunca llegaría al metro y medio. Eso sería... horrible.

—Si te preocupa tanto —Aru se sacó un pañuelo arrugado del bolsillo—, toma, así no tendrás que tocar con los dedos el ramito de juventud mucho rato.

—¿Está usado? —Mini inspeccionó el pañuelo con cuidado.

«Ajá.»

—Pues claro que no.

—Entonces, ¿por qué lo llevas en el bolsillo?

—La realeza británica siempre lleva pañuelos en los bolsillos. —Aru levantó la barbilla—. Se llaman «clínex».

—Me da a mí que...

—¿Quieres ser así de bajita toda tu vida? —le preguntó Aru, tendiéndole el pañuelo.

Con un suspiro, Mini lo cogió y envolvió el ramito con él. Mientras se dirigían a la puerta de la tienda, lanzaron una última mirada a las cenizas de Brahmasura.

—¡Primer demonio derrotado! —dijo Aru, con la mano levantada para chocar los cinco.

Mini se echó para atrás.

—No deberías ir tocando las manos de la gente así como así. Es la manera más rápida de pillar un resfriado. O la gripe. Y si no estás vacunada, te morirás.

—Ya, pero quizá no estaríamos mucho tiempo muertas. Brahmasura, por ejemplo, se suponía que había muerto hace un porrón de años.

—¿Y si las almas de los demonios se reencarnan? Como nosotras.

Aquello no servía de consuelo. Aru bajó la mano. (No hay nada más incómodo que esperar que te choquen los cinco y que no lo hagan... sobre todo si ha pasado cierto tiempo y ya no puedes hacer ver que te estabas estirando.)

Al ver la decepción de Aru, Mini sugirió otra cosa.

—¿Y si chocamos los codos? ¡Es higiénico y divertido!

—Ahora me has recordado a esos carteles de los hospitales. —Aru frunció el ceño.

—A mí me gustan esos carteles... Son instructivos. Y muy coloridos.

—Vale, venga —rio Aru.

Y chocaron los codos.

Nada más cruzar la puerta, una sensación rarísima asaltó a Aru. Antes de entrar en el salón de Madame Bee, afuera hacía viento y frío. Ahora, en cambio, no soplaba ninguna brisa y la temperatura había caído en picado. Llegaron en plena tarde y ya estaba anocheciendo. El cielo tenía un color morado. Aru se quedó mirando el aparcamiento, donde un árbol enano había perdido casi todas las hojas. Una estaba cayendo al suelo haciendo una espiral, lentamente. Demasiado lentamente.

Desde arriba, el batido de unas alas hizo que Aru retrocediera y gritara:

—¡No te acerques, Durmiente! ¡Estoy armada y soy peligrosa!

Pero el ser que volaba resultó ser Bu.

—¡Insensata! —la riñó—. ¡No vayas por ahí chillando su nombre!

Descendió hasta ellas entre murmullos, les picoteó el pelo y les olisqueó las orejas.

—¿Por qué habéis tardado tanto? —quiso saber.

—Usted perdone, pero es que somos unas guerreras muy inteligentes —dijo Aru mientras se alisaba el pijama arrugado con toda la dignidad que pudo reunir—. Teníamos un plan. Teníamos que analizar la situación. Teníamos que...

—Gritar, estar a punto de morir y hacer retroceder a un demonio con un secador —acabó la frase Mini.

—¿Por fin vais a dejar de contarme historias de vuestra inepcia y me vais a sorprender de veras? —preguntó Bu, esperanzado.

—¡Una llave menos, nos faltan dos! —exclamó Mini agitando el ramito de juventud—. Próxima parada: el bocado de adultez.

Aru quería sonreír, pero no paraba de mirar hacia el árbol del aparcamiento. El fino pijama que llevaba no era de gran ayuda con aquel frío.

—Seguro que os habéis salvado de milagro —resopló Bu plegando las alas.

Aru iba a discutírselo, pero entonces se dio cuenta. Bu las apreciaba.

—¡Te importamos! —lo provocó Aru—. ¡Estabas preocupado!

—Pfff —bufó Bu—. Vuestra muerte habría sido una deshonra para mi reputación, así que sí, a un nivel muy bajo, estaba... preocupadillo.

La expresión triunfal de Aru desapareció con las siguientes palabras de Bu.

—Y aún tengo más motivos para estarlo. ¿La *asura* os ha reconocido?

Aru se estremeció al recordar que Brahmasura las había llamado «criaturillas Pandava».

Mini asintió.

—Mal asunto. Malísimo —dijo Bu mientras picoteaba el suelo con inquietud—. El Durmiente intenta buscar aliados. Enseñadme el mapa de la segunda llave.

Mini levantó la mano para que Bu viera el dibujo del libro en movimiento.

—Está en el Bazar Nocturno —les informó Bu, pensativo—. A lo mejor podemos convencer a las arrogantes estaciones para que os den algún tipo de defensa.

—¿Estaciones? —repitió Mini.

Bu ignoró su pregunta y siguió hablando consigo mismo.

—Nos hemos salvado por los pelos. Es mucho peor de lo que imaginaba si el Durmiente contactó con Brahmasura.

—Si la conocía, ¿cómo es que no le quitó la primera llave? —se extrañó Aru.

—El Durmiente no puede ver las llaves y Brahmasura nunca supo qué era ese ramito. Seguro que pensaba que era una baratija mágica que la mantenía bella.

—A ver si lo he entendido —dijo Mini—. El Durmiente no puede ver las llaves pero sabe que nosotras sí... Es decir, que podría estar aquí ahora mismo...

La sensación de frío de Aru no se debía a que el otoño hubiera dejado paso al invierno... Se debía a él.

En el aparcamiento, Aru vio a la misma dependienta que antes fumaba. Ahora estaba al teléfono y miraba hacia delante con una mueca en los labios.

Estaba paralizada.

—Esto... ¿Mini? ¿Bu?

—¿Qué? —le gritó Bu—. ¡Hay que urdir un plan por si os encuentra!

—Cre-creo que ya nos ha encontrado.

Horrorizada, Aru vio que una línea negra rasgaba el firmamento, como si alguien hubiera abierto la cremallera del crepúsculo para que más allá se viera un trozo de cielo nocturno.

—¡Tenemos que largarnos de aquí! —gritó.

Mini se guardó el ramito de juventud en la mochila y agarró a Bu en el aire.

—¡Recordad cómo llegar al Más Allá! —murmuró Bu—. Buscad la luz, mirad sin mirar y tocad el segundo...

El resto de sus palabras quedaron ahogadas cuando una ráfaga de viento los empujó hacia atrás. Aru se habría estampado contra la puerta del salón de belleza si Mini no le hubiera agarrado el brazo.

Se tocaron a la vez el símbolo de la segunda llave. El viento ululaba. Aru vio de reojo el hilo de luz que ya conocía, pero otra cosa captó su atención.

En el asfalto del aparcamiento comenzó a alzarse una silueta oscura, una forma gigantesca hecha de tinta y hielo. Y con ella llegó la risa. A Aru se le erizaron los pelos de la nuca. Aquella risa le resultaba familiar. Era la misma que había oído al encender la lámpara. En los sitios por donde pasaba el Durmiente se extendía una masa de hielo que cubría todo lo que encontraba a su paso.

Un dolor intenso sacudió a Aru. Al ver hojas, piedras y humanos congelados, se acordó de una persona: su madre. Hanuman le había asegurado que su madre no estaba sufriendo. Pero ¿cuánto tiempo iba a seguir así? En el centro de la palma de Aru, el número ocho empezaba a cambiar de forma... Se le iba acabando el tiempo.

Y ahora el Durmiente las había encontrado.

—¡Aru! —gritó Mini—. ¡Corre!

Mini estaba a unos pasos de distancia, con medio cuerpo dentro de un tajo de luz. Extendió la mano y Aru corrió para agarrársela. Sus dedos rozaron los de Mini y Aru sintió el consabido tirón del Más Allá.

Y entonces ocurrió.

Algo la había alcanzado. No podía avanzar.

—¡Vamos, Aru! —chilló Bu.

Aru jadeaba. Algo la estaba estrujando. Resopló y comenzó a ahogarse. De reojo no veía más que borrones de oscuridad. La cola negra de una serpiente le rodeaba la muñeca. Estaba atrapada.

—N-no puedo —escupió.

Mini le aferraba el brazo e intentaba tirar de ella hacia el portal.

Entre jadeos y una gran tensión, Aru oyó una voz junto a su oído:

—Eres igual que tu madre, ¿verdad, Aru? Escurridiza y falsa...

Delante de la cara vio el batir de unas alas.

—¡Suéltala! ¡Suéltala! —gritó Bu. Se puso a picotear con furia al Durmiente hasta que los anillos de la serpiente temblaron un poco y aflojaron lo justo para que Aru se sacara la bola del bolsillo. La superficie dorada estaba apagada, no brillaba de manera cegadora como cuando se enfrentó a Brahmasura.

—¡HAZ ALGO! —le rugió Aru a la esfera, todo su terror concentrado como si fuera un láser. Se la imaginó resplandeciendo, convirtiéndose en una espada o en una serpiente de luz, en cualquier cosa que pudiera ayudarla a salir de ahí.

Hubo una explosión de luz y los anillos de la serpiente se alejaron de ella.

Aru se inclinó hacia el portal. Los gritos de rabia del Durmiente la persiguieron cuando pasó al otro lado. Al final, cayó de bruces (y se hizo más daño del que tocaba, porque Aru no contaba con una buena amortiguación) en medio de un bosque.

De la línea todavía abierta emergió un brazo, que se movía de un lado a otro para agarrarlas con la mano.

Mini comenzó a darle golpes con el ramito de juventud y a gritar:

—¡Me —pum— caes —pum— como —pum— el —pum— culo!

A Aru no le pareció un insulto demasiado violento ni furioso, pero viniendo de Mini era lo más furibundo que se podía esperar.

Con un último golpe, el brazo retrocedió. Bu voló hacia el límite del portal y picoteó la línea de luz como si estuviera subiendo una cremallera. Tras un destello final, el portal desapareció completamente (y también la mano). Cuando Aru abrió la palma, la bola dorada regresó.

Bu revoloteó hasta el suelo, con las alas caídas por el agotamiento.

Aru lo cogió y le dio un abrazo.

—Gracias —le dijo.

—¡Sin tocar! —bufó Bu. Pero no se alejó de ella.

—Era el Durmiente, ¿verdad? —preguntó Aru.

Aquella voz, aquella risa... era inconfundible. La culpa la removía por dentro. Fue ella quien lo había liberado y traído al mundo.

—Sabía dónde estábamos —dijo Mini, aferrada a su mochila—. ¡Y ahora sabe dónde está la segunda llave!

Bu echó a volar y se alejó de Aru.

—No. No lo sabe. En el último minuto he cambiado la ubicación del portal para esconder nuestro paradero.

La jungla los rodeaba. Aru no vio ni a una sola persona. El lugar al que las había llevado Bu no tenía el mismo horario que el salón de belleza, porque ahí era todavía de día. Aunque no es que hubiera mucha luz. Por encima de sus cabezas, las copas solemnes de los robles la acaparaban casi toda, y la poca que llegaba abajo solo daba para iluminar la tierra del bosque, oscura como el cacao.

—Estáis a salvo, pero no por mucho tiempo —dijo Bu—. El Durmiente estará atento a cualquier atisbo de magia. Necesitamos protección adicional para llegar al Bazar Nocturno, donde está la segunda llave.

—¿Protección? ¿Como un seguro de viaje? —preguntó Mini.

—¿Un qué? —preguntó Bu—. Da igual, no he dicho nada.

—¿No podemos pedir ayuda a los dioses? —sugirió Aru—. No pretenderán que nos las apañemos con una bola y un espejo, ¿no?

Aru se sintió estúpida por tener la esperanza de que sus padres celestiales se implicaran más, pero a pesar de todo no dejó de mirar hacia el cielo, preguntándose si iba a ver un mensaje escrito con relámpagos. Un mensaje solo para ella.

—Ya os he dicho que no se entrometen en asuntos de humanos.

—¿En asuntos de semidiosas tampoco? —insistió Aru.

—No se entrometen. Son sus reglas.

—¿Quién nos va a ayudar entonces?

Bu pareció perderse en sus propios pensamientos durante unos instantes. Dio vueltas en el suelo y, a continuación, se bamboleó hacia un hormiguero que se encontraba al lado de un tronco. Se quedó mirándolo.

—Creo que sé de alguien muy interesado en conoceros... —dijo poco a poco—. Ojalá pudiera encontrarle. Mmm. Ah, ¡un momento! ¡Allí! ¿Lo veis?

Señaló hacia el barro. Aru y Mini intercambiaron miradas nerviosas. Mini se llevó un dedo a la cabeza y lo movió en círculos, en plan: «Se le ha ido la olla».

—No. —Bu las observaba fijamente—. Mirad.

Aru se aproximó y vio una delgada fila de hormigas que dejaban atrás el tronco y se acercaban a una montaña de hojas.

—Debemos seguir a las hormigas —anunció Bu.

—Sí —le confirmó Aru a Mini—. Se le ha ido la olla.

—Seguiremos a las hormigas porque las hormigas siempre van hacia Valmiki.

—¿Valmiki? ¿Está vivo? —preguntó Mini, boquiabierta—. Pero ¡si vivió hace muchos siglos!

—Vosotras también —dijo Bu bruscamente.

—¿Quién es Valmiki? —preguntó Aru. El nombre le sonaba de algo, pero no conseguía recordarlo.

—El sabio legendario —dijo Mini—. ¡El que escribió el *Ramayana*!

Junto con el *Mahabharata*, el *Ramayana* era el otro poema épico que aprendían muchos hindúes. Relataba la historia de Rama, una de las reencarnaciones del dios Vishnu, que luchó contra un demonio de diez cabezas para rescatar a su esposa. La madre de Aru coleccionaba piezas de arte que ilustraban las aventuras de Rama, y ahora Aru recordó una imagen del sabio sentado encima de un hormiguero. También recordó otro detalle:

—¿Valmiki no era un asesino?

—Bueno, al principio sí —dijo Mini.

—Aunque solo asesines una vez, siempre serás un asesino.

—Valmiki cambió —dijo Bu—. Estuvo muchos años sentado y repitiendo la palabra *mara*, que significa «matar». Pero con el tiempo, su cántico cambió y se convirtió en *Rama*, otro nombre del dios...

—¡Y entonces un montón de hormigas se arremolinaron a su alrededor y de ahí su nombre! —metió baza Mini—. En sánscrito significa «colina de la hormiga».

Aru no estaba segura de que la gente pudiera cambiar. Su madre le había prometido muchísimas veces que todo sería diferente. A veces, la situación solo era diferente durante seis días. En aquellos días, Aru no caminaba sola hasta el instituto, no cenaba un plato insulso y hasta su conversación dejaba de girar exclusivamente sobre la última adquisición de su madre para el museo.

Sin embargo, al final todo volvía a la normalidad.

Pero bueno, tener una madre así era mejor que tener una madre congelada. Aru se tragó las ganas de llorar. ¿Qué estaban haciendo allí? ¡Tenían que conseguir las armas celestiales, y cuanto antes!

—La gente cambia —añadió Bu. En aquel momento, su mirada era muy astuta, como si hubiera leído la mente de Aru. A ella tampoco se le escapó que Bu estaba un poco a la defensiva.

—Si tú lo dices... Y ¿por qué tenemos que conocer a ese hombre? —preguntó Aru.

—Valmiki es muy sabio —dijo Bu—. Ha reunido todo tipo de mantras, palabras sagradas que os ayudarán. Pero cuidado, sigue siendo horrible...

—¿Y eso? —preguntó Aru, sorprendida—. ¿Porque fue un asesino?

—Peor —dijo Bu—. Es un... —Su voz se fue apagando—. Un escritor. —Movió la cabeza con repulsión.

Bu y Mini empezaron a avanzar (bueno, Mini avanzaba y Bu estaba en su hombro), siguiendo el caminito de hormigas. La tierra era oscura, y dar con los insectos era como buscar una aguja en un pajar.

—Ya no veo a las hormigas —dijo Mini.

—Enciende la linterna del móvil —le aconsejó Aru.

—No puedo —dijo Mini—. Se quedó sin batería antes de que vinierais a buscarme. ¿Tú no tienes uno?

—No —se quejó Aru—. Mi madre no me dejará tener uno hasta el año que viene.

—Yo veo perfectamente —dijo Bu, guiándolas con cuidado por la hierba. Aquella era la primera vez que una paloma resultaba útil como compinche.

Delante veían numerosos árboles raquíticos. Entre los troncos se alzaba una roca oscura; Aru habría jurado que no estaba allí cuando ellos se encontraban más lejos. Bu se acercó al pedrusco y lo picoteó un par de veces.

—¡Valmiki! ¡Necesitamos tu ayuda!

¿La roca se había movido un poco o fueron imaginaciones de Aru?

—Ay, sal de ahí...

Aru se acercó un poco más. Vio que lo que parecía un pedrusco en realidad era un hormiguero gigantesco. Se sacudió los dos pies, entre temblores. ¿Y si las hormigas ya estaban subiendo por sus piernas?

Los insectos del hormiguero comenzaron a moverse de un lado a otro y formaron dos líneas en las que se leían las siguientes palabras:

«HA LLEGADO LA HORA DE RIMAR
SI LA MALDICIÓN QUERÉIS EVITAR».

# TRECE

## El hípster del hormiguero

—Ay, no —dijo Bu.

—¿Qué pasa? —preguntó Aru.

—Odio los poemas que riman.

Las hormigas formaron un nuevo mensaje de Valmiki:

«Si eso es así,

yo te odio a ti».

—Los poetas son tan dramáticos... —rezongó Bu.

—Oh, sabio legendario —recitó Mini tímidamente—, te vemos de lo más necesario. Si con nosotros decides hablar, una gran alegría nos va a embargar. Tenemos una llave mágica, como ves, y aunque odies a Bu, ojalá no muestres desinterés. No queremos morir. Y no te vamos a mentir. Ayúdanos, por favor, tú que tanto sabes, y así podremos hallar las otras llaves.

Las cejas de Aru pegaron un brinco. Ella jamás habría sido capaz de inventarse una estrofa rimada. Habría necesitado muchísimo tiempo.

El hormiguero se detuvo, reflexivo.

«Tus rimas dejan mucho que desear,
pero yo sé cómo las puedes mejorar».

En el hormiguero empezaron a verse unas grietas.

Poco a poco, la colina se deshizo como el hielo de un estanque y sobresalió una cabeza. Un ojo marrón claro se quedó mirándolos. Otro ojo se abrió junto al primero. Entonces, el hormiguero se partió en dos y de él salió un anciano sentado con las piernas cruzadas. Su pelo negro con mechones grises estaba recogido en un moño. Llevaba gafas de sol y la barba bien recortada. En su camisa se leía: «No soy un hípster». Cogió una jarra que apareció de la nada, en cuyo interior brillaba una bebida de color naranja.

—Os ofrecería un poquito de té, pero por interrumpirme no lo haré. Estoy intentando escribir una novela. Una obra que de verdad cree escuela. Pero el inicio se me ha atragantado... ¿Y si hablo de gente que un sabio ha buscado?

—O podrías ser superdescriptivo y narrarlo todo desde que les sonó el despertador —le sugirió Aru.

Mini la miró con el ceño fruncido.

—Necesitamos protección —continuó Aru—. Es urgente y...

—Si no lo decís rimando, os acabaré ignorando —les dijo Valmiki amablemente.

Una máquina de escribir se materializó por arte de magia. Valmiki comenzó a pulsar las teclas con furia. Aru

136

pensó que más valía no decirle que no había puesto ningún papel. ¿O era una especie de función? Era muy raro exclamar «¡Miradme, estoy escribiendo», pero ya se sabe que los escritores son bastante raros.

—¡Haz como tu hermana! —la regañó Bu.

Aru tuvo el presentimiento de que no iba a ser la última vez que oía aquella frase. Le cerró el pico literalmente, para la irritación de Bu.

Para ser sincera, estaba más impresionada que celosa por la maña de Mini con las rimas. Ella solo habría sido de ayuda si a Valmiki le hubiera gustado la poesía de la generación *beat*. Acababan de estudiarla en clase de lengua y literatura, así que Aru podría chascar los dedos con ritmo y comenzar a recitar algunas estrofas, pero pensó que no iba a resultar demasiado útil en aquel momento.

—Hemos conseguido el ramito de juventud con nuestros dones —dijo Mini—. Pero ahora necesitamos la protección de las... —Mini se detuvo y miró hacia Bu.

—Estaciones —articuló él.

—¿Estaciones?

Valmiki levantó una ceja, como si fuera a decir: «Tu rima no suena como una brisa, pero ya veo que tenéis mucha prisa».

—Bu dice que puedes protegernos del mal —prosiguió Mini—. Ojalá su comentario no te haya sentado... ¿fatal?

Valmiki apoyó la espalda en el hormiguero y se mesó la barba lentamente. Hay dos maneras diferentes de mesarse la barba. La caricia malvada en plan: «Me encanta parecer fiero y me encanta mi barba» y la caricia reflexiva en plan: «¿La barba me hace parecer fiero?». La de Valmiki era la segunda.

—Para saber qué debéis pronunciar, hay un precio que tenéis que pagar.

Mini abrió la mochila y se la enseñó.

—Como ves, yo no tengo dinero —dijo Mini—. ¿Y si paga Aru el precio entero?

—Yo no tengo nada —dijo Aru palmeándose el pijama, y entonces recordó que todo debía rimar y añadió— en el bolsillo. ¿Y si te quedas con el pajarillo?

—¡Yo no estoy a la venta!

—Lo que tú digas no cuenta —suspiró Aru.

«¡Toma rima!»

—No quiero nada que me debáis vender. Quiero las historias que me ayudéis a tejer. —Valmiki se inclinó sobre la máquina de escribir y juntó las yemas de los dedos—. La épica ha entrado en una nueva era, sí —dijo el sabio poeta—. ¡Y veo a dos Pandava delante de mí! Ya conocemos las leyendas y poemas de antaño, pero ahora deberíamos subir un peldaño. Prometed darme un día de vuestra vida y yo os daré una defensa enseguida.

¿Valmiki quería escribir sus biografías? ¡Sí, por favor! Era una idea... maravillosa. Aru ya tenía en mente varios títulos para la suya:

*La leyenda de Aru.*

*Las crónicas de Aru.*

*La...*

—¿Aru? —le preguntó Mini—. ¿Las condiciones del sabio quieres aceptar? Pocos inconvenientes me parece observar.

«Ah, ya. *Las crónicas de Aru y Mini.*»

—¡Un momento! —dijo Bu—. ¡No vendáis los derechos así como así! El día, Valmiki, debe ser fuera de aquí. Un *día* son veinticuatro horas para un mortal. Acátalo o vendrán los dioses por un portal.

A Aru no se le había ocurrido. Aquella era oficialmente la segunda vez que se alegraba de tener una paloma como guardián.

Valmiki se encogió de hombros, pero se le veía un tanto descontento.

—¡Al final he caído en tu astutísimo enredo!

—Y eso que a mí la poesía me importa un bledo —dijo Bu, fanfarrón.

Suerte que había respondido Bu, porque la única palabra que encontró Aru que rimara con «enredo» era «pedo», una palabra que más valía no mencionar en presencia de un sabio y poeta legendario.

—Para cerrar el trato con absoluta certeza, solo debéis asentir con la cabeza —les dijo Valmiki—. Un día vendré a reclamar lo mío. Hasta entonces, Pandava, luchad con brío.

Aru sonrió y asintió con tanta energía que su cabeza estuvo a punto de despegarse de su cuello. Mini, como siempre, lo meditó mucho más. Observó a Valmiki durante un buen rato antes de asentir por fin. El sabio sonrió.

—Esta rima os servirá en cualquier situación en la que debáis esconderos de toda visión. Decidla una vez y decidla entera u os convertiréis en comida de pantera. Repetid mis palabras, pequeñas heroínas, pues no quiero que dejéis de ser tan divinas.

Mini y Aru se inclinaron hacia delante.

—No me mires, no me veas, no estoy aquí aunque lo creas —dijo Valmiki.

Las palabras envolvieron a Aru con tanta intensidad que se las imaginó flotando a su alrededor.

Antes de que pudieran darle las gracias, Valmiki volvió a hundirse en el hormiguero, que se cerró con él en su interior.

—Ahora que ya tenéis el mantra —dijo Bu—, intentemos llegar otra vez donde la segunda llave. El Durmiente no debería poder encontraros ahora.

«No debería» no significaba «no podría».

Aru se armó de valor, y ella y Mini pronunciaron las palabras en voz alta.

—No me mires, no me veas, no estoy aquí aunque lo creas.

Hasta aquel momento, a Aru nunca le había dado por pensar en cómo sabría una palabra o una frase. A veces, al decir algo hiriente, notaba un regusto amargo. Pero al recitar el mantra de Valmiki, sintió magia en la lengua, como Peta Zetas burbujeantes.

Lo último que vio Aru antes de tocarse el símbolo de la segunda llave en el mapa *mehndi* fue una nueva rima en la roca. Las hormigas poetas formaban lo que parecía ser el espantoso borrador de un poema épico (pero bueno, los primeros borradores siempre son deprimentes):

«EN UNA NOCHE BORRASCOSA Y OSCURA,
DOS CHICAS Y UNA PALOMA INICIARON SU AVENTURA
PARA DETENER AL MALVADO DURMIENTE
Y EVITAR QUE EL DIOS SHIVA VINIERA AL PRESENTE.»

# CATORCE

## Una visita
## al supermercado

Algo rozó a Aru mientras viajaba hacia el Más Allá. Unas garras que le arañaron la piel suavemente. Aru no se sintió segura. Tenía la sensación de que alguien la estaba observando. Miró hacia abajo y vio algo que casi le congeló la sangre.

El último anillo de una cola negra y gruesa, salpicada de estrellas.

La cola reptaba sobre sus pies. Aru no dejaba de murmurar:

—No me mires, no me veas, no estoy aquí aunque lo creas.

Aquello duró más o menos un minuto. En ese tiempo, Aru oyó la voz del Durmiente en su cabeza. «Igual que tu madre. Escurridiza y falsa.»

¿Cómo iba a conocer el Durmiente a su madre? ¿Eso quería decir que la madre de Mini también era una heroína? Aru se preguntó, y no era la primera vez (ni la última), por qué nadie le había contado nada. ¿Por qué Mini sabía cosas que ella no?

La luz dejó de rodearla. Aru miró a su alrededor y vio que se encontraba en otro aparcamiento. Mini y Bu también estaban allí. No sabía cuál era esa ciudad, pero el clima era un poquito más cálido que en la anterior. Aquí, el otoño cubría el mundo de oro. El cielo era luminoso y las nubes se veían más cerca, como si la lluvia pendiente de caer las empujara hacia el suelo.

—¿Por qué siempre acabamos en un aparcamiento? —preguntó Mini.

—Mejor aquí que en medio de una carretera —dijo Bu.

Se encontraban delante de un Carrefour. Al lado de unas balas de heno se alineaban unos cuantos carros de supermercado de color rojo intenso. Los árboles lucían una tonalidad escarlata y azafrán, tan brillante que daba la impresión de que alguien había cubierto las hojas con una capa dorada.

A Aru le picaba la palma. Se miró la mano. El número ocho había desaparecido y un nuevo símbolo resplandeciente ocupaba ahora su lugar:

—¿Qué diablos significa este dibujo? —preguntó Aru—. Anda, dime que el universo se apiada de nosotros y es el número sánscrito de «día sin demonios» y no el número tres, al que se parece bastante.

—No es el número tres —le aseguró Mini tras examinarle la mano.

—¡Bien!

—Es el número seis.

—¿Cómo?

—*Sas*. Seis —leyó Mini. Arrugó la nariz y se giró hacia Bu—. Pero ¡ayer nuestros mapas indicaban ocho días! ¿Qué ha pasado?

—Viajar al Más Allá tiene sus costes. —Bu sacudió las alas—. El tiempo no siempre cumple con los estándares mortales.

—Pero entonces... entonces llevo setenta y dos horas despierta —gimió Mini—. ¡Debería estar muerta! ¿Estoy muerta?

Aru la pellizcó.

—¡Ay!

—No. Vivita y coleando.

Mini se frotó el brazo y se quedó mirándola.

—Sois hermanas Pandava —dijo Bu—. Necesitáis dormir y comer menos que los mortales. Pero a veces sí que necesitáis algo que os dé energía. Dentro picaremos algo.

—¿Dentro del Carrefour? —preguntó Aru.

No es que le pareciera mal. Al contrario, una caja tamaño industrial de galletas Oreo era justo lo que necesitaba.

—No es un Carrefour cualquiera —dijo Bu, orgulloso—. Para los del Más Allá se convierte en una tienda diferente en función de quién seas y qué necesites. Para nosotros, será el Bazar Nocturno. Encontraremos a las estaciones y les pediremos que os diseñen armas. Y después, buscaremos la segunda llave.

Aru deseaba más que nada en el mundo que la segunda llave se encontrara justo al lado de una caja tamaño industrial de Oreos. Pero dejó de pensar en Oreos en cuanto oyó las siguientes palabras de Mini:

—Iré donde sea, siempre y cuando no nos crucemos con el Durmiente otra vez. ¿Lo habéis visto al dejar atrás a Valmiki? —preguntó—. ¡Estaba justo a mi lado! Estoy segura de que quería algo. ¡Hasta me ha tocado! —Se estremeció—. Creo que era él. Era una cola de serpiente enorme. Pero no sé si ese era su tacto.

—¿Te ha dicho algo? —preguntó Aru.

—No. —Mini frunció el ceño—. ¿Y a ti?

—Un poco antes. —Aru se puso recta—. La otra vez que intentamos llegar a... a lo que sea esto. Oí su voz en mi mente y me comparó con mi madre. Me llamó «escurridiza como ella». Superextraño.

A Aru le pareció que Bu intentaba empequeñecerse sobre la cabeza de Mini.

—¿Sabes algo al respecto, Bu? —le preguntó Aru.

—¿Yo? No. ¡Qué va! —graznó—. ¡Vamos!

—Si la última vez descubrió dónde estábamos, y si puede encontrarnos cuando viajamos entre mundos, es probable que nos vuelva a encontrar, aunque tengamos el mantra para ocultar nuestro rastro —dijo Mini—. ¿Qué hacemos si el Durmiente nos alcanza?

—Correr más deprisa que la vez anterior —respondió Bu. Y dicho esto, voló hacia la entrada del Carrefour.

Aru iba a gastarle una broma a Mini, pero su hermana Pandava ya corría por entre la maraña de coches aparcados y carros de supermercado abandonados.

—¡Eh! ¡Mini! ¡Por fin! —gritó Aru.

Aru había dado dos vueltas enteras al aparcamiento A del Carrefour antes de dar con ella. Mini estaba tumbada en el capó de una camioneta con una pegatina que presumía: Mi hijo es un estudiante de honor.

Cuando Aru se le acercó, Mini no giró la cabeza. Seguía recorriendo el símbolo sánscrito que tenía dibujado en la palma de la mano.

—Me vais a dejar atrás, ¿verdad? —preguntó Mini suavemente.

—¿Qué? ¿Por qué dices eso?

—A mí no se me da tan bien como a ti todo... todo esto. ¡No tenía ni idea de que iba a emprender una misión ni nada por el estilo! La primera vez que mi madre me llevó al Más Allá, vomité. Los guardianes del umbral no me dejaron pasar.

—Pues ya eres mejor que yo —dijo Aru—. Mi madre nunca me llevó al Más Allá. A ti por lo menos la tuya te lo contó todo.

—No tuvo alternativa —resopló Mini—. Es una *panchakanya*.

—¿Una qué? —preguntó Aru. Conocía el significado de las dos palabras de aquel compuesto, pero ni así lo llegó a entender.

*Panch*. Cinco.

*Kanya*. Mujer.

—Es la hermandad de la que siempre habla mi madre. Cinco mujeres que son reencarnaciones de reinas legendarias de las antiguas historias. Hoy en día, su trabajo es criarnos y protegernos.

—Entonces, ¿mi madre forma parte de esa... hermandad? —preguntó Aru.

—Supongo —contestó Mini un poco borde.

Aru supo por qué había cambiado el tono de Mini. Habían empezado hablando de los sentimientos de Mini y ahora volvían a hablar de Aru. Pero es que no lo podía evitar. Había tantas cosas que no sabía... y tantas que quería saber.

—¿Sabéis quiénes son las demás mujeres? ¿Hablan por teléfono o algo? ¿Has conocido a las otras Pandava? ¿Todas tienen nuestra edad?

—Lo siento. —Mini sacudió la cabeza. Después, entrecerró los ojos—. ¿Por qué? ¿Preferirías que te acompañara otra Pandava en mi lugar?

—Yo no he dicho eso...

—Tampoco lo has negado —dijo Mini—. Pero da igual. Estoy acostumbrada. Siempre soy la segunda opción. Siempre me acaban dejando atrás.

—¿Es por lo que ha dicho Bu? ¿Que el Durmiente atrapará a la más lenta de las dos?

Mini asintió, sorbiéndose los mocos.

—Ya conoces a Bu. Es una paloma.

Como si ser una paloma explicara su desagradable comportamiento. Pero en el caso de Bu, aquella afirmación parecía explicarlo de verdad.

—No... no quiero que me dejéis atrás. —Sus ojos se inundaron de lágrimas—. Es lo que siempre me acaba pasando, y lo odio.

—¿Alguna vez has ido con alguien mientras os perseguía un monstruo?

Mini rio, pero al estar llorando pareció más bien un hipo húmedo. Aru se alejó un poquito. Lo último que quería era que la cubriera de mocos. Ya le bastaba con las cenizas de monstruo que tenía por todas partes.

—No —dijo Mini una vez terminado su resoplido-risa-hipo—. Tú no sabes lo que se siente. Seguro que en el instituto eres popular. Fijo que todo se te da bien... Si ni siquiera habías ido nunca al Más Allá y has peleado contra Brahmasura mejor que yo... Fijo que en el instituto no te apodan «la Chivata». Y seguro que nunca has ido a una fiesta de cumpleaños y has descubierto que estabas sola porque en tu invitación apuntaron mal el día... A ti la gente no te evita.

Aru se esforzó por no hacer ninguna mueca. Debía admitir que ser una chivata es lo peor que se puede ser en clase. Así nadie te quiere contar nunca nada.

—¿Has hecho algo de lo que te hayas arrepentido? —le preguntó Mini.

Aru no la miró a los ojos. Le podría haber dicho la verdad sobre muchas cosas. Que ella no era popular. Que sí que sabía qué se sentía al estar marginada. Que su mejor habilidad no era vencer a monstruos... sino mentir.

Durante unos instantes, incluso sintió los deseos de contarle a Mini la verdad sobre lo ocurrido con la lámpara. Que para nada había sido un accidente, sino algo que hizo a propósito solo para impresionar a compañeros a los que seguramente no valía la pena impresionar, pero nunca había sido capaz de lograrlo.

Aru se sintió bien porque Mini la valoraba más de la cuenta, algo que no solía pasar.

Por lo tanto, le preguntó otra cosa:

—Si pudieras volver atrás y no chivarte de algo, ¿lo harías?

—No. —Mini levantó la mirada—. Dennis Connor quería cortarle el pelo a Matilda.

—¿Y? ¿A ti qué más te daba?

Esas cosas pasaban en el instituto a todas horas. Aru las dejaba correr. No eran asunto suyo.

—El año pasado, Matilda tuvo que abandonar las clases porque se puso enferma, y cuando empezó la quimio se quedó calva. Le estaba empezando a crecer el pelo otra vez. Si Dennis se lo hubiera cortado, se habría puesto muy triste.

—¿Lo ves? —dijo Aru—. Hiciste lo correcto. Además, Dennis tiene un nombre compuesto. Su destino es meterse en líos.

Mini se rio.

—No eres ninguna chivata. Eres muy leal. ¡Como un caballero! Los caballeros siempre rescatan a gente.

Mini levantó la palma de la mano. El símbolo *sas* seguía pareciéndose a un tres del revés.

—¿Qué pasa si los caballeros no tienen suficiente fuerza?

—Aunque fracasen, siguen siendo caballeros —le dijo Aru—. Venga, vamos. Según Bu, este es un Carrefour del Más Allá muy especial, y quiero ver si el papel de váter que venden flota en el aire. A lo mejor venden cosas típicas del Más Allá, como bolsas de deseos a granel o dientes de dragón o cosas de ese estilo. Compraremos unos cuantos cuando consigamos la segunda llave. ¿Qué era? ¿Un bocado de adultez?

Mini parecía más animada. Asintió.

—Tienes aún la primera llave, ¿no? —quiso saber Aru.

—Aquí mismo —Mini dio una palmadita a su mochila—, envuelta en tu pañuelo.

—Clínex.

—Eso.

—Vayamos, Lady Mini.

Como en todos los Carrefour a los que había ido Aru, un montón de clientes entraban y salían por la puerta. Pero allí la gente cambiaba en cuanto cruzaba el umbral. Por ejemplo, una mujer que empujaba un carro hacia la entrada se parecía a cualquier mujer que pudieras ver por la calle. Zapatos normalitos. Pelo normalito. Ropa normalita.

Nada más dejar atrás la alfombra que decía Bienvenidos a Carrefour, aquella mujer de pronto estaba cubierta de plumas doradas. ¡Como un pájaro gigantesco! Y las plumas terminaban en fuego, cuyas ascuas chisporroteaban, llegaban al suelo y se apagaban como la llama soplada de una vela.

Una familia estaba comprobando el tíquet al lado de la puerta, a punto de salir. Antes de llegar a la alfombra, de cintura para arriba eran humanos, y de cintura para abajo, serpientes. En cuanto salieron del supermercado, eran seres humanos de la cabeza a los pies.

El chico serpiente le guiñó el ojo a Mini.

Mini se estampó contra un poste de teléfono.

—Eres hija de la Muerte —le siseó Aru—. No deberías chocarte con un poste solo porque te has cruzado con un chico.

—¡No es eso! Me he tropezado. No es porque... porque él haya hecho esa mueca en la que sube los labios y enseña los dientes.

—¿Te refieres a una sonrisa?

—Sí —dijo Mini, frotándose con furia las mejillas encendidas—. Eso.

—¿Por qué habéis tardado tanto? —Bu las miraba desde lo alto de un carro de supermercado—. Casi empiezo a envejecer.

—¿Tú no envejeces? —le preguntó Aru.

—Si envejeces, puedes usar el ramito de juventud —le sugirió Mini—. Aunque no sé cómo funciona. ¿Te damos golpecitos?

Bu voló hasta el hombro de Aru y entonces asomó la cabeza por entre el pelo.

—¡Ni se te ocurra hacer eso, jovencita del demonio!

—Solo quería echar una mano —dijo Mini con los brazos cruzados.

—Pues deja de echar una mano antes de que nos provoques la muerte a alguno —le espetó Bu—. Y ahora, antes de entrar ahí, recordad que no se va a convertir en el Bazar Nocturno hasta que dejéis de mirar con intensidad.

—¿A qué te refieres? —Aru parpadeó.

—Me refiero a que vayáis al pasillo de los congelados y comencéis a contar los artículos para el desayuno.

Eso bastará para que vuestra mente se desconecte de la realidad y se quede frita. También podéis resolver ecuaciones. O leer el *Ulises* de Joyce. Es lo que hago yo.

—Parece peligroso... —empezó a decir Mini, pero al sentir la mirada de Aru respiró hondo y añadió—. Pero como soy hija de la Muerte, parece... ¿algo que me debería gustar?

Aru sonrió.

En cuanto entraron, la golpeó el olor rancio e industrial a supermercado. ¿Por qué todo estaba hecho de hormigón? Y hacía muchísimo frío.

Incluso en pleno verano, con tanto calor afuera que el asfalto se derretía, en los supermercados siempre hacía un frío que pelaba. Aru deseó haber traído un jersey.

En su hombro, Bu se había construido un nido de lo más raro con el pelo de Aru y ahora lo observaba todo como una abuela cabreada.

—¡Por ahí no! Es la sección de electrónica. Hay demasiados brillos y luces.

A su alrededor caminaba un montón de gente. Madres, padres e hijos con esas zapatillas tan raras con ruedas en los talones. Había personas de todo tipo: blancas, negras, latinas, asiáticas, altas, bajas, delgadas, gordas. No todos eran humanos, eso sí. Había seres con plumas o mucho pelo, con colmillos o aspecto felino.

—¿Son todos... como nosotras? —Los ojos de Aru estaban abiertos de par en par.

—¿Pesadas como una vaca en brazos? —propuso Bu.

—No, como...

—¿Heroínas escuchimizadas? —volvió a intentarlo Bu.

—¡Uf!

—No sé qué es un *uf*, pero seguro que no —dijo Bu con suficiencia—. Pero si te refieres a si todos tienen un vínculo con un Más Allá... Sí.

—¿Con el nuestro?

—Con el suyo —dijo Bu—. Sea cual sea su versión del Más Allá. Pero no nos metamos en temas de metafísica. Hay muchas cosas que pueden coexistir. Varios dioses pueden vivir en un solo universo. Como los dedos de una mano: son diferentes, pero pese a todo forman la misma mano.

Pasaron junto a una exposición de árboles en tiestos. Manzanos con frutos relucientes del color de las perlas. Perales con frutos en forma de martillos dorados. Hasta vieron un gigantesco abeto de Navidad que resplandecía por las llamas de cien velas colgadas de las ramas.

Aru vio que una niña pelirroja se acercaba al abeto. La niña soltó una risita y, delante de los ojos de Aru, se metió dentro del árbol. El abeto se agitó, contento. Pero en cuanto desapareció en el interior del árbol, una mujer alta con una cabellera larga y pelirroja se puso a llamar al tronco.

—¡Sal de ahí ahora mismo! —dijo. Hablaba con un fuerte acento. ¿Irlandés, quizá?—. Juro por los dioses celtas que...

La mujer tiró de una de las ramas del árbol como si fuera una oreja y sacó a la niña del abeto. Estaba muy triste.

—Siempre igual —dijo la mujer, que tenía pinta de ser su madre—. Por eso no te dejan entrar en los parques. Cielo santo, Maeve, verás cuando tu padre sepa que...

Aru no oyó el resto de la reprimenda porque Mini y ella giraron por un pasillo con el cartel de DETERGENTES Y SUAVIZANTES y lo recorrieron deprisa y corriendo.

—Toda esta... gente del Más Allá... ¿compra aquí? ¿En un Carrefour? —se extrañó Mini.

—¿Qué te hace pensar que para ellos es un Carrefour? —Bu parpadeó—. ¿Qué te hace pensar que estáis en los Estados Unidos? El mundo tiene muchas caras, niñas. Os las muestra de una en una. Daos prisa. Aquí el tiempo pasa aún más rápido, y todavía necesitáis una armadura y la segunda llave.

—¿Y un tentempié? —añadió Aru, esperanzada.

—Vale, pero solo uno.

# QUINCE

### ¿Por qué embrujado
### es igual a desagradable?

Los tres se detuvieron en el gran pasillo de los congelados y comenzaron a hacer inventario: sopa de judías negras, canapés salados, pizzas, *bagels*, *bagels* de pizza, callos, bacalao, merluza, pescado que no se había pescado. Puaj. Aru esperó a que cambiara su percepción, a que la magia le hormigueara los ojos como la electricidad estática de un televisor. Pero no sintió nada diferente y sus esperanzas de ver papel de váter mágico rápidamente se fueron desvaneciendo.

—¿Los habitantes del Más Allá vienen aquí a hacer la compra? —preguntó Mini.

—Y, por lo visto, a conseguir armas —dijo Aru.

«Por no hablar de los que venimos a buscar la llave del Reino de la Muerte.»

En su experiencia previa en otros supermercados, Aru jamás había cogido un tetrabrik de leche y, acto seguido, paseado por un pasillo con el cartel de Objetos mortíferos y afilados. (Por desgracia.)

—El Bazar Nocturno ha tenido que adaptarse, cambiar de forma y actualizarse para las familias que se mudan a nuevos países y para las imaginaciones que no paran de evolucionar —les explicó Bu.

—Y lo que antes era... —empezó a decir Aru.

—Leed los artículos de una vez —dijo Bu, irritado.

—Vale. —Mini bostezó—. Más tipos de pizza... ¿Qué necesidad hay de vender tantas marcas de pizza diferentes? Bocadillos de manteca de cacahuete. Salmón congelado. —Calló unos instantes—. ¿Sabíais que el salmón os puede transmitir la bacteria E. coli y provocaros la muerte?

Aru, que no paraba de temblar por el frío del pasillo, frunció el ceño.

—¡Todo nos puede provocar la muerte, Mini! No hace falta que nos lo recuerdes todo el rato.

—Mi madre siempre dice que el conocimiento es poder. —Mini enderezó los hombros—. Solo intento que seamos más poderosas.

—Y mi madre dice que la ignorancia es felicidad —dijo Aru por lo bajo.

Sin embargo, aquellas palabras la hicieron detenerse. La ignorancia no había sido felicidad. Ni por asomo. Felicidad quería decir alegría, pero ahí estaba Aru, sin saber quién era, dónde se encontraba o qué se suponía que debía hacer a continuación. ¿Le había dicho su madre esa frase porque había elegido no revelarle nada a Aru?

Quizá lo había hecho para protegerla. También la protegía, aunque Aru tardaba días (o incluso meses) en darse cuenta. Como la vez que su madre se disculpó con lágrimas en los ojos porque nadie se había presentado en su fiesta de cumpleaños. Le confesó que había tirado todas las invitaciones por accidente. En lugar de en la fiesta, pasaron el día en el cine y cenaron lo que solían desayunar (y fue estupendo), pero Aru se enfadó mucho. No fue hasta un año más tarde cuando Aru supo la verdad por un compañero de clase. Ninguno de los alumnos invitados había querido ir, así que su madre le mintió para proteger sus sentimientos.

Aru se acordó de la historia de Mini, en la que nadie aparecía en una fiesta de cumpleaños por culpa de una fecha incorrecta. Mini no tenía ni idea de cuántas cosas tenían en común...

Mini empezó a leer de nuevo los productos del pasillo.

—Gofres congelados, tortitas congeladas, estrellas congeladas, alas congeladas...

—Un mom... —comenzó a decir Aru.

—Profecías congeladas, planetarios congelados, oro congelado, bolsas de... —Los ojos de Mini veían borroso.

Aru miró a su alrededor para captar algún indicio de magia. Poco a poco, su visión cambió. El supermercado se esfumó. El suelo de cemento se transformó en tierra compacta. Los fluorescentes del techo dejaron de parpadear.

Sintió que le pesaban los ojos. Y que estaba soñolienta.

Y entonces... fue como echar una cabezadita en clase. Un momento de felicidad perfecta y espesa.

Hasta que el timbre se cargaba la tranquilidad.

Salvo que en ese caso no fue un timbre; fue un potente graznido que venía de arriba. El techo de la tienda había desaparecido y, por encima de ellos, en el cielo planeaba un pájaro. Sus grandes alas tenían el color de la tarde que se convierte en noche. Medio cielo estaba iluminado por el sol y el otro medio, por la luna.

—Vaya —exhaló Mini.

Era como si alguien hubiera cogido un antiguo mercado y lo hubiera mezclado con un supermercado de los modernos. Detrás de un cristal, numerosos pasillos se extendían en todas direcciones. Por lo que veía Aru, había una combinación de estantes, expositores, bazares y carpas. En un bazar se vendían extraños rollos de seda que parecían formados por hilos de luz lunar y cintas de agua corriente. A su lado se alzaba una Apple Store.

También había carros de supermercado metálicos, pero... vivos. Las rejillas de metal se curvaban hacia arriba o hacia abajo como una boca, y un par extra de asideros hacían las veces de cejas inclinadas. Cuando alguien se les acercaba, circulaban pinchos de metal por todo el carro, una especie de piel de púas. Tenían un aspecto un poco salvaje. Un par de ellos no paraban de gruñir. Una mujer con cola de serpiente maldecía en voz alta en plena pelea con su carro. Cuando por fin consiguió poner las dos manos sobre el mango rojo intenso, el carro se rindió y dejó que la *naga* victoriosa lo empujara.

A lo lejos había tres carteles luminosos, pero Aru no era capaz de leer lo que decían. Cuando empezó a caminar hacia allí, notó un fuerte mordisco en la oreja.

—¡No te cueles! —dijo Bu.

Solo entonces vio que se encontraban en una cola larguísima que iba hacia la entrada del Bazar Nocturno, que brillaba al otro lado de un cristal.

—Esto es absurdo —dijo la *naga* que tenían delante. La mujer serpiente se giró hacia su esposo con su capucha de cobra extendida—. Tengo hora con el peluquero y no voy a llegar. Hace meses que pedí cita.

Su esposo suspiró. Al hacerlo, de su boca emergió una lengua bífida. Se frotó la parte trasera de la cabeza y se dejó caer sobre los anillos de color bronce de la cola.

—Es un mundo diferente, querida *jaani* —dijo—. Menos seguro. Menos protegido. Además, hay rumores de que ninguno de los dioses encuentra su vehículo...

—¿Lo has oído? —Mini tiró de la manga de Aru.

—Pues claro, Mini. Estoy a tu lado.

Mini se puso roja.

—¿Crees que saben lo del Dur...?

Antes de que terminara, Bu le picoteó la mano. La advertencia de su expresión era clara: «No digas su nombre».

—¿El-que-no-debe-ser-nombrado? —susurró.

—¡No es Voldemort!

—Ay, ¡es que no sé cómo llamarlo!

Aru sabía que no debían mencionar al Durmiente en el Bazar Nocturno. Seguramente era el equivalente de gritar «¡Fuego!» en un teatro. Aquí todo el mundo estaba al loro. La cola desprendía una especie de energía frenética, como si los allí presentes esperasen que la situación fuera de mal en peor. Aru llegó a captar un par de conversaciones apagadas:

—... el mundo se está paralizando. ¡Hay poblaciones y barrios completamente congelados! Pero ¡no tiene sentido! Primero una ciudad del sudeste de los Estados Unidos, después ¿un centro comercial del interior del país?

—Seguro que hay un buen motivo para...

—Los mortales están confundidos...

Aru intentó no encogerse. Si alguien la mirase, ¿vería la culpa que sentía? Solamente había encendido una lámpara que, como pensaría cualquiera, tarde o temprano iba a encenderse (quizá más tarde que temprano...). Aquello le parecía digno de unos dibujos animados, como provocar una avalancha al lanzar una bola de nieve diminuta a una montaña.

La cola se movía deprisa. Al cabo de unos minutos, los tres se encontraban ya delante de un hombre musculoso con cabeza de toro. Aru reconoció a esa criatura del Más Allá gracias a unos cuadros del museo. Era un *raksasa*. A Aru casi le dio algo. Pero no todos los demonios eran malos. Era una de las cosas que más le gustaban cuando su madre le contaba historias: los villanos podían protagonizar actos heroicos y los héroes actos malvados. «Así te cuestionas quiénes son los villanos en realidad», le decía su madre a menudo. «Todo el mundo tiene un poco de bondad y de maldad en su interior.»

El *raksasa* los observó con una mirada oscura y aburrida.

—Vacíen sus bolsillos, por favor. Todo lo que esté embrujado, aunque sea solo un poco, deberán colocarlo en las cestas a su izquierda.

Un par de canastas de cristal flotaban a la izquierda de los tres. A la derecha había una cinta transportadora que parecía de oro fundido. Justo delante de ellos se alzaba una estructura abovedada y reluciente que a Aru le recordó a los arcos de detección de los aeropuertos.

—Si por casualidad llevan consigo un universo en miniatura, deposítenlo en una de las cestas de su derecha, por favor. Si no está registrado, un devorador de mundos lo eliminará. Si desean formular una queja, no se molesten. Y si sufren una maldición o presentan una forma embrujada, notifíquenmelo antes de pasar por seguridad.

Mini fue la primera en pasar. Dejó la polvera en una de las cestas de cristal. Iba a seguir adelante cuando el *raksasa* levantó una mano.

—La mochila —dijo.

Mini se la enseñó. Sudaba y estaba muy pálida.

—Lo que contenga no es mío —se justificó—. Es de mi hermano.

—Eso es lo que dicen todos —dijo el *raksasa* mientras la inspeccionaba.

Lo volcó todo sobre el mostrador. Salieron volando un paquete de Oreos (Aru sintió un destello de indignación, en plan: «¿HAS TENIDO ESO AHÍ TODO ESTE TIEMPO?»), un kit de primeros auxilios, un rollo de gasa, un montón de cadenas de llaves de los Boy Scouts (al verlas, Aru levantó una ceja) y el ramito de juventud envuelto en un pañuelo. El *raksasa* lo escaneó con los ojos mientras escuchaba a alguien que le hablaba por un pinganillo. A continuación, se apretó un botoncito de la solapa de la chaqueta y murmuró:

—Entendido. Ni rastro de las monturas divinas.
—Lo metió todo en la mochila de Mini y se la entregó—.
Siguiente.

Bu voló hasta el hombro del *raksasa* y le susurró
algo al oído. Los ojos del toro se abrieron como platos
unos instantes.

—Siento mucho lo ocurrido, compañero. Qué mala
suerte. Adelante.

Bu soltó un «ejem» y planeó hacia la entrada.

Aru era la siguiente. Dejó la pelota de *ping-pong*
dorada en la cesta y dio un paso hacia delante, pero el
*raksasa* alzó la mano.

—Quítese los zapatos. Son las Normas de Seguridad del Transporte del Más Allá.

Aru refunfuñó, se quitó los zapatos y los puso en
una cesta. Volvió a dar un paso hacia delante, pero el *raksasa* la detuvo. Otra vez.

—Señorita, ¿esos son sus pies?

—¿Está de broma?

—¿Cree que este trabajo fomenta el sentido del
humor?

—No —dijo Aru tras reflexionarlo.

—Entonces, sí, le estoy preguntando si esos son, en
efecto, sus pies. Verá en el tablón de su izquierda que cualquier parte extraíble del cuerpo, del suyo o del de otro,
debe registrarse previamente. Son las Normas de Seguridad del Transporte del Más Allá.

—Son mis pies, ¿no lo ve? Lo que me cuenta no
tiene ni pies ni cabeza.

—¿Por qué habla de su cabeza? ¿Es también extraíble?

—¡Es una expresión! Se suele decir cuando algo no tiene sentido. Ninguna parte de mi cuerpo es extraíble.

El *raksasa* habló de nuevo a través de la solapa de su chaqueta.

—Ajá. Veamos. Un demonio en potencia, pequeño y no registrado. —Tras escuchar el pinganillo, añadió—: No. No es peligroso. —Se quedó mirándola—. Pase.

Aru se ofendió. «¡Sí que puedo ser muy peligrosa!» Pero no era el momento. Avanzó y miró fijamente al *raksasa* hasta que él le devolvió la bola dorada.

—Bienvenidos al Bazar Nocturno —dijo—. En nombre de los dioses y los escritores de cuentos del mundo, deseamos que regresen sanos y salvos y con la imaginación rebosante de fantasías.

Ahora que ya había pasado por la entrada en forma de arco, el Bazar Nocturno se desplegaba realmente ante sus ojos. El cielo, mitad día y mitad noche, relucía. Y menudos olores. Aru quería pasarse la vida envuelta en ellos. Olía a palomitas con mantequilla, a helado de galleta, a algodón de azúcar recién hecho. Se acercó a Mini y a Bu, tan concentrada en mirar deprisa a todas partes para no perder detalle —los árboles no tenían corteza, sino cristal; los tenderos perseguían literalmente a la clientela— que a punto estuvo de tropezar.

—Hay algo más —dijo Mini, con una sonrisa—. Y huele tan bien. ¡Huele a libro! ¡O a vainilla!

Aru iba a preguntarle a Mini si tenía el olfato deteriorado, pero Mini siguió hablando:

—Solo mi hermano ha estado aquí, pero no creo que se acuerde.

—¿Tu hermano? ¿Y eso?

—Creíamos que el Pandava era él... no yo. —Mini se puso roja como un tomate.

—¿Cuándo descubristeis que eras tú?

La cara de Mini se puso más roja aún, ahora como el primo mutante de un tomate.

—¿La semana pasada? —Chilló al decir «pasada»—. Se supone que los Pandava sienten el peligro y que a veces hasta reaccionan antes de tener el control total de sus habilidades. Siempre que mi hermano hacía algo que interpretábamos como un milagro, supongo que era yo la que lo hacía, porque estaba a su lado y también me asustaba. La semana pasada derrapamos con el coche en la cuneta de la carretera cuando íbamos al campeonato de atletismo de mi hermano. Supongo que me puse histérica o algo, porque... porque levanté el coche entero.

—¿Que hiciste qué? ¡Yo también quiero!

—¿En serio? —Mini estaba horrorizada.

—Mini, levantaste un coche, y eres tan bajita que dudo que nunca hayas llegado a...

—Vale, vale. Jo, ya lo pillo. —Su voz sonó molesta, pero Aru vio que las comisuras de sus labios se alzaban un poquito para sonreír.

Aunque estaba impresionadísima, Aru también sintió lástima. Mini no había mentido al decir que la mochila no era suya. En teoría era de su hermano, para cuando él emprendiera su misión celestial.

Ahora Aru entendía por qué Mini dudaba tanto de todo. Ni una sola vez llegó a pensar que tal vez fuera ella la futura heroína.

—¡Imagínate lo que te dirán cuando despierten y vean que el mundo lo has salvado tú! —dijo Aru.

Mini sonrió de oreja a oreja.

—Vamos. —Bu revoloteó hasta el hombro de Aru—. Necesitamos encontrar la Corte Estacional. Sé que está por aquí, en alguna parte... —dijo.

—Y la segunda llave, ¿no? —añadió Mini.

Aru observó el dibujo *mehndi* que tenía en un lado de la mano. El símbolo de la segunda llave era un libro. Pero por allí no se veía ningún puesto de libros.

—Qué lentas sois —las riñó Bu—. Y cada vez camináis menos rectas. No entiendo cómo eso puede ser posible.

—Eres un cascarrabias —dijo Mini—. A lo mejor te falta azúcar. —Rebuscó en su mochila—. Toma, cómete una Oreo.

—No quiero una...

Pero Mini partió la galleta en trocitos pequeños y le metió uno en el pico. Bu se encolerizó unos cinco segundos antes de tragárselo.

—¿Qué manjar de los dioses es este? —Se relamió el pico—. Dame más.

—Di «por favor».

—No.

Aunque no fue la respuesta que esperaba, Mini le dio un trozo de Oreo de todos modos.

Al adentrarse en el bazar, Aru por fin pudo leer los tres carteles enormes que indicaban los tres caminos en los que se bifurcaba el mercado:

«Lo que quieren
Lo que necesitan
Lo que no quieren necesitar»

—A ver, necesitamos conseguir una armadura y la segunda llave... ¿El segundo camino, entonces? —probó Aru.

Bu asintió y para allá que fueron. A su alrededor, varios grupos de familias se dividían entre esos tres caminos. Los carteles flotaban sobre el suelo, sin ningún tipo de soporte y con forma de lazos enormes con borlas. Los extremos redondos de las borlas le recordaban a Aru a patitas de gato.

Cuando Aru, Mini y Bu se acercaron al pasillo de Lo que necesitan, el cartel empezó a moverse. Esquivó una tienda que vendía portátiles y cables de ordenador. Los tres saltaron y se lanzaron a por el cartel, intentando alcanzarlo. Pero el letrero no paraba de alejarse. Los estaba evitando.

—¡Eh! ¡Esto no es un juego! —gritó Aru.

Pero el cartel no la escuchó. Se movió detrás de un grupo de carros de supermercado vacíos. Los carros giraron las ruedas al mismo tiempo, como una manada de antílopes. El cartel estornudó y los carros se dispersaron, indignados.

—¿Por qué nos lo pone tan difícil? —gruñó Mini. Había estado a punto de chocarse con una familia de seres con caparazón de tortuga.

—Uno no se limita a pedir las cosas que necesita —Bu agitó las alas—. ¡Hay que perseguirlas! ¡Hacerles ver que os las merecéis de verdad! Yo lo distraeré. Y entonces será cosa vuestra.

Bu se contoneó adelante y atrás enfrente del cartel, como si no le hiciera el más mínimo caso. El letrero, poco a poco, descendió hasta el suelo. A Aru le recordó a la manera en que un gato baja de un sofá, con curiosidad, para investigar. Bu caminó más deprisa y giró una esquina.

El cartel se torció para ver adónde había ido el pájaro... y Bu le saltó encima.

—¡YA TE TENGO! —gritó.

El letrero empezó a girar. Se arqueó como un gato de Halloween. Cuando les dio la espalda, Aru y Mini se arrastraron hacia delante. Aru se escabulló detrás de una palmera, que le espetó:

—¡Menudos modales, niña!

Mini sacó la polvera y con el espejo emitió la ilusión de unas golosinas.

—¡Eooo, cartel! —canturreó mientras movía la polvera—. ¡Ven aquí, cartelito! ¡Ven aquí!

En cuanto el letrero se giró, Aru echó a correr y se aferró a una de las borlas. Al instante, el cartel perdió toda su fuerza. Cayó al suelo, formando un círculo. El círculo se convirtió en un túnel. Una escalera en espiral de peldaños de amatista se adentraba en las tinieblas. Bu se posó en lo alto de la cabeza de Aru y observó el vacío desde arriba.

—Las damas primero.

# DIECISÉIS

## Esto ya no se lleva

Aru no pensaba bajar las escaleras la primera, ni hablar. Y Mini tenía pinta de desmayarse en cualquier momento.

—La edad antes que la belleza —dijo Aru, sonriendo a Bu. A Sherrilyn, su canguro, le gustaba decirlo cuando los puestos de comida ambulante se instalaban delante del museo y quería pedir antes que Aru. Sin embargo, a Aru le daba igual. Por lo menos, así sabía que alguien la encontraba guapa. Con una punzada, Aru se dio cuenta de que no había pensado en Sherrilyn desde que había encendido la lámpara. Ojalá estuviese bien.

Bu refunfuñó, pero no discutió. En cambio, echó a volar hacia la oscuridad mientras se quejaba del «privilegio de los jóvenes».

—Cuando yo era joven, ¡tratábamos a los mayores con más respeto! —graznó.

Aru y Mini empezaron a bajar las escaleras. Por primera vez, Aru sintió... esperanza. No sabía por qué. No es que hubiera hecho nada heroico, más allá de intentar salvar su propio pellejo.

Pero contaba con dos compañeros y, hasta aquel momento, sin tener en cuenta lo de la lámpara, no había empeorado la situación. ¿Era una heroína si lo único que hacía era arreglar un error suyo? ¿O era una heroína porque quería arreglarlo desde el minuto uno?

Aru no estaba segura de lo que se encontrarían más adelante. La categoría LO QUE NECESITAN englobaba un amplio abanico de posibilidades. Por ejemplo, ella necesitaba agua, dormir, comer y aire.

Al final de las escaleras, se levantó una ráfaga de viento. Pero a Aru le pareció que eran tres cosas distintas, una detrás de la otra. En primer lugar, una racha de aire cálido del desierto que le dejó la garganta sequísima. En segundo lugar, la clase de aire húmedo y pegajoso, típico del verano del sur. La parte de arriba del pijama se le pegó a la espalda por el sudor. Por último, su piel se cubrió de escarcha y Aru tiritó del frío.

A su lado, Mini inspiró bruscamente.

Aru miró hacia delante, con los ojos como platos. No había pasillos ni tiendas, solo bosque.

Aru y Mini estaban en el centro y Bu revoloteaba en círculos por encima de ellas. A su alrededor, el bosque estaba dividido en seis porciones, como un pastel. En una, la escarcha recubría las ramas de los árboles y los carámbanos colgaban como adornos. En la siguiente, un intenso chaparrón impedía que se vieran bien los troncos. La tercera sección ofrecía un descontrol primaveral, y la tierra fértil expedía flores y perfume. La cuarta era un día seco y radiante, cuyo sol moteaba las hojas. En la quinta, las hojas eran de color escarlata y dorado. La sexta sección era un parque rico y oscuro.

—¿Dónde estamos?

—Es como si nos rodearan todas las estaciones —dijo Aru, asombrada, con voz suave.

—Así es —dijo Bu—. Estamos ante la Corte de los *Ritus*. Las seis estaciones. No bajéis la guardia. Son geniales, pero terribles.

—¿Por qué? —El corazón de Aru se aceleró—. ¿Comen humanos?

—Peor —dijo Bu mientras plegaba las alas—. Son artistas.

—Yo pensaba que solo había cuatro estaciones —observó Mini.

—¿Cuatro? —repitió una voz en alguna parte del bosque—. ¡Qué aburrido! ¡Qué burgués!

—No sé qué decirte —dijo otra voz, esta vez detrás de Aru—. Yo haría que el verano fuera interminable. Imaginadlo. Implementaría un fuego infinito.

—La gente se abrasaría —terció la primera voz.

—¡Genial! Total, no me gusta la gente.

Las siluetas de dos estaciones diferentes caminaban hacia Aru, Mini y Bu. Un hombre pálido con ojos plateados y el pelo congelado iba el primero. Llevaba una americana brillante y unos pantalones que parecían hechos de cristal. Cuando se acercó más, Aru vio que no era cristal, sino hielo. Por suerte, no eran transparentes, sino blancos.

—Soy Invierno —anunció con frialdad—. Vuestros conocimientos no me impresionan.

—Yo, Verano —dijo el otro alargando una mano cálida.

Cuando Verano se giró, la luz cambió los rasgos faciales del espíritu: primero femeninos, luego masculinos, y al final otra vez femeninos.

La confusión de Aru debió de ser muy evidente, porque Verano se encogió de hombros y dijo:

—El calor no pertenece a ningún género.

El espíritu parpadeó antes de ponerse el pelo dorado y resplandeciente detrás del hombro. Verano llevaba una túnica de llamas. Su piel tenía el color de ascuas ardientes, con venas rojas como el fuego.

—¿Qué hacéis aquí? —preguntó Invierno a las chicas—. ¿Os ha traído el maldito cartel? Porque no estamos de humor para diseñar nada. Sobre todo para personas al azar que no han pedido cita. Además, la inspiración para crear no está aquí, ¿o sí?

—Es obvio que no. —Verano suspiró—. Nosotros solo diseñamos vestidos para los seres más fabulosos.

Los dos miraron a Aru y a Mini, dejando claro, pues, que no las consideraban fabulosas ni por asomo.

—¿Sois... sastres? —preguntó Mini.

—¿Esa cosa nos ha llamado sastres? —se horrorizó Invierno. Acto seguido, se inclinó para estar a la altura de Mini—. Chiquilla falta de elegancia, somos modistas. Vestimos al mundo. Yo adorno a la Tierra con hielo y frío, la seda más delicada del universo.

—Yo convierto la Tierra en el lugar más cálido que hay —dijo Verano con una sonrisa radiante.

Una tercera silueta surgió de la porción lluviosa del bosque: una mujer de piel grisácea cuya cabellera mojada le tapaba media cara. Estaba calada hasta los huesos, y contenta de estar así.

—Yo soy Monzón. El mundo se vuelve elegante con mi vestido de agua.

Una cuarta se adelantó. Su piel estaba cubierta de vides. Tenía flores en el pelo y su boca era una rosa.

—Yo soy Primavera. Visto a la Tierra con joyas —dijo, altiva—. Mostradme un rubí más oscuro que mis rosas. Mostradme un zafiro más brillante que mis cielos. Imposible. Nuestros dos hermanos, Otoño y Preinvierno, estarían encantados de presentarse, pero están en el mundo exterior, ocupándose de ciertas necesidades de diseño. Todas las celebridades necesitamos un séquito. —Bajó la mirada para observarlos a los tres—. Pero vosotros no lo entenderíais.

—¿Siempre que visitáis al mundo vais de dos en dos? —preguntó Mini.

—Pienso ignorar el hecho de que te hayas dirigido a mí directamente y voy a ocupar el espacio vacío que hay a tu lado para responder a tu pregunta —dijo Primavera.

Aru pensó que aquello era excesivo y quiso poner los ojos en blanco, pero reprimió el impulso.

—¡Por supuesto! —dijo Verano mientras miraba intencionadamente hacia el aire al lado de Mini—. Uno para la estación que llega, otro para la que se va. Es importante que estemos al tanto del tiempo. ¿No sabéis nada de moda o qué?

Aru se miró el pijama de Spiderman que todavía llevaba.

—Ya veo que no —dijo Verano secamente.

—Por cierto, ¿qué queréis, niñas? —preguntó la Primavera alegremente.

—Bueno, esperábamos que nos lo dijerais vosotras. —La cara de Mini se fue enrojeciendo con cada palabra—. Porque..., a ver, nos han traído hasta aquí y, a ver...

—A ver, a ver, a ver —se burló Verano—. ¿Os han traído hasta aquí? ¿Quién? ¿Un pajarraco con cerebro de guisante y aspecto repugnante? Muy creíble.

—¡Ay, esa ironía! —exclamó Invierno dando palmadas—. Qué demoledora. Qué maravillosa. La crueldad chic nunca pasa de moda.

—No os paséis —les advirtió Bu.

—¿O qué? ¿Harás caca encima de nosotras? —preguntó Monzón.

Las cuatro estaciones se echaron a reír. Aru sentía como si alguien le estuviera apretujando el corazón con la mano. La misma sensación ácida de cuando le echaron en cara que no iba al instituto con un coche negro y elegante. Igual que cuando Arielle y Poppy se burlaban de ella y le tomaban el pelo, haciéndola sentir pequeñita.

Pero se equivocaban. Ella era Aru Shah. Hija del dios Indra. Y sí, quizá había cometido un error épico, pero eso no la convertía en alguien menos épico.

Y lo más importante: tenía un plan.

Necesitaban defensa adicional para llegar al Reino de la Muerte sanas y salvas. Unas cuantas armas extra tampoco les irían nada mal. Por esa razón el cartel las había llevado hasta la Corte Estacional. Y Aru no pensaba irse de allí sin lo que necesitaba.

Le cogió la mano a Mini. A continuación, enderezó los hombros y se sacudió el pelo.

—Bu, Mini, vámonos —dijo—. Seguro que encontraremos a alguien mejor.

Mini le lanzó una mirada inquisitiva. Bu ladeó la cabeza.

—No son lo bastante buenas —dijo Aru, los ojos fijos en las estaciones.

Aru empezó a caminar por el bosque. La Corte Estacional tenía el tamaño de un campo de fútbol, pero vio un cartelito de Salida que brillaba a lo lejos. Incluso sin mirar hacia atrás notaba las miradas pasmadas de las estaciones. Aru se habría jugado todo el dinero que llevaba a que nadie se había marchado nunca de su lado.

—Aru, ¿qué estás haciendo? —le siseó Mini—. ¡Necesitamos su ayuda!

—Ya, pero eso ellas no lo saben —dijo Aru—. Saca la polvera. Haz aparecer gafas de sol enormes. Y sombreros espantosos. Lo que llevarían los famosos.

—Espero que sepas lo que estás haciendo —resopló Bu—. Rebajarnos me gusta tan poco como a ti, pero no es el momento de ponerse gallito.

—Tranqui, está todo controlado.

Aru lo sabía porque en el instituto vivía aquella situación todos los días: el destello de no saber cuál era su sitio. Las ansias por que la vieran y por pasar desapercibida al mismo tiempo.

Mini le dio un sombrero y unas gafas de sol antes de colocarse los suyos propios. Hasta Bu se puso unas gafitas de sol para pájaros.

—Son ridículas —espetó.

—Somos hermanas Pandava —dijo Aru, lo bastante fuerte para que los espíritus del Más Allá la oyeran—. Encontraremos a alguien mejor que las estaciones.

Detrás de Aru, las hojas del suelo crujieron.

—¿Has dicho... Pandava?

Mini aminoró el paso y estuvo a punto de dar media vuelta, pero Aru tiró de ella.

—No perdamos el tiempo —dijo.

—Disculpad —dijo Verano, ahora ya delante de ellos. Su voz, que antes había sido abrasadora, era ahora cálida y lánguida—. Quizá ha habido una confusión. ¿Pandava, decís? ¿De los Pandava de verdad?

—Evidentemente —dijo Aru mientras se bajaba las gafas y hablaba hacia el aire junto a la cara de Verano—. Creía que erais diseñadoras. ¿No se supone que deberíais saber identificar un original de una copia? Nosotras somos originales.

Monzón se situó al lado de Verano y se quedó mirando a su hermana.

—Yo lo he sabido desde el principio. Al fin y al cabo, la lluvia es purificadora. Saca la verdad a luz.

—¡Mentirosa! —gritó Primavera mientras se acercaba a las demás.

—Yo he hablado primero con ellas —dijo Invierno—. Y enseguida he sospechado.

—¿Cómo os podemos ayudar? —preguntó Verano.

—Pues —empezó a decir Mini— necesitamos armadura o armas o... —Aru le dio un codazo.

—No nos podéis ayudar —suspiró Aru diciéndoles adiós con la mano—. ¿Os importaría apartaros, por favor? Vuestra sombra está pisando la mía.

—Ay, lo siento muchísimo —dijo Monzón con arrepentimiento—. No era mi intención.

—Pues vale —dijo Aru.

—¡Hacemos armas y defensas! ¡Las mías son de primerísima calidad! —exclamó Invierno.

—Mmm... —murmuró Aru. Dejó que el silencio durara unos instantes—. Demostradlo.

Invierno, Verano, Primavera y Monzón asintieron al unísono.

—Y si mi amiga —Aru hizo un gesto con la barbilla hacia Mini, que se estaba recolocando las gafas de sol— les da el visto bueno, aceptaremos vuestras míseras y pobres ofrendas.

Invierno asintió con gran entusiasmo. Abrió las manos y una capa delicada de hielo se desplegó ante los ojos de Aru. Con un movimiento de muñeca, se convirtió en una pulsera de diamantes. Se la entregó a Mini en una caja de terciopelo negro.

—Lanzadlo y congelará al enemigo de inmediato. Además, es un accesorio excelente. De lo más sutil. Elegantísimo. Atemporal.

—¡Yo tengo algo mejor! —anunció Primavera—. Por más que seáis Pandava, aún sois unas niñas. —Aru entrecerró los ojos y Primavera añadió rápidamente—. ¡No lo digo en el mal sentido, por descontado!

Primavera extendió los brazos cubiertos de vides y un cubo tejido con mil flores apareció delante de ella. Chascó los dedos y el cubo se transformó en una preciosa caja de pastelería. La abrió para enseñarles dos cuadraditos cubiertos de glaseado rosa y con una florecilla encima. ¡Pastelitos!

—Bocaditos de descanso y rejuvenecimiento —dijo con orgullo—. Después de todo, es por lo que soy famosa. Yo creo vida a partir de la inactividad invernal. Un bocadito y os sentiréis como si hubierais dormido varios días enteros. Tendréis la barriga llena y ningún dolor en el cuerpo. También va muy bien para la piel. Hacedme el honor de comeros uno, hermanas Pandava, por favor.

Intrigada, Aru cogió uno de los pastelitos y se lo metió entero en la boca. En un abrir y cerrar de ojos, dejaron de dolerle los pies. Se sintió como si se acabara de levantar de la mejor siesta de la historia y aún tuviera por delante casi toda la tarde antes de cenar. El pastelito sabía a flores, como una de aquellas carísimas tartas con sabor a rosas que su madre le traía de sus viajes a París. Era muchísimo mejor que una Oreo. Mini también engulló el suyo y unos segundos después parecía resplandecer.

—¿Y bien? —preguntó Primavera, expectante.

—Son... comestibles —dijo Aru mientras cogía la caja de pastelería—. Nos servirán.

Monzón proyectó una catarata delante de ellas y a continuación susurró unas palabras que convirtieron la cascada en un colgante de color gris. Se lo enseñó a Aru.

—Este es mi regalo, hermanas Pandava. Así como el agua se cuela por todas partes y llega adonde sea, este colgante, al ser lanzado, será capaz de alcanzar cualquier objetivo, por más lejos que esté. Pero tened cuidado: después, siempre viene el arrepentimiento. Es el precio por alcanzar la verdad. A veces, para acertar hay que ser temerario.

A Aru no le parecía justo que únicamente su objeto mágico llevara consigo efectos secundarios, pero no podía permitirse el lujo de rechazarlo. El collar flotaba en las manos de Monzón y, con suavidad, se cerró alrededor del cuello de Aru. Lo notaba frío y un poco húmedo al tacto.

—Hermanas Pandava, por favor —dijo Verano, inclinado delante de Mini—, aceptad también mi regalo.

El aire comenzó a brillar. Del suelo surgieron llamaradas muy delgadas. Las llamas se arremolinaron en espiral y, acto seguido, se trenzaron para formar la diadema más bonita que Aru había visto jamás. Parecía hecha de oro batido y se completaba con unas cuantas flores frágiles y una mariposa reluciente cuyas alas a Aru le recordaron a una vidriera.

—Mi estación es la del calor perezoso y el olvido que madura bajo un sol de justicia —dijo Verano de manera teatral—. El olvido puede ser una herramienta poderosa para distraer a un adversario. Hará que se sienta vacío y acalorado. Quien lleve este objeto se olvidará de algo importante.

—Pe-pero yo n-no... —tartamudeó Mini mientras observaba la diadema con ansia.

—Una Pandava lo puede llevar sin temor.

Mini asintió lentamente, y a Aru le dio la sensación de ver un letrero de neón encima de la cabeza de su hermana que centelleaba y decía: «¡Mío! ¡Es solo mío! ¡Muajaja!»

La diadema era bonita y tal, pero a Aru no la pillarían nunca llevando una. Las diademas hacían que su media melena se dispersara alrededor de su cara de una forma tan extraña que al final se parecía a un lagarto con chorreras.

Ya habían llegado al final de la Corte Estacional. Bu miraba a Aru, anonadado. Mini no paraba de tocarse la diadema, sonriendo.

—Estos objetos servirán —dijo Aru con tono borde mientras se palmeaba el colgante—. Si nos acaban gustando, os...

—Os recomendaremos a todo el mundo —terminó la frase Mini con una sonrisa, antes de darse cuenta de que no debía sonreír—. Pero solo si nos acaban gustando. Que quizá no.

—¡Ay, muchas gracias! —dijo Invierno—. ¿Sería posible que nos hiciéramos una foto... para Instagram?

«¡Un *selfi* para el *Insta*!» También conocido como el grito de guerra de la mitad de los compañeros de clase de Aru.

—Espero que no hayan cambiado el algoritmo. De nuevo. Cada vez obtengo menos «me gusta» —gimió Primavera.

—Lo siento —dijo Aru—. Nada de fotos.

—Claro, claro. —Invierno dejó caer los hombros—. Muchas gracias por aceptar nuestras ofrendas. Sois muy amables.

—Muy generosas —dijo Primavera.

—Muy bonitas —dijo Verano.

—Muy... listas —dijo Monzón.

De entre las cuatro, solo Monzón le sostuvo la mirada a Aru unos segundos más de lo necesario. Pero cuando por fin sonrió, fue una sonrisa conforme, no sospechosa.

Aru agitó la mano como una reina en un desfile —moviéndola poco a poco por la muñeca— antes de que los tres comenzaran a avanzar hacia la puerta enorme de SALIDA. En cuanto atravesaron el umbral, la entrada de la Corte Celestial se cerró detrás de ellos. Ahora se encontraban en un túnel plagado de vides. Una muchedumbre se movía a su alrededor. A la derecha, una mujer alada gritaba por su teléfono, desesperada, antes de hacerlo arder. Por el final del túnel caminaban sin prisa una horda de carros de supermercado salvajes.

Bu las guió hasta el lateral del túnel. Un insecto mecánico y dorado zumbaba por encima de sus cabezas, planeando con las alas de vitrales abiertas, de modo que los tres veían tanta luz como si estuvieran debajo de una lámpara Tiffany.

—¡Has estado genial, Aru! —chilló Mini. Levantó el codo y Aru se lo chocó con una sonrisa.

Aru se sentía un poquito mejor, y no por los pastelitos de Primavera. Ahora sabía que, si volvían a

180

encontrarse con el monstruo de cola estrellada, no las sorprendería sin que estuvieran preparadas.

—El legendario Arjuna no lo habría resuelto así, pero bueno. —Bu aleteó hasta el hombro de Mini.

—Yo no soy Arjuna —dijo Mini con la barbilla levantada—. Soy Aru.

Bu sacó pecho.

—Ya lo sé.

# DIECISIETE

## Una biblioteca de la A a la Z

El túnel conducía hacia una cueva gigantesca que se abría para acoger una enorme biblioteca.

—¡Libros! ¡Justo lo que necesitamos! —Sus ojos parecían un par de emoticonos de corazones—. Cuando mi madre me hablaba del Bazar Nocturno, este era el sitio que más me apetecía ver. Los libros están embrujados. Abarcan a todas las personas y todas las cosas.

—¿Yuju...? —dijo Aru.

A Aru le gustaban las bibliotecas. Le gustaba ir a la sección de los audiolibros y escuchar alguno. Y le gustaba gastar bromas a los que iban a por un libro para que, al cogerlo, en el hueco del estante la vieran a ella haciendo muecas raras.

Pero aquella librería le provocaba inseguridad. Allí, Aru sentía la misma punzada fría que experimentó en el aparcamiento, justo después de conseguir la primera llave. Se llevó una mano al bolsillo para agarrar la bola dorada. Estaba calentita, pero por suerte no tanto como cuando vieron al Durmiente.

—Así que la llave del bocado de adultez anda por aquí... —dijo Aru. ¿Veía bien o el dibujo del libro que tenía en la mano estaba brillando?

—Pues empezad a deambular lenta y pesadamente hasta que mude de plumas —dijo Bu.

—¡Estoy buscando! —saltó Aru a la defensiva.

Del dicho al hecho hay un trecho. La biblioteca tenía el tamaño de un pueblecito. El techo estaba formado por piedras negras y lustrosas. Las grandes ventanas excavadas en las paredes daban a unos paisajes de lo más extraños. En la primera, Aru vio las profundidades del océano. Una manta raya se deslizó hasta desaparecer. En la segunda ventana vio las hojas de una jungla muy densa. La tercera mostraba el contorno de la ciudad de Nueva York.

Delante de ellos se alzaban cientos de estanterías. Con los ojos como platos, Aru vio que los libros saltaban y revoloteaban. Hasta había algunos que se peleaban entre sí. El tomo gigantesco de una enciclopedia, marcado con las letras A-F, gritaba a un diccionario. Un libro titulado *Qué esperar cuando te reencarnas en una cucaracha* arqueaba el lomo y te bufaba a un marcapáginas.

—¿Y si está organizada como una biblioteca normal y corriente? —sugirió Mini. Rodeada de tantos libros, se la veía como en el cielo—. «Adultez» empieza con la A, vayamos a ver si las estanterías están ordenadas alfabéticamente.

—¿Y si la adultez no es un libro? —preguntó Aru—. A lo mejor está escondida en algo. Un libro no es una llave.

—Un ramito tampoco. Creo que tendría sentido que fuera un libro —dijo Mini en voz baja—. Los libros son llaves a muchísimas cosas.

Cuando Aru lo pensó, tuvo que admitir que era verdad. A lo mejor no le gustaban los libros que le tocaba leer en el instituto, pero sí que le encantaban los cuentos que su madre le leía en voz alta. Aquellas historias abrían lugares que las típicas llaves de metal jamás abrirían. Un buen libro conseguía abrir nuevos espacios en tu mente. Hasta te invitaba a regresar más tarde y reflexionar sobre lo que habías aprendido.

—¿Tú qué piensas, Bu? —le preguntó Aru.

Él no respondió. Recorría el techo dando círculos. Sus movimientos eran agitados, inquietos. Se movía de un lado a otro de manera abrupta, como si estuviera intentando darse cuenta de algo.

—Bu, ¿en serio? ¿Tienes que estirar las alas precisamente ahora? Seguro que estar todo el rato sentado en nuestros hombros te ha dejado agotado.

Aru sacudió la cabeza y se dirigió al primer pasillo. Mini ya había agarrado dos taburetes, había puesto uno encima del otro, había trepado y estaba leyendo los lomos de los libros. Unos cuantos volúmenes se asomaron y observaron a Mini con tanta atención como ella los observaba a ellos.

—No veo bien los títulos de arriba del todo —murmuró Mini—. ¿Le puedes pedir a Bu que me eche una mano?

—Está ocupado picoteando el techo o algo —dijo Aru—. Pero voy a probar. ¿Bu?

Bu seguía volando, alterado. Debajo de él, su sombra se alargaba sobre los libros. No era la sombra normal de una paloma. Las alas de aquella sombra tenían el tamaño de barcos pequeños y las plumas de la cola parecían cintas ondulantes.

Aru se giró hacia la entrada del túnel y se fijó en que toda la gente que antes se encontraba en la biblioteca había desaparecido. Estaban solas.

Aru arrugó la nariz y miró hacia arriba, hacia Bu.

El techo había cambiado. Daba la sensación de que se movía... Los colores se arremolinaban y se mezclaban. Aru se dio cuenta de que lo que había tomado por mármol pulido en realidad no era piedra, sino piel.

Y también se había equivocado en otra cosa: no estaban solas, en absoluto.

—¡CORRED! —graznó Bu mientras bajaba en picado hacia ellas—. ¡Es él!

Mini se cayó de los dos taburetes.

Echaron a correr y fueron hacia el túnel, pero la entrada había desaparecido. Detrás de ellos, alguien comenzó a reírse suavemente.

—Qué prisa tenéis siempre para huir de los problemas, ¿eh? —preguntó una voz sedosa—. Bueno, sois niñas. Supongo que es de esperar.

Poco a poco, Aru dio media vuelta. Esperaba encontrarse al Durmiente serpentino culebreando hacia ella. Pero, por lo visto, el Durmiente podía adquirir muchas formas. Ante los ojos de Aru, la piel del techo cayó al suelo gota a gota y se unió para adoptar la apariencia de un hombre.

Ya no tenía una cola de serpiente tachonada de estrellas, sino que su pelo compartía la tonalidad negruzca de la noche y parecía albergar estrellas entre los cabellos. Transformado en un hombre, era alto y delgado. Se le veía... hambriento. Se le marcaban los pómulos. Vestía una chaqueta *sherwani* encima de unos oscuros tejanos, y con la mano sujetaba una jaula para pájaros vacía. Aru frunció el ceño. ¿Por qué llevaba eso? Y entonces lo miró a los ojos. Eran extraños. Uno era azul y el otro, marrón.

Le dio la impresión de que lo conocía de antes. ¿Cómo era posible?

—Muy buenas, hija de Indra e hija de Yama —dijo—. ¿Os acordáis de mí? Ha pasado un tiempo... Un par de milenios. Quizá un poco más.

Su voz devolvió a Aru al momento en que encendió la lámpara.

«Aru, Aru, Aru, ¿qué has hecho?»

—Te debo una disculpa por no haberme parado a hablar contigo después de que me liberaras de la *diya* ventosa, Aru —dijo el Durmiente—, pero tenía asuntos que resolver. Cosillas que reunir. —Sonrió y mostró unos dientes afilados y espeluznantes—. Pero veo que he invertido muchos esfuerzos para nada. Este combate será una birria.

—Nosotras no queremos... —empezó a decir Aru.

El Durmiente pateó el suelo y la tierra tembló. Los libros caían de las estanterías y se desparramaban a su alrededor. Uno de ellos, titulado *A flote*, desplegó su sobrecubierta, voló hasta el techo y se negó a regresar, a pesar de que *Astucia ingeniosa* le hacía gestos con un marcapáginas para que volviera.

—Que no se os ocurra volver a interrumpirme —dijo—. He esperado eras. Eones. —Se quedó mirando a Aru—. Desde que tu madre me atrapó en aquella miserable lámpara.

—Mi... ¿Mi madre?

—¿Quién sino habría sonreído al clavarme un cuchillo en el pecho? —la reprendió el Durmiente—. Y tú eres igual que ella, ¿verdad? Una mentirosa. Te vi cuando encendiste la lámpara. Todo vale con tal de impresionar a tus amigos, ¿eh? Qué cobarde eres, Aru Shah.

—¡Mi madre no es ninguna mentirosa! —gritó Aru.

—Si ni siquiera la conoces —se burló el Durmiente.

Aru no quería escucharlo, pero sintió una punzada en el estómago. Todas las veces que había esperado a su madre, las cenas que había preparado y que se enfriaban sobre la mesa. Todas las puertas que se habían cerrado ante sus narices. Todas las preguntas silenciadas. Era un dolor diferente porque no provenía de una mentira, sino de la verdad. Su madre le había ocultado la existencia de un mundo entero.

Era cierto que no conocía ni pizca a su madre.

El Durmiente hizo un gesto hacia Mini con el ceño falsamente fruncido, pero siguió mirando directo a Aru.

—¿Y esto? ¿Tu hermana pequeña no sabía que me invocaste? ¿Que eres la razón por la que su familia está en peligro? ¿Que tú eres la culpable de todo esto y no yo, pobrecito de mí?

Aru se atrevió a mirar a Mini. Las cejas de su hermana estaban muy juntas. Aru quizá había liberado al Durmiente, pero no lo hizo a propósito. ¿La creería Mini? Aru fue incapaz de encontrar las palabras... La culpa las enterraba en su garganta.

—Te lo pu-puedo explicar, Mini —dijo—. Luego.

La expresión de Mini se endureció, pero al final asintió. Ahora no tenía ningún sentido que se pusieran a debatir, justo antes de una muerte segura.

El Durmiente entrecerró los ojos y soltó la jaula. En realidad, no estaba vacía. Al chocar contra el suelo, tintinearon diminutas figuritas de barro con forma de caballos y de tigres.

—Dadme el ramito de juventud —dijo.

Aru y Mini empezaron a moverse, paso a paso, hacia atrás. Aru notó que Bu volaba describiendo círculos frenéticos, como si quisiera señalarles algo. Finalmente, Aru miró hacia arriba. Bu cayó en picado y aterrizó sobre un libro de lomo plateado. Estaba demasiado lejos como para que Aru pudiera leer el título, pero ella ya lo conocía: *Adultez*.

Tenían la segunda llave encima de sus cabezas. Si lograban distraer al Durmiente, la podrían coger. Mini y Aru se miraron a la vez y asintieron. Al parecer, habían tenido la misma idea. Y eso habría sido genial si en la cara de Mini no se leyera también el deseo de estrangular a Aru en cuanto fuera posible.

Una al lado de la otra, se situaron junto a las montañas de estanterías de la letra A.

—¿Cómo nos has encontrado? —preguntó Aru.

—Los *raksasas* son muy parlanchines —respondió con una sonrisa—. ¿Dos niñas que entran al Bazar Nocturno con objetos embrujados en los que se aprecia el rastro de los dioses Indra y Yama? Qué curioso.

—¿Qué clase de nombre es «Durmiente»? —exclamó Aru—. ¿Tan bien se te dan las siestas?

Él frunció el ceño. De reojo, Aru vio que Mini se tocaba la pulsera de diamantes.

—¿O es en plan metáfora? —insistió Aru, orgullosa de recordar aquella palabra de la clase de lengua de la semana anterior—. ¿A lo mejor es ese apodo tan tonto que te pusieron en el instituto, cuando te quedaste dormido en pleno examen y acabaste con la cara llena de tinta?

—¡Ya basta! —bramó el Durmiente—. ¿Dónde está la segunda llave? Vosotras sabéis lo que es, ¿verdad?

Mini dejó con cuidado la mochila en el suelo y se la acercó a Aru. Cuando Mini se giró, Aru vio que había conseguido meterse el ramito de juventud en el bolsillo trasero de los pantalones.

Aru se sintió en una longitud de onda que solo les pertenecía a ella y a Mini. Se movían sincronizadas, sus pensamientos acompasados.

—Si quieres la llave, ¡cógela! —gritó Aru.

Agarró la mochila y la lanzó al aire. El Durmiente se adelantó para cogerla, mientras que Mini se quitaba la pulsera. Con un movimiento de muñeca, la pulsera se extendió entre destellos y brillos. El frío inundó la biblioteca. La escarcha cubrió el suelo.

Mini lanzó la capa invernal sobre el Durmiente.

—¡Ya lo tengo! Tú ve a coger lo que ya sabes —gritó Mini a Aru.

Mini se peleaba con la capa de hielo, resbalando una y otra vez. Debajo, el Durmiente estaba congelado. Pero no iba a quedarse así mucho rato. En el hielo ya empezaban a aparecer grietas y los ojos del demonio se movían con furia. Mini lo empujó y él cayó de lado, de manera que dio un golpe a la jaula, que se deslizó por uno de los pasillos de la biblioteca.

—¡Aquí! —chilló Bu desde arriba del todo.

Aru deseó con todas sus fuerzas poder volar. Pero como no podía, perdió unos cuantos segundos agarrando los taburetes, recolocándolos y trepando hacia el estante superior. Cuando atisbó el libro estaba ya sin aliento.

El tomo estaba separado del resto. Distante y un poco crítico con sus vecinos (si es que podía hablarse así de unos libros). El título resplandecía en el lomo con letras plateadas: *Adultez*. Bu se posó sobre la cabeza de Aru y empezó a picotearle el pelo, apremiándola para que cogiera el volumen.

Aru echó un vistazo a los libros que había al lado. *Adulación* estaba cantando, y de sus páginas salían constantemente corazones rosas. *Aeración* se alejaba de allí y corría hacia los títulos con la B, los cuales agitaron las páginas para darle la bienvenida.

Un bocado de adultez... ¿Qué se suponía que debía hacer ella? ¿Coger el libro y, tal cual, hincarle el diente?

Miró hacia Mini. Su hermana intentaba mantener la capa extendida por encima del Durmiente congelado.

Pero el demonio empezaba a moverse. Fragmentos de hielo salían despedidos de su cuerpo. Mini miró a Aru a los ojos y exclamó:

—¡Vamos!

Bu descendió para ayudar a Mini y dejó a Aru sola en el estante.

—¿A qué estás esperando, Aru? —le exigió Mini.

—¡Ay, ay, ay! —exclamó Aru. Cerró los ojos, agarró el libro y le dio un bocado—. ¡Puaj!

El volumen aulló.

Aru no se había parado a pensar en cómo sabría un libro. Pero *Adultez* sabía raro. Dulce y ácido al mismo tiempo, como una cáscara de naranja confitada. Aquel sabor le recordó a Aru a las caminatas hacia el instituto en pleno frío de febrero, cuando el sol era radiante pero lejano y el paisaje de lo más inhóspito.

Se escupió el bocado de *Adultez* en la palma de la mano. El amasijo húmedo de papel se transformó en una moneda de plata brillante. Aru se la guardó en el bolsillo y se pasó la lengua por los dientes, aborreciendo aquel sabor del que no era capaz de deshacerse.

—Lo teng... —comenzó a decir, pero su victoria fue efímera.

El Durmiente se había liberado de la capa. Ahora se le veía débil, tumbado en el suelo, derritiéndose poco a poco.

—Estáis poniendo a prueba mi paciencia... —siseó.

—¿Te has pasado siglos dormido dentro de una lámpara y eso es lo único que se te ocurre decir? —le respondió Aru a voces—. Menudo tópico. Lo único que te falta es el bigote de villano.

Aru intentaba llamar su atención para darle tiempo a Mini a utilizar otro objeto mágico de las estaciones. Pero no fue Mini quien se abalanzó sobre el Durmiente. Fue Bu.

—¡Ellas! —le espetó—. ¡Son! —Le picoteó los ojos—. ¡Mis! —Hizo caca encima de él—. ¡HEROÍNAS!

Aru bajó de los taburetes y recogió la mochila del suelo. Mini intentaba que la capa invernal se transformara en algo que pudiera dominar al Durmiente, pero el objeto estaba inerte.

Bu soltó un graznido potente y doloroso. El Durmiente lo había agarrado con una mano. Con la otra, se limpiaba la caca de paloma de la cabeza. Se quedó mirando a Bu más fijamente. No chilló ni gritó. En cambio... se echó a reír.

—¿Qué te ha pasado, viejo amigo?

# DIECIOCHO

## Qué cosas más raras

¿**A**migo? Aru estuvo a punto de soltar la mochila.

—Has cambiado mucho desde que eras el rey de Subala.

—Bu, ¿de qué está hablando? —preguntó Mini.

—¿Bu? —El Durmiente sonrió—. ¿Así es como te llaman? ¿Toda la culpa que sientes te ha ablandado o qué?

En la cabeza de Aru, algo hizo clic. Subala no era el nombre de Bu, sino el nombre de su reino. Se acordó de la risa de Urvashi... «Si son Pandava de verdad, me maravilla que seas precisamente tú el elegido para echarles una mano.»

—Ya lo pillo —dijo el Durmiente con sorna—. Bu es la abreviatura de Subala. —Se giró hacia las chicas, las cejas fruncidas en plan: «Oh, cuánto lo siento... Espera, NO», algo que solo los malvados de verdad son capaces de hacer—. No se llama Subala, sino Shakhuni. Supongo que le podríais llamar Shocky. También supongo que para vosotras esto es un *shock*.

Se rio de su propia gracia. Y eso es algo que también suelen hacer solo los malvados (los abuelos, los padres y el tío bienintencionado pero rarillo son la excepción).

Shakhuni. El corazón de Aru se enfrió. Conocía aquel nombre de las historias. Era el nombre de un embustero. El hechicero que llevó por el mal camino al hermano mayor Pandava en una partida de dados maldita en la que se le obligó a jugarse todo su reino. Shakhuni inició la guerra de Kurukshetra. Su venganza arrasó su reino entero.

Era uno de los mayores enemigos de los Pandava.

Y ella... ella le había dejado sentarse en su hombro. Mini le había dado una Oreo. Se habían preocupado por él.

—Tu pelea no es con ellas —dijo Bu al Durmiente.

—Ay, que te has convertido en el más débil de todos —contestó el demonio—. ¿Me estás diciendo que de verdad te han encargado ayudar a los Pandava? ¿Qué es, una penitencia por haber cometido un pecado tan terrible?

—No —dijo Bu, y esta vez miró hacia Aru y Mini—. No es una penitencia. Es un gran honor.

Aru sintió una oleada de orgullo al mismo tiempo que un aguijonazo de dudas. Bonitas palabras, pero ¿debería creérselas? Poppy y Arielle fueron majas con ella hasta que dejaron de serlo.

—Sí que te has ablandado —dijo el Durmiente arrugando la nariz.

—Me he hecho más fuerte. De una manera que quizá tú ya no seas capaz de entender. La gente cambia. Tú antes lo creías por encima de todo —dijo Bu—. ¿O te has olvidado?

—La gente no cambia. Solo se hace más débil —exclamó el Durmiente, con una voz tan fría como la capa invernal—. Por los viejos tiempos, te daré una única oportunidad. Únete a mí. Ayúdame en mi causa. Yo haré que seamos dioses y pondré fin a esta era.

Ya está. Aru supuso que Bu las traicionaría. Se abrazó a sí misma, preparada para sentir una corriente de dolor, pero Bu no dudó. Sonó alto y claro al decir:

—No.

Aru sintió que le estrujaban el corazón.

El Durmiente gruñó y lanzó a Bu por los aires. La paloma se estampó contra una estantería con un sonoro chof y cayó al suelo. Mini y Aru soltaron un grito, pero en cuanto intentaron correr hacia él, notaron un muro de aire que las obligó a retroceder. Abrazada a sí misma, Aru se llevó una mano al colgante que le había dado el Monzón. Quería lanzárselo al Durmiente, pero lo único que haría sería acertar la verdad. Que una piedra le golpeara en la nariz no iba a servir de mucho si él, acto seguido, sacudía la cabeza y seguía con lo suyo. Aru necesitaba algo mayor y más poderoso.

El Durmiente se fue acercando. Mientras Aru inspeccionaba la biblioteca en busca de un libro gigantesco con el que pegarle (el más grande de todos, *Atlas*, le espetó un gruñido desde el estante inferior), Mini profirió un grito. Se arrancó la diadema y la lanzó hacia el Durmiente como si fuera un disco volador. El arma le dio en la oreja.

Durante unos instantes, los ojos del demonio se volvieron negros. Pero enseguida se recuperó, y la diadema se desvaneció.

—¿Eso es todo lo que podéis hacer? —preguntó entre carcajadas—. ¿Una diadema? Tiemblo de miedo. A ver, seamos sinceros. Os podría matar fácilmente. Dos niñas sin experiencia, sin valor. ¿De verdad pensáis que lograréis encontrar las armas celestiales?

Aru notó que se ruborizaba. Indra la había reclamado como hija suya. Quizá cuando sucedió estaba un poco aturdida por hallarse en las nubes y tal, pero vio (o por lo menos, creía haber visto) que la estatua de Indra le sonreía. Como si estuviera... satisfecho.

Al recordarlo, reunió valentía para decir:

—Los dioses nos han elegido.

Pero entonces, ¿qué pasaba con la bola dorada? Aru no tenía experiencia con padres, pero estaba bastante segura de que regalarle a tu hija una pelota de *ping-pong* resplandeciente para que se enfrente a los demonios es lo mismo que recibir la calderilla del cambio en lugar de la paga.

—Los dioses jamás confiarían en vosotras para nada —se mofó el Durmiente—. Miraos bien.

Cuanto más hablaba él, más se enfadaba Aru. No pensaba dar su brazo a torcer. Ellas tenían algo que el Durmiente no.

—Amenázanos todo lo que quieras, pero nos necesitas para conseguir las llaves, ¿a que sí? —preguntó Aru—. Tú no las puedes ver. Ni siquiera sabes lo que son.

El Durmiente se quedó en silencio y se rascó la barbilla, pensativo.

—Tienes razón —dijo por fin.

Aru no se lo podía creer. ¿Le había hecho cambiar de opinión?

El Durmiente levantó la mano y dobló los dedos. En la palma estaba Bu. El pájaro no se movía.

—Os necesito, sí —dijo—. Os habría quitado la llave que ya tenéis, pero es probable que la primera os conduzca hacia las otras dos. Y da igual que no las pueda ver, porque vosotras me vais a entregar las tres antes de la luna nueva.

Estrujó a Bu y Mini comenzó a gimotear.

—Sé tantas cosas sobre ti ahora mismo. —El Durmiente se giró hacia ella—. Porque he escuchado los latidos de tu corazón —dijo con falsa dulzura—. Tu padre lleva una cruz debajo de la camisa y un collar *agimat* que heredó de su familia filipina. Tu hermano esconde debajo de la almohada la foto de uno de sus compañeros del equipo de fútbol, y cuando la encontraste te hizo prometer que guardarías el secreto. El pelo de tu madre huele a sándalo.

La cara de Mini se volvió blanca.

A continuación, el Durmiente miró hacia Aru. En sus ojos se veía un destello.

—Y tú. En fin. Hasta podríamos ser familia.

—¿De qué estás hablando? —soltó Aru—. ¡Estás chalado! Yo no...

—Invocadme justo antes de la luna nueva —la interrumpió— o a vuestros seres queridos no solo los congelaré.

—¡Jamás! —gritó Aru—. Lucharemos si tenemos que luchar y...

El Durmiente chascó la lengua.

—Antes siquiera de pensar en luchar contra mí, que sepáis que estoy reuniendo a mis propios amigos. —Les dedicó una sonrisa cruel—. Y creedme, no os gustará conocerlos.

Y desapareció, llevándose a Bu.


Durante un minuto entero, Aru y Mini no se movieron. A pesar de estar quieta, Aru tuvo la sensación de dar vueltas sin parar.

Por su cabeza pasaron volando demasiados pensamientos. Bu había luchado con ellas, pero hace tiempo fue enemigo de los Pandava. ¿Por eso lo habían obligado a ayudarlas en esta vida en forma de paloma? Y también estaba el hecho de que el Durmiente conociera a su madre... y a la familia de Mini. ¿Cómo era posible?

A su alrededor, los libros comenzaron a corretear, desesperados por restablecer un poco de orden. Sus páginas se agitaban como los pájaros que se ponen cómodos para irse a dormir. Sin el Durmiente justo encima, el techo era parecido al cielo abierto, donde se amontonaban nubes de tormenta de color morado. Aru puso mala cara. No tenía sentido que la magia que las rodeaba desprendiera tanta belleza cuando ella se sentía tan... horrorosa.

¿De qué servía que intentaran llegar al Reino de la Muerte sin Bu? El Durmiente llevaba razón. Ella era la culpable de lo que estaba pasando. Y le había fallado a todo el mundo.

—¿Por qué? —lloriqueó Mini.

No hacía falta que dijera más.

¿Por qué le había mentido Aru sobre la lámpara? ¿Por qué les había escondido Bu su pasado? ¿Por qué les estaba ocurriendo eso a ellas?

Aru estaba cansada. Cansada de mentir. Cansada de imaginar el mundo como podría ser y no como era. Estaba cansada de verse mejor y mayor en su cabeza cuando era evidente que en la vida real jamás llegaría a serlo.

Se sacó del bolsillo la moneda que obtuvo del libro *Adultez*. Había perdido el brillo y se veía muy apagada.

Aru empezó a hablar, incapaz de mirar a Mini.

—Tenía una ligera idea de lo que pasaría si encendía la lámpara (mi madre me lo contó, pero yo no me lo creí), y la encendí igualmente. Lo que ha dicho el Durmiente es la pura verdad: la encendí para impresionar a unos compañeros de clase que pensaba que quería como amigos.

—Mi familia corre peligro por tu culpa —dijo Mini con un temblor de hombros. No lloró ni gritó. Y eso empeoró todavía la situación—. No has parado de mentir, ¿verdad? ¿Te has estado riendo de mí todo el rato?

—¿Cómo? —Ahora Aru sí que la miró a los ojos—. ¡No! Claro que no...

—¿Por qué debería creerte? —la interrumpió Mini—. Me has dicho que me considerabas valiente. Y que ser hija de la Muerte no estaba tan mal. —Observaba a Aru fijamente, como si pudiera ver a través de ella—. Hasta me has dicho que no me dejarías atrás.

—Y lo he dicho en serio, Mini.

—Me da igual lo que digas porque eres una mentirosa, Aru Shah. —Le arrebató el bocado de *Adultez*.

—¡Eh! ¿Qué haces?

—¿A ti qué te parece? —dijo Mini. Se guardó la moneda en la mochila, junto al ramito de juventud—. Voy a terminar con esto. Debo intentar salvar a mi familia.

—Pero me necesitas —murmuró Aru. Sintió un calor insoportable, la misma sensación de estar embutida en una salchicha que siempre se apoderaba de ella antes de echarse a llorar. No quería echarse a llorar.

—Quizá —dijo Mini con tristeza—. Pero no me fío de ti.

Mini se apretó la imagen en su mano de la última llave, esa ola de agua que le recorría los dedos.

—Mini, espera...

Atravesó un tajo de luz. Aru intentó cogerle la mano, pero solo encontró aire. Mini había desaparecido.

Aru estaba sola. Los libros que la rodeaban reían nerviosamente y chismorreaban. En el Más Allá ya no había sitio para ella. El Durmiente ni siquiera pensaba que fueran una gran amenaza, así que no se había molestado en matarlas. Debería haberse sentido agradecida, pero solamente se sintió invisible. Inútil. Para colmo, Bu estaba herido y Aru había encontrado y perdido a una hermana en cuestión de días.

Al pensar en días, Aru giró la mano poco a poco. Como si le hubieran entregado un examen que seguro que había suspendido y quisiera darle la vuelta al papel lo más lentamente posible.

8

¿Qué diantre era ese símbolo?

Fuera el número que fuera, no era el seis, obviamente. Mini sabría qué significaba, pero ya no estaba allí.

A Aru se le iban acabando los días, y si había un buen momento para echarse a llorar, era ahora.

Pero no podía. Estaba demasiado cansada. Y cabreada.

Echó a andar. No pensaba volver al museo, de ninguna de las maneras. ¿Qué iba a hacer? ¿Sentarse debajo del elefante y esperar a que el mundo llegara a su fin? Pero tampoco podía seguir a Mini. Su hermana no quería su ayuda. Y ella no tenía nada que ofrecer. Su único don natural era la mentira.

Y esa no era una cualidad demasiado heroica.

Aru pasaba cerca del final de la fila A de la biblioteca cuando un libro muy raro le llamó la atención. Era pequeño y de un verde brillante. Comenzó a dar saltitos cuando se le acercó. El título era sencillo: *Aru*.

Intrigada, lo cogió y lo abrió por la primera página. Se la veía a ella. Una foto en clase. Y en otra esperaba en casa a que llegase su madre. Empezó a pasar las páginas con el corazón a mil. Incluso había una imagen de ella y Mini en el salón de belleza de Madame Bee; Aru estaba en pleno discurso. En el siguiente retrato, Aru observaba a la Corte Estacional con aire triunfal.

Intentó llegar al final, pero las páginas estaban pegadas. Mini había dicho algo sobre la biblioteca del Bazar

Nocturno: los libros de aquel lugar abarcaban a todas las personas y todas las cosas. Incluida ella. A lo mejor quería decir que su historia todavía no había terminado. Aru había vencido a Madame Bee y a las estaciones, pero sus mentiras no fueron perjudiciales. Habían dado resultados: gracias a esas mentiras, escapó con Mini de un buen lío y consiguió nuevas armas. A lo mejor... A lo mejor su don no era la mentira. A lo mejor su don era la imaginación.

La imaginación no era ni buena ni mala. Era un poco las dos cosas. Como ella.

¿Arjuna también era así? ¿Mentía o se preocupaba por ser más malo que bueno? En las leyendas era perfecto. Sin embargo, si Arjuna hubiera crecido como había crecido Aru, probablemente también habría cometido errores. Basándose en una historia, era muy difícil saber cómo debió de ser el héroe en realidad. Si ella escribiera un libro sobre sí misma, no incluiría lo malo, solo lo bueno. «No te puedes fiar de los cuentos», le decía a menudo su madre. «La verdad de una historia depende de quién la esté contando.»

Si debía hacer caso al libro de *Aru*, su historia no había finalizado todavía.

Aru se miró la palma. El número sánscrito, fuera el que fuese, era demasiado elegante para ser un uno. Estaba convencida de que aún había tiempo. Cerró la mano y apretó el puño.

«Al diablo con el Durmiente. Voy a arreglarlo.»

Aru cerró el libro. Una parte de ella quería llevárselo, pero reprimió el deseo. Se acordó de aquella vez que pasó por un cementerio con perales. Las frutas parecían joyas y Aru había querido arrancar una. Pero tuvo la rarísima sensación de que no debía coger una y mucho menos comérsela. Así se sentía con respecto al libro. Aru recorrió el lomo verde con el dedo y notó un amago de respuesta por la espalda. Acto seguido, se obligó a devolver el tomo a la estantería.

En cuanto llegó al rincón, algo llamó la atención de Aru.

La jaula para pájaros. La que llevaba el Durmiente.

Ahora lo recordaba: la pajarera se había quedado apartada del demonio. Descansaba en el pasillo de la letra B. Los estantes eran ruidosos y olían a vainilla. *Bebé*, un librito azul, gimoteaba, y *Bandido* y *Bribón* se daban golpes con las cubiertas por turnos.

Aru se arrodilló y la recogió. Qué extraño que el Durmiente se hubiera llevado al pájaro y no la jaula. En el interior había unas cuantas figuritas de barro, no más grandes que su meñique. Metió la mano y sacó una cabra, un cocodrilo, una paloma, una serpiente, un búho y un pavo real. Había hasta un caballo de siete cabezas. Y un tigre con la boca abierta en un rugido.

Mientras colocaba los animales en fila en el suelo, Aru arrugó la nariz. ¿La diosa Durga no montaba en un tigre? Y habría jurado que el dios de la guerra montaba en un pavo real...

¿Por qué acarreaba el Durmiente todo eso?

Aru recorrió las crines del caballo de siete cabezas. Indra, su padre, montaba en un animal parecido. Salvo que no era de barro, claro. En las historias se decía que la criatura brillaba con más intensidad que la luna. Aru se sacó la bola resplandeciente del bolsillo para ver mejor las figuritas.

En el momento en que la luz de Indra cayó sobre el barro, la sala entera comenzó a temblar. Aru soltó el caballo.

Si de verdad fuera de barro, se habría hecho añicos contra el suelo.

Pero no.

Por el contrario, empezó a brillar. Y no solo el caballo, sino todos los animales.

Aru retrocedió a toda prisa. La bola arrojaba tanta luz que Aru ya no veía los libros. A su alrededor no había más que claridad.

El jaleo de la sección B desapareció y fue sustituido por nuevos sonidos: el batido de unas alas, el cloc de unos cascos sobre el suelo, el resoplido de un tigre. También el siseo de una serpiente.

Aru parpadeó, sus ojos adaptándose a tanta claridad.

Delante de ella se alzaban los vehículos robados de los dioses. Así que era eso lo que el Durmiente llevaba consigo. ¿Cómo es que se los había dejado...?

«Ah», pensó Aru.

La diadema mágica de Verano que Mini le había lanzado. «Quien lleve este objeto se olvidará de algo importante.» Vaya. Había funcionado, sin lugar a dudas. En cuanto los perdió de vista, el Durmiente se olvidó de los valiosísimos vehículos.

Aru vio un precioso tigre de color naranja brillante. Un pavo real majestuoso con una cola de joyas. Un búho increíblemente hermoso. Pero la criatura que la dejó sin aliento no era otra que el caballo de siete cabezas. Trotó hacia Aru y bajó todas las cabezas al mismo tiempo.

—Gracias, hija de Indra —dijo el caballo. Las siete bocas hablaban con siete voces melódicas—. Nos has liberado de nuestra cárcel.

Uno a uno, los vehículos se le acercaron. El tigre le frotó la mano con el hocico. El pavo real le mordisqueó los dedos con cariño. El búho bajó la cabeza.

—Simplemente llámanos y acudiremos en tu ayuda, Pandava —dijo el búho.

Los animales despegaron y se alejaron saltando, volando y trotando hacia el aire, hasta que solo quedó el caballo.

—Tienes un sitio al que ir, ¿no es cierto? —le preguntó el corcel.

Aru bajó la mirada hasta las olas de sus nudillos y asintió. La tercera llave, el sorbo de vejez, seguía en paradero desconocido.

—Yo te llevaré —se ofreció el caballo—. Nadie se mueve tan aprisa como yo, pues me muevo a la velocidad del pensamiento.

Aru nunca había montado a caballo. Salvo que cuente sentarse sobre un unicornio pintado de arcoíris de un tiovivo mientras das vueltas y gritas: «¡Arre, caballito!». (Que no debería contar.) A la izquierda del caballo de pronto apareció un escalón mágico. Aru lo subió mientras se guardaba la bola en el bolsillo. Pasó las piernas sobre el ancho lomo del caballo.

—¿Estás preparada, hija de Indra? —le preguntó.

—No —dijo Aru. Respiró hondo—. Pero vamos igualmente.

# DIECINUEVE

## Yo no lo haria...
## En serio

Había muchísimas maneras de hacer una entrada. Aru, que había visto demasiadas películas, creía firmemente que las tres mejores eran las siguientes:

1. Como Aragorn en la última película de *El Señor de los Anillos*: levantando la espada mientras un montón de fantasmas se despliegan detrás de ti.

2. Como John McClaine en las películas de la saga *Jungla de cristal*: gritando «¡Yipi ka yei!» mientras mueves de un lado al otro una ametralladora.

O bien...

3. Como un actor de cualquier película de Bollywood: un viento invisible te ondea el pelo y a tu alrededor todo el mundo se pone a bailar.

Pero después de hoy, Aru iba a tener que cambiar la lista. Porque llegar montada en un caballo de siete cabezas superaba a esas tres opciones por goleada.

Recorrieron el Bazar Nocturno y provocaron una oleada de gritos ahogados. Los carros de supermercado chillaban y se dispersaban. Las tiendas se apartaban del camino y las borlas decorativas las envolvían como si alguien las abrazara después de un buen susto. Un *raksasa* que acababa de comprar un tentempié a un vendedor ambulante tiró la comida al suelo. Un *raksasa* más pequeño se desternilló, se abalanzó sobre el bocado y lo engulló.

Atravesaron mundos con ciudades repletas de monstruos y (como habría jurado Aru) mundos en los que los monstruos eran las ciudades. Vio a una criatura escamosa gigantesca que estrujaba una montaña con el pulgar y murmuraba: «¿Hacer una montaña de un grano de arena, dices? ¡Ja! ¿Qué tal hacer un grano de arena de una montaña? Es muchísimo más interesante. Sí, sí».

Pasaron a través de un banco de nubes. Más allá, no había más que una vasta extensión de océano. Pero era distinto a los océanos que Aru había visto antes. No era azul, ni gris, ni tampoco verdoso. Era blanco como la leche. Una islita rocosa flotaba en el medio como un copo de avena en un bol de cereales.

—Es la base desde la que se batió el Océano de Leche —le dijo el caballo.

De sopetón, Aru sabía dónde se encontraba. Recordó la ilustración del Océano de Leche que había visto en el museo de su madre. Tiempo atrás, un sabio poderoso maldijo a los dioses y les provocó la pérdida de la inmortalidad. Debilitados y en serios problemas, los dioses batieron el océano para conseguir el néctar de la inmortalidad. Cuando empezaron a batir, el aire se llenó de veneno. Los dioses le pidieron a Shiva, el Señor de la Destrucción, que lo eliminara. Él se lo bebió todo y el veneno le puso el cuello azul.

A Aru siempre le había gustado tumbarse en el teatro, donde hacía frío, estaba oscuro y reinaba el silencio, para contemplar las historias de los dioses y las diosas que giraban a su alrededor. Por eso sabía que mucho tiempo atrás se libró una batalla por el néctar de la inmortalidad. Los dioses no batieron el océano ellos solos: necesitaron la ayuda de los *asuras*, los demonios. Pero cuando el océano por fin reveló el secreto de la inmortalidad, los dioses engañaron a los *asuras* y se quedaron con el néctar.

Aru se estremeció. Se preguntó durante cuánto tiempo podría guardar rencor un demonio. Quizá no viviera eternamente como los dioses, pero sí se podía reencarnar. Una y otra y otra vez...

El caballo de siete cabezas empezó a descender. En cuanto llegaron a la orilla de la isla, aminoró la marcha y adoptó un ritmo moderado. Al final de las dunas de arena se abría la entrada de un enorme túnel.

Aru pensó que el interior sería viejo y espeluznante, pero se encontró con unas oficinas abandonadas. Los cubículos de mármol estaban apilados a ambos lados del túnel. Todos estaban desocupados. En algunos había tablones de corcho con fotografías sujetadas con chinchetas. Encima de cada escritorio habían dejado unos auriculares parecidos a los de un teleoperador (salvo que estaban hechos de oro y salpicados de diamantes). Cada pocos metros había una máquina expendedora. Pero no vendía chucherías ni bolsas de patatas, sino cosas como «siete horas de sueño», «una buena fantasía», «una buenísima fantasía» (al lado, Aru vio una cara muy extraña que guiñaba un ojo), «un disparo de elocuencia» y un gel antiséptico y antibacteriano en miniatura.

Las paredes del túnel seguían adornadas de carteles, cubiertos por una fina capa de polvo. En uno de ellos se publicitaba una resplandeciente ciudad dorada. Tenía unas palabras garabateadas:

«¡VEN A VISITAR LA CIUDAD DE LANKA!
¡EL DESTINO PREDILECTO
DE LOS SUEÑOS Y LAS PESADILLAS!
SERVICIO: ¡DE PRIMERA!
COMIDA: ¡DE PRIMERA!
ENTRETENIMIENTO: ESTÁS DE SUERTE, ¡ES DE MUERTE!»

Otro cartel anunciaba una ciudad subacuática con una modelo *naga* muy guapa, que guiñaba un ojo y enseñaba unos brillantes colmillos:

«¡LA CIUDAD DE LAS SERPIENTES!
VEN POR LAS MARAVILLOSAS VISTAS,
¡QUÉDATE POR LAS BELLEZAS REPTANTES!»

Pero mirara donde mirara, Aru no veía ni rastro de Mini.

—Estamos en la Oficina de Turismo del Más Allá —le explicó el caballo—. Pero ahora mismo está cerrada. Nadie te molestará mientras estés aquí.

Una parte del túnel estaba sellada. En una gran señal se leía «¡NO TOCAR!» y «PRECAUCIÓN: EN OBRAS». Entre las tablas de madera amontonadas en aquella entrada flotaba un olor amargo.

Pero debajo de las cintas que impedían el paso había suficiente espacio para que alguien del tamaño de Mini (pero no necesariamente de tamaño mini) pudiera pasar al otro lado.

Fue allí donde se detuvo el caballo.

—Es aquí donde te dejaré, hija de Indra. —Se arrodilló para que Aru pudiera desmontar.

—Gracias por llevarme —le dijo. Cuando pisó el suelo, se tambaleó un poco.

—Llámanos cuando nos necesites.

Mmm... ¿Cuando los necesitara? Porque a Aru le habría encantado llegar al instituto encima de un caballo de siete cabezas. Seguro que todos los coches negros y elegantes explotarían de envidia. El caballo pareció adivinar lo que estaba pensando la chica, porque relinchó.

—Cuando nos necesites urgentemente —le aclaró.

—Espera. ¿Cómo te llamas?

—Uchchaihshravas —respondió.

—Uchcha... ¿Y si silbo tres veces?

El caballo resopló.

—Lo interpretaré como un no —dijo Aru.

—Grita tu nombre hacia el cielo. Nosotros te oiremos y responderemos.

El caballo inclinó las siete cabezas y, acto seguido, se fue tal y como había llegado. Aru no se quedó mirando cómo desaparecía. Se cubrió la nariz con una mano y gateó por entre las tablas de madera. Aquel lugar apestaba.

Seguro que a Mini le preocuparía que la estancia entera estuviera llena de gases tóxicos.

Al cabo de un rato, Aru estaba en un estrecho pasillo. Cuando el corredor se abrió hacia una cueva, Aru supo de dónde venía el hedor...

En el centro de la sala se alzaba un caldero del tamaño de una bañera con patas de animal. Pero el caldero no era de hierro ni de aluminio, sino de vapor. Era tan transparente que Aru veía el líquido azul que burbujeaba con furia en el interior. Intentar contener líquido solo con vapor parecía una idea malísima... y a juzgar por cómo se agitaba el caldero, parecía dispuesto a estallar en cualquier momento.

Sin embargo, en la superficie del líquido azul flotaba algo sólido, más o menos igual de grande que el zapato de Aru. El dibujo *mehndi* de sus dedos latía suavemente. ¿Era ese zapato la tercera llave?

Si resultaba que sí, ¿cómo iba a sacarla de allí?

Justo detrás del caldero se agachaba una estatua enorme de Shiva, el Señor de la Destrucción. Estaba inclinado sobre el perolo con la boca bien abierta, como si el contenido lo hubiera dejado pasmado. Aru no era capaz de ver el resto de la estatua. Desaparecía detrás de la repisa donde bullía el caldero.

—¿Aru? —dijo una voz familiar.

Allí, en uno de los lados, con una libreta en una mano y un lápiz en la otra, estaba Mini.

Las dos se miraron con cierto recelo. Aru no sabía qué decir. Ya se había disculpado, pero otro «lo siento» no le haría daño a nadie. Y la verdad era que Aru no había llegado hasta ahí solo para salvar su propio pellejo, sino porque Mini era su amiga. Además, le había prometido que nunca la dejaría atrás. Aunque contara mentirijillas, Aru jamás rompía una promesa.

—Mini, lo siento... —empezó a decir.

—A lo mejor me he pasado —dijo Mini al mismo tiempo.

—¡Ay! ¡Tú primera! —exclamaron las dos. Otra vez al mismo tiempo.

Se quedaron mirando la una a la otra.

—¡Casa! —gritó Aru con las dos manos apoyadas en la pared. (¿Se había tropezado y casi torcido el tobillo al correr hacia la pared? Sí. ¿Lo volvería a hacer para evitar hablar la primera de sus sentimientos? Sí, cien por cien.)

Mini, que no había reaccionado para salvarse de empezar a hablar, gruñó.

—¡Vale! —dijo—. Iba a decir que a lo mejor no tendría que haberte abandonado así como así. Odio que la gente me lo haga a mí. Y ya sé que no querías hacerle daño a nadie cuando encendiste la...

—¡Disculpas aceptadas! —la cortó Aru, con un inmenso sentimiento de alivio—. Yo...

—Quiero que sepas que... que entiendo cómo te sientes —continuó Mini—. Mis padres... a ver, bueno, los quiero mucho. Y ellos me quieren a mí. Mi familia es fantástica. En serio. Pero nunca pensaron que yo fuera una Pandava. Creían que era un error. Supongo que significaba mucho que tú creyeras... en mí. Y no me extraña que tú también te sintieras así, como una impostora, y que por eso encendieras la lámpara.

Aru se quedó callada durante unos instantes. No estaba enfadada ni avergonzada. Estaba agradecida. Había encontrado a alguien con quien era más fácil respirar, y dolía. Pero en el buen sentido.

—Claro que creo en ti, Mini —dijo—. Creo que eres muy lista. A lo mejor también un poquitín neurótica, pero superlista. Y muy valiente.

Lo decía en serio, con el corazón en la mano. Mini debió de comprenderlo, porque sonrió y levantó el codo. Aru se lo chocó y supo que habían hecho las paces.

—¿Has visto eso que flota en el caldero? —le preguntó Aru.

—Sí. Diría que es la tercera llave, pero no sé cómo cogerla. ¿Tenemos que dar un sorbo a ese líquido?

¿Dar un sorbo al líquido azul y asqueroso de una tinaja burbujeante?

—Puaj —exclamó Aru—. Bueno, yo ya he mordido un libro, así que si alguien tiene que dar un sorbo a ese líquido, no voy a ser yo.

—Ese líquido es veneno. En concreto, veneno *halahala*.

—Vale, ahora sí que no me lo pienso beber.

—Es el mismo veneno que se liberó cuando los dioses batieron el Océano de Leche. Nos provocará la muerte. Dime que has leído el cartel, anda. —Señaló hacia un cartel junto al caldero.

Aru le echó un vistazo rápido. Nada más leer «PROBABILIDAD DE DESMEMBRAMIENTO», se detuvo.

—Ni hablar.

—Según las advertencias, el caldero estallará si alguien lo toca —dijo Mini—. Sucede una vez al año, en plan volcán, y por eso este sitio está cercado. Moriríamos las dos.

De pronto, Aru tuvo una idea.

—Quizá puedo pedir un favor.

Le contó a Mini lo de la jaula llena de monturas divinas. Cuando terminó, Mini tenía una expresión de sorpresa y hasta de un poco de envidia.

—¿Un caballo de siete cabezas? —preguntó—. Imagínate todas sus vías nerviosas. ¡Cómo molaría estudiarlo!

—¡Concéntrate, Mini!

—Vale, vale. Bueno, pues no puedes pedirle ningún favor. Las normas especifican que ningún animal debe beber el veneno. Por lo visto, se convertiría en un monstruo gigantesco que devoraría todo lo que encontrara a su alrededor.

—Grrrr.

—Detalles, detalles —dijo Mini mordisqueando el lápiz—. Seguro que hay un truco.

—¿Y si creas una ilusión con tu espejo? —le propuso Aru.

—Imposible.

Mini sacó la polvera. Brillaba, pero no conjuraría nada. Y la pelota de *ping-pong* de Aru tampoco iba a ser de gran ayuda. Ni siquiera resplandecía.

—Es como un área sin cobertura mágica —dijo Mini—. Creo que ni siquiera funcionarán los regalos de las estaciones. No he conseguido abrir la caja de pasteles de Primavera, y por aquí solo hay piedras y ese fuego de ahí.

«¿Eh?»

Mini apuntó hacia arriba y Aru se quedó boquiabierta. Del techo colgaba un enorme candelabro de fuego. Las llamas se retorcían y las ascuas chisporroteaban, pero no caía nada al suelo. Tenía una pinta rara y brillante, como si todo el objeto estuviera revestido de cristal en una especie de probeta llena de llamaradas azules y doradas.

—Me da a mí que el fuego y el veneno están conectados de alguna manera —dijo Mini, el lápiz aún en la boca—. Si tocamos alguno de los dos, explotarán. Pero por lo menos nada saldrá de este sitio.

—Un momento. Si ni el fuego ni el veneno van a salir de este sitio, ¿por qué han evacuado toda la oficina de turismo?

—Por el olor. Y también porque les han dado vacaciones. O eso es lo que pone en el cartel —le contó Mini—. Es un reclamo turístico de lo más raro.

Aru se encogió de hombros. Teniendo en cuenta que el último lugar al que fueron de excursión los de su clase fue un museo de fiambreras, un volcán mortífero sonaba muchísimo mejor. Y se ve que en el Más Allá también lo creían. Al lado del caldero había un panel de madera pintada que esperaba al próximo turista. Los visitantes podían meter la cabeza en un agujero recortado (se permitían cuernos, capuchas de cobra y cabezas múltiples) y fingir que bebían el veneno. Debajo del panel había una cestita para las donaciones junto a un pequeño letrero: ¡MUCHAS GRACIAS POR APOYAR EL TURISMO LOCAL!

Aru dio una vuelta alrededor del caldero.

—Entonces, además de intentar bebértelo y morir sí o sí, ¿no hay otra manera?

—Yo no he dicho eso. He dicho que no debemos afrontarlo como alguien con cierta experiencia con la magia. Un ser mágico haría un truco para vaciar el caldero.

La mirada de Mini se volvió más intensa. Observó el caldero, después la libreta, y finalmente el caldero de nuevo.

—Es un líquido.

Aru pensó que sonaría borde si exclamara: «No me digas», así que tan solo asintió.

—Si calientas un líquido, se convierte en gas. Una parte del líquido venenoso del caldero se ha convertido en los vapores venenosos que contienen el líquido.

A Aru le dolía la cabeza. ¿Era el momento y el lugar para una clase de química, en serio?

—Ese es el truco —se dijo Mini a sí misma—. No quieren que utilicemos magia. Tenemos que pensar como una persona normal y corriente... Tengo una idea.

Mini se quedó tan sorprendida por tener una idea que al final su frase sonó más bien a: «¿Tengo una idea?»:

—¡Genial! —exclamó Aru—. ¿De qué se trata?

—Debemos romper el caldero —dijo Mini con la cara muy brillante—. Y no con magia.

—Espera. ¿Cómo dices?

Mini cogió una piedrecita del suelo.

—¿Mini...?

Y entonces la lanzó hacia el inmenso caldero lleno de veneno.

—¡Por la ciencia! —bramó.

# VEINTE

## Pues lo ha hecho, sí

**S**i antes Aru había sentido una indiferencia educada por la ciencia, ahora ya la odiaba directamente. Observó cómo la piedra se alejaba de la mano de Mini. Qué lanzamiento más valiente. Qué arco tan bonito. Muy dramático todo.

Pero el guijarro se quedó corto y no llegó hasta el caldero por un pelo. Aru soltó un suspiro de alivio. Estaban a salvo.

Y entonces, la piedrecita infernal hizo lo que las piedrecitas no pueden evitar hacer.

Rodar.

Y golpeó el caldero.

—A lo mejor no ha sido lo bastante... —Aru calló cuando la cazuela comenzó a agitarse con más violencia. La superficie de vapor empezó a arremolinarse—. No. Lo retiro. Vamos a morir.

—No vamos a morir —dijo Mini—. Solo quería remover el líquido un poquito. Ahora tenemos que darle al fuego.

—¿No te basta con esparcir veneno? —le preguntó Aru—. ¿Quieres sumarle fuego?

—Esta sala está diseñada de tal manera que el calor del fuego de arriba ha convertido en gas una parte del líquido venenoso —razonó Mini—. Si le vertemos todo el fuego, el veneno se evaporará por completo y ¡solo quedará la tercera llave!

La coraza de vapor del caldero empezó a agrietarse. El techo de la cueva temblaba y de arriba caían pedruscos negros. El candelabro de fuego se movía de un lado a otro.

—Coge todas las piedras que veas y lánzaselas al fuego —dijo Mini.

—¿Y si por error golpeamos el caldero? No...

—¡Has dicho que creías en mí! —gritó Mini—. Pues ¡cree!

—Vale —dijo Aru con la mandíbula apretada.

Recogió piedras del suelo y, junto con Mini, se puso a tirárselas al candelabro. Un crujido resonó por toda la cueva. Aru miró hacia arriba... ¡Antes llevaba razón! El fuego sí que estaba revestido de algo. Y ahora empezaba a romperse la capa que las protegía de las llamas.

El fuego se desparramó formando cintas largas y llameantes. En los próximos segundos, llegaría al vapor y al líquido venenoso del caldero.

—¡Corre! —chilló Mini—. ¡A la entrada!

Aru salió disparada cuando en el aire se formaron columnas azules de veneno. Le vinieron arcadas. El olor era nauseabundo. En cuanto iba a cruzar el umbral de la entrada, oyó una explosión más atrás. El caldero había estallado. De reojo, Aru vio que se levantaba una ola gigante de líquido venenoso.

Un estallido de calor y luz lanzó a Aru y a Mini de espaldas. Aru parpadeó y, al mirar hacia delante, vio una pared de llamas que se cernía sobre ellas y bloqueaba la entrada de la cueva. La ola golpeó el umbral de la entrada... y se detuvo. Aru oyó un ruido crepitante y chisporroteante. Pero ¡el veneno había desaparecido! Las llamaradas mágicas habían formado una especie de valla que había evaporado todo el líquido.

Mini dio un paso al lado, sin aliento pero con la cara resplandeciente.

—¿Lo ves? Con el calor y el tiempo adecuados, un líquido se convierte en gas.

—Ha sido increíble —dijo Aru—. ¿Cómo se te ha ocurrido?

Mini sonrió de oreja a oreja.

En aquel momento, Aru se acordó de lo que les había dicho Hanuman antes de que se fueran de la Corte Celestial. Que a veces necesitas que alguien te recuerde lo poderoso que eres... y entonces llegas a sorprenderte a ti mismo.

Las llamas de la cueva se habían extinguido. Mini se acercó con mucho cuidado al centro de la caverna. Donde antes se encontraba el caldero, ahora había una quemadura en el suelo. Un poquito de veneno se había podido refugiar en un nuevo lugar: en la estatua de Shiva que momentos antes se inclinaba sobre el caldero con la boca abierta. Su cuello desprendía un resplandor azulado.

En el suelo vieron también una pequeña copa turquesa. Aru se preguntó si era la forma de zapato lo que estaba flotando en el caldero. La copa estaba llena de un líquido plateado. Mini la levantó con cautela.

—La tercera llave —dijo—. Un sorbo de vejez.

Aru alargó la mano con una mueca. Intentó lanzar el líquido al suelo, pero no se movía. La magia solía ser muy tiquismiquis con las reglas. Qué grosero por su parte.

—Tendría que tocarte a ti —comentó Aru—. Pero déjame adivinar: me lo tengo que beber yo porque tú nos has salvado el culo, ¿verdad?

—Ajá —dijo Mini.

Aru tuvo náuseas nada más mirar la copa.

—¿Y si es venenoso? Al fin y al cabo, es de un caldero venenoso....

—Pues entonces supongo que podré salvarte con uno de los pastelitos de Primavera. —Mini se encogió de hombros.

—¿Y si me trago la llave? —Aru todavía tenía dudas.

—Yo no te lo recomendaría. Cuando tenía tres años, me comí el anillo de compromiso de mi madre, y me dieron un montón de plátanos y tuvieron que...

—¡DA IGUAL! NO LO QUIERO SABER.

—¡Bébetelo o te cuento toda la historia!

—Eres malvada.

—Justicia ante todo. —Mini cruzó los brazos sobre el pecho.

Aru dio un sorbito diminuto, el mismo que a veces daba a la copa de vino que su madre debía los domingos para saber por qué a la gente le gustaba tanto. Siempre acababa escupiendo ese líquido repugnante. Pero la vejez no sabía... mal. Aru se acordó de su cumpleaños del año anterior. Fue con su madre a un restaurante italiano de lo más elegante. Aru comió tanto que se quedó dormida en el coche. Su madre la cogió en brazos (Aru lo recordaba porque se estaba haciendo la dormida) y la llevó hasta la cama. El sorbo de vejez era parecido: una especie de agradable plenitud.

Notó algo en la lengua. Patidifusa, lo escupió y vio una llavecita blanca. Estaba hecha de hueso. Ay.

—¡Aaaah! —gritó Aru. Empezó a frotarse la lengua. Y entonces se dio cuenta de que no se había lavado las manos desde que Brahmasura se había convertido en un montón de cenizas. Aru escupió al suelo otra vez.

—¡La tercera llave! —dijo Mini, emocionada—. ¡Mola! ¡Es un hueso! No sé si es una falange o más bien...

Aru se quedó mirándola y Mini cambió de tema enseguida.

—¡Lo hemos conseguido! —se alegró Mini—. Tenemos las tres llaves para entrar en el Reino de la Muerte.

A pesar de que el asco se había apoderado de ella, Aru reunió fuerzas para sonreir. Sí que lo habían conseguido. Y lo que mejoraba aún má la situación era que Mini ya no parecía tan tímida. Con el brillo del veneno de la boca de Shiva detrás de ella, daba la impresión de que un halo la rodeara.

—¿Preparada? —preguntó Aru.

Mini asintió.

A Aru empezaron a sudarle las manos. Notaba el pelo más tirante que antes. Una parte de ella se planteaba si debía aprovechar para una ultimísima visita al servicio, porque a saber si en el inframundo había lavabos públicos. Pero quizá eran solo los nervios.

Las dos chicas colocaron las tres llaves en una fila: el ramito de juventud, la moneda del bocado de *Adultez* (que volvía a resplandecer) y la llave de hueso.

Aru no tenía ni idea de lo que iba a suceder a continuación, pero le daba igual, porque las llaves sabrían qué hacer. A la vez, las llaves se fundieron y se movieron al unísono, formando un charco de luz. Aru aguantó la respiración mientras el charco se erguía, creciendo más y más hasta llegar a tener el tamaño del caballo de siete cabezas que la había llevado por el Océano de Leche.

En la oscuridad de la cueva, apareció una puerta.

La puerta al Reino de la Muerte.

# VEINTIUNO

## La puerta y los perros

La puerta al Reino de la Muerte estaba forjada de huesos, hojas y luz.

Mini levantó la mano para tocarla. Justo entonces, sacudió la cabeza.

—Pensaba que me sentiría... diferente —dijo.

—¿Diferente por qué? —preguntó Aru.

—Por la puerta y por el sitio al que lleva.

—Lleva al Reino de la Muerte. Y ya está.

—Sí, pero es la puerta de mi... —Mini se detuvo y tartamudeó—. O sea, su-supongo que en realidad no es mi... mi...

—¿Padre?

—Eso. —Mini se encogió—. Sí. Pero no lo conozco. Y él no me conoce a mí. Es decir, supongo que da igual. Bu y mis padres me han dicho que es mi padre espiritual, no mi padre auténtico, pero supongo que esperaba que hiciera algo más que darme un espejo, ¿sabes?

No. No lo sabía. Aru se sintió un poco mezquina, pero no empatizó del todo con Mini. Aru estaba en la misma situación y en casa no la esperaba un padre para consolarla. Sí, el dios Indra a lo mejor creó su alma, pero ¿dónde estaba su padre auténtico? Podía seguir perdido... por ahí. Y quienquiera que fuese no la había querido.

Intentó reprimir un arranque de celos. No era culpa de Mini.

—¿Qué vas a hacer si conoces al dios Yama?

—Le daré las gracias por dejarme existir, ¿no? No sé. Es muy raro. —Mini respiró hondo—. Vale, ya estoy lista.

Aru se acercó a la puerta, pero el pomo le dio un calambre en la mano. Retrocedió, dolorida.

—Creo que deberías hacerlo tú.

—¿Yo? ¿Por qué?

—Porque eres la hija de la Muerte. Es como si te fueras a casa.

—¿Y si a mí también me da calambre?

—¿Y si dices tu nombre primero? —Aru se encogió de hombros.

Mini estaba dudosa, pero se puso recta.

—Me llamo Yamini Kapoor-Mercado-Lopez y ella es... —Se giró hacia Aru y siseó—: ¡No sé cómo te llamas!

Aru estuvo a punto de decirle que se llamaba Bond. James Bond.

—Aru Shah.

—¿Sin segundo nombre?

—Si tengo uno —dijo, de nuevo encogiéndose de hombros—, nadie me ha dicho cuál es.

Mini asintió, por lo visto satisfecha, y entonces siguió hablándole a la puerta.

—Aru Shah. Vamos a entrar en el Reino de la Muerte porque nos han enviado en una misión divina para despertar a las armas celestiales y que... esto... que el tiempo no llegue a su fin, y también para descubrir cómo detener a un demonio malvadísimo gracias a las respuestas que encontraremos en el Pozo del... ¿Pesado?

—Pozo del Pasado —le susurró Aru.

—¡En el Pozo del Pasado! —terminó Mini—. Por favor y gracias.

La puerta no se inmutó. Aunque claro, Mini no la había empujado.

—¿Por qué no intentas abrirla? —se extrañó Aru.

—Forzar las cosas es de mala educación.

Dicho esto, la puerta se abrió con un suspiro y un crujido.

De perfil, la puerta al Reino de la Muerte era tan fina como un portátil cerrado. Y aun así, en cuanto entró por ella, Mini desapareció. Como si se hubiera metido en un agujero en mitad del aire.

Al cabo de unos segundos, la cabeza de Mini asomó por la puerta.

—¿Vienes o qué?

A Aru se le revolvieron las tripas. No era capaz de recordar ninguna historia de la Sala de los Muertos. Pero la mera idea de pensar en muertos bastaba para asustarla. No paraba de imaginarse fantasmas sin cara que la esperaban al otro lado de la puerta. Fuegos que nunca se extinguían. Un cielo libre de estrellas.

Y entonces recordó el rostro congelado de su madre en una mueca de pánico, el pelo que ondeaba a su alrededor. Recordó a Bu inconsciente en la mano del Durmiente. Esas imágenes hicieron que se moviese.

—Es una... ¿aventura? —dijo, intentando levantarse el ánimo.

Aru metió la mano en el bolsillo de los pantalones en el que tenía guardada la pelota de *ping-pong*. Estaba caliente y la tranquilizaba.

—Está bien. Todo está bien. Todo va a salir bien —murmuró para sí.

Cruzó el umbral con un pie.

Un viento glacial le puso los pelos de punta. A través de aquella brisa, Aru oyó las últimas palabras de los que habían muerto: «¡No, aún no!», y «Por favor, que alguien dé de comer a Bolita», y «Espero que alguien borre el historial de mi navegador».

Pero la mayoría de las veces, Aru oyó palabras de amor.

«Dile a mi familia que la quiero.»

«Dile a mi esposa que la quiero.»

«Dile a mis hijos que los quiero.»

«Dile a Bolita que la quiero.»

Aru notó un fuerte nudo en el corazón. ¿Le había dicho a su madre que la quería antes de irse del museo con Bu?

Ya no había vuelta atrás. En cuanto entró en el Reino de la Muerte, la puerta desapareció. Aru se vio en un túnel tan negro que no podía saber sobre qué caminaba. ¿Sobre la oscuridad misma? No había paredes, ni cielo ni mar, ni principio ni fin. Solo negrura.

—Mi madre me decía que la muerte es como un aparcamiento —susurró Mini. Sonaba cerca y daba la sensación de que quería tranquilizarse a sí misma—. Estás ahí un tiempo y después te vas a otro sitio.

—¿Otra vez con los aparcamientos? —bromeó Aru con voz temblorosa.

Respiró con más facilidad al recordar que, en el hinduismo, la muerte no es un lugar en el que te quedas atrapado para siempre. Es el lugar en el que esperas hasta tu próxima reencarnación. Tu alma podía vivir cientos, y quizá miles, de vidas antes de que dejaras atrás el bucle de vida y muerte y alcanzaras la iluminación.

A lo lejos se oyó el ladrido de un perro.

—¿Y esa cara? —preguntó una voz grave.

—¿Una cara rara? —dijo una voz diferente, muy aguda—. A ese perro lo conocemos, ¿verdad? ¿Ulula a las estrellas? ¿Persigue al sol?

—¡Lo has estropeado todo! ¡Llevo un año entero practicando este inicio! —se quejó la primera voz. Ahora ya no era tan grave.

—Ay, ¿y yo qué sabía? —dijo el segundo.

—*El caballero oscuro* es mi película favorita, ¿te acuerdas? Deberías escucharme. Al fin y al cabo, ¡soy Ek! Tú solo eres Do.

—Que nacieras primero no te hace más importante que yo —dijo Do.

—Pues sí —dijo Ek.

—¡Pues no!

¿Ek? ¿Do? Aru conocía esas palabras. Eran los nombres de dos números en hindi, la lengua más hablada en la India. *Ek* y *Do* significaban «uno» y «dos».

La madre de Aru creció hablando guyaratí, el idioma del estado de Guyarat. Aru no hablaba ni guyaratí ni hindi. Solo sabía unas cuantas palabras, algunos insultos incluidos. (Ella no supo que eran palabras malsonantes hasta que se dio un golpe en el pie justo delante del sacerdote del templo y se dejó llevar por la rabia. A su madre no le hizo ninguna gracia.) Cuando apretó la bola dorada con más fuerza, la pelotita se convirtió en una tenue linterna.

Cuatro pares de ojos observaban a Aru y a Mini. Bajo el resplandor de la bola, Aru distinguió las formas de dos perros enormes.

Ek y Do tenían dos pares de ojos cada uno y un pelaje corto y manchado. Cuando se acercaron para husmear a las dos chicas, el pelo de los perros se ondeó y brilló. Aru se preguntó si eran suaves al tacto.

Mini se había subido el cuello de la blusa y se tapaba la nariz.

—*Ergialsperro.*

—¿Eh?

—Que tengo alergia a los perros. —Se retiró la tela unos instantes.

—Por qué será que no me sorprende —dijo Aru.

—¿Estáis muertas? —preguntó Ek, el perro de la voz grave.

—Yo diría que no, ¿no? —respondió Mini.

—¡Claro que no! —exclamó Aru al mismo tiempo.

—Pues no podéis entrar si no estáis muertas —dijo Ek—. Son las normas.

—No lo entendéis... —comenzó a decir Aru.

—Claro que lo entendemos —dijo Ek—. Tenéis dos opciones. O morís vosotras solas o nosotras os ayudamos... ¡matándoos!

—¡Me encanta ayudar a los demás! —Do movía la cola—. Ayudar es tan divertido...

# VEINTIDÓS

## ¡Buen chico, buen chico!

—¡No! —gritó Aru—. ¡Muchas gracias! Ya encontraremos otra manera...

—¡Yo no me pienso ir de aquí! —dijo Mini.

Ek bostezó como si ya hubiera oído esa historia antes. Sus dientes eran afiladísimos. ¿Por qué debían ser tan afilados? Y lo que se veía en sus colmillos era... ¿sangre?

—No tienes que ir a ningún sitio para morir, chiquitina —dijo Ek.

—No me refería a eso. No me pienso ir de aquí porque... porque ¿este reino me pertenece...? —dijo Mini. Las últimas palabras las pronunció con voz chillona—. Soy la hija del dios Yama y exijo entrar...

—¡Y yo soy la hija del dios Indra! —metió baza Aru.

Mini se quedó mirándola.

—¡Famosas! ¡Anda! ¡Bienvenidas, bienvenidas! —dijo Do—. ¿Me podéis firmar un autógrafo? Antes o después de que os matemos. Lo que prefiráis.

—¿A quién le importa que sean famosas? ¡La muerte afecta a todo el mundo por igual! No son las primeras en morir. Ni serán las últimas. Entre los dientes hemos transportado las almas de reinas, asesinos y diabólicos profesores de yoga —presumió Ek ante las chicas—. Incluso los hermanos Pandava deben morir. Incluso los dioses reencarnados en cuerpos mortales deben morir.

—Eso es verdad —dijo Do plácidamente.

—¡No es más que un cuerpo! —exclamó Ek, clavando sus ojos en ellas—. ¡Dejadlos atrás! Y os dejaremos pasar.

—¡Podréis conseguir nuevos cuerpos! —dijo Do.

Aru vio claros signos de que la confianza de Mini comenzaba a disminuir: gafas mal colocadas, dientes por encima del labio inferior.

—Mmm —murmuró Mini.

—Será un momentito. —Los dientes de Ek brillaban con intensidad.

—No me apetece demasiado destripar a nadie —protestó Do, aunque se le habían alargado los colmillos y erizado el pelo—. ¿Y si vamos a un balneario crematorio y enterramos los fragmentos de hueso? ¡O podríamos jugar a Capturar al Decapitado! Siempre me ha gustado ese juego.

—¡Ahora no, Do! —gruñó Ek—. ¡Es nuestro trabajo! ¡Nuestro *dharma!* ¡Nuestro cometido!

—Ja. Cometido. Cometi-Do.

—Do, no es el momento...

—¡Nunca es el momento, Ek! Ayer me dijiste que jugaríamos. ¿Y al final jugamos? ¡No!

Aru le dio un codazo a Mini. Justo detrás de los dos perros había aparecido un rayito de luz. A lo mejor era la verdadera puerta al Reino de la Muerte y ahora estaban en el aburrido recibidor. En ese caso, si se abría, seguro que era porque notaba que alguien estaba a punto de morir. Aru tragó saliva. Si lograban escabullirse de los guardianes, podrían entrar en el Reino.

No es que a Aru le hiciera mucha ilusión entrar.

Algo parecía llamarla desde detrás de aquella puerta. Algo que ella ya tenía claro que detestaba. Algo que se burlaba de ella. Le recordó a cuando el Durmiente le habló al oído.

Pero bueno, cualquier cosa era mejor que morir despedazada.

—¡Se lo voy a decir a mi padre! —rugió Mini—. O sea, a mi padre celestial. No al humano. El humano también se enfadaría, pero...

—Mini —la interrumpió Aru—. Después de «¡se lo voy a decir a mi padre!», no deberías dar más explicaciones.

—Qué niña tan mimada —siseó Ek.

—Yo pensaba que era maja —dijo Do, las orejas aplastadas contra la cabeza.

—Es increíble que no me estén escuchando... —murmuró Mini, pasmada.

—¿Quizá porque has parecido una niña mimada? —sugirió Aru.

Ek, que había crecido hasta ser tan grande como una mansión de tamaño considerable, se echó a reír. No fue una risa amistosa.

—De nada os va a servir.

—Aru... —dijo Mini con voz estridente.

Aru tenía poca experiencia con los perros de la antesala al Reino de la Muerte. Pero sí tenía experiencia con perros normales. El verano pasado había sacado a pasear al caniche de la señora Hutton (Bobby) y casi se quedó sin brazo cuando el perro vio a un gato.

—Polvera —susurró Aru sin dejar de observar a los dos perros. Y después, en voz aún más baja, añadió—: Gato.

—¿Escogemos a cuál de las dos nos zampamos primero? —preguntó Ek—. ¿Piedra, papel o tijera?

—¡Tijera! —exclamó Do.

—¿Lo vais a echar a suertes? —les preguntó Aru.

Si era capaz de distraerlos, no verían que Mini hacía magia con la polvera.

—¡Pues claro que no! —dijo Do, emocionado—. ¡Estamos decidiendo con qué objeto empezamos a destriparos!

—Pero yo por aquí no veo tijeras —dijo Aru.

Do se quedó mirándola durante unos segundos, como si acabara de darse cuenta de que no tenía tijeras a mano.

—Ay, pues es verdad... —Do miró hacia Ek—. ¿Las podemos devorar sin despedazarlas con unas tijeras?

—Hablamos de las tijeras en sentido metafórico —dijo Ek.

—¿Eso qué es?

—«Metafórico» quiere decir simbólico, Do. De verdad, ¿es que nunca estás atento en clase? Una metáfora es una palabra que representa otra cosa. Aunque no tengamos tijeras, nuestras garras son muy afiladas. Harán de tijeras y cortarán...

—¿Cuál es el antónimo de «metafórico»?

—¡Literal!

—Pero entonces...

Mientras los perros discutían, Aru y Mini aprovecharon para confabular. De la polvera que Mini aferraba con las manos empezó a salir un humo morado. El humo cobró forma y le crecieron una cola y una cabeza.

—¿Preparada? —preguntó Aru.

—Preparada —dijo Mini. Estaba inclinada sobre el humo.

—¡Eh! ¡Ek, Do! —gritó Aru.

Se miró la mano, donde tenía la esfera brillante. La hizo rodar entre las palmas, deseando que no fuera tan pequeña. Nada más pensar aquello, la bola cambió. Creció hasta ser como una pelota de tenis.

Do ladeó la cabeza. De un lado de su boca colgaba una gran lengua rosa.

—¡No! —ladró Ek—. ¡Es una trampa!

—¡ES UNA PELOTA!

Aru lanzó la pelota lo más lejos posible. Do salió disparado para atraparla.

—Si crees que una pelota... —Ek seguía inmóvil.

Mini terminó el hechizo. Un gato morado y elegante saltó de sus brazos y se adentró en las tinieblas. Ek se quedó con los ojos como platos. Comenzó a mover la cola y la oscuridad empezó a vibrar a su alrededor. El rayo de luz que tenía justo detrás se iba ensanchando.

—¡Vámonooooos! —gritó mientras corría para perseguir al gato.

—¡Buen chico! —dijo Aru.

Mini y Aru se acercaron hacia la delgada puerta de luz. En cuanto las piernas de Aru abandonaron la negrura, solo fue capaz de pensar en una cosa.

A lo mejor tendría que decirle a su madre que adoptara un gato en vez de un perro.

# VEINTITRÉS

## La lista de almas

**A**ru y Mini dejaron atrás los ladridos de los perros y pasaron de una oscuridad absoluta a una luz cegadora. Aru entornó los ojos para intentar ubicarse.

Cuando por fin se acostumbró a la claridad, vio que se encontraban en una cola. Un rápido vistazo a su alrededor le confirmó que estaban en el lugar adecuado. Toda esa gente estaba muerta, sin lugar a dudas.

Una persona estaba en llamas. Bostezó y siguió metiendo un tenedor en el interior de una tostadora con expresión avergonzada. También había una pareja con un equipo de senderismo y la piel quemada por el sol y repleta de heridas feas y arañazos. Y al lado de Aru, moviéndose rápida y tranquilamente, se encontraba una chica calva con bata de hospital que abrazaba un conejo de seda. Todos estaban muy apretujados y la cola no paraba de crecer. Aru leyó las letras de un rótulo colgante de oficina que decía lo siguiente:

«KARMA & PECADOS
Fundado en el origen de los tiempos.

Nada de correo comercial, por favor.

(Desde el siglo xv hemos olvidado
lo que es la compasión. Se siente.)»

Alrededor de ellas se oían muchos murmullos.

—No entiendo nada de lo que dicen —musitó Mini.

Aru puso atención y captó algunas palabras. Tampoco las comprendía.

—Mini, ¿tú sabes hindi?

—Puedo pedir dinero y decir que tengo hambre —anunció Mini.

—Vaya. Qué útil.

—¡Sí que era útil! —exclamó Mini—. Cuando fui a la India y tuve que conocer a todos los parientes de mi madre, esas fueron las dos únicas frases que necesité.

—¿Nunca te enseñaron más?

—No —dijo Mini—. Mis padres no querían que mi hermano y yo nos confundiéramos en clase, por lo que solo hablaban inglés. Y mi yaya se enfadó cuando mi madre intentó enseñarme hindi, porque mi nombre ya era indio y pensó que su intención era que olvidara que también soy filipina. En casa se armó una buena. Yo no me acuerdo, era muy pequeña. Mi madre da una versión y mi yaya, otra. En fin. —Respiró hondo y, acto seguido, se animó—. Pero ¡sé algunas palabras en tagalo! Son horrorosas, como por ejemplo...

Pero antes de que Aru oyera lo que Mini iba a decir, un enorme altavoz se materializó en el aire y gritó:

—¡Siguiente!

Delante de ellas, un hombre alto y pálido avanzó un poco. En la pierna le brillaban unos fragmentos de metralla.

—*Anreip al ed airetra narg anu* —dijo educadamente—. *¡Daplucsid!*

—Rápido, Mini, pídele dinero en hindi, ¡a ver qué pasa!

—Aru, no creo que esté hablado hindi.

—¿Ruso, a lo mejor? Sonaba a ruso... —Aru miró al hombre a los ojos—. *¿Camarrada?*

El tipo esbozó la típica sonrisa incómoda que solemos esbozar cuando estamos muy confundidos. Mini sacó la polvera y Aru lo pilló enseguida. Si la polvera veía más allá de los encantamientos, a lo mejor también veía más allá de los idiomas. Mini la abrió. El espejo era ahora una pantallita donde aparecían las palabras de aquel hombre en azul y eran traducidas para que Mini las entendiera.

—¡Está hablando del revés! —dijo Mini. Levantó la polvera para que Aru viera las palabras, escritas con tinta verde:

«Una gran arteria de la pierna. ¡Disculpad!»

—¿Cómo es que los muertos hablan hacia atrás? —preguntó Aru.

Mini movió la polvera de un lado a otro, como si intentara pescar y leer todo lo que los muertos decían a su alrededor.

—¿Quizá porque ya no pueden ir hacia delante en la vida?

—*Satreum siécerap on.* —El hombre frunció el ceño.

En el espejo leyeron: No parecéis muertas.

Aru escribió una respuesta y a continuación la pronunció entre titubeos.

—¡*Saicarg*! *Sanimativ sal rop se.* —«¡Gracias! Es por las vitaminas.»

—¡Siguiente! —tronó el altavoz.

Volvieron a avanzar un poco más. El rótulo de neón de Karma & Pecados brillaba bastante. Más adelante, la gente de la cola hacía un montón de cosas. Unos cuantos se atravesaban unos a otros. Había quien avanzaba a gatas y murmuraba algo en voz baja.

Junto a Aru, Mini estaba muy rígida.

—¿Cómo puedes mirar eso? —susurró. Daba la impresión de que en breve se echaría a llorar.

—¿Mirar el qué? Es un letrero, como los que hay fuera del despacho de un abogado —dijo Aru—. ¿Por qué? ¿Tú qué ves?

Mini abrió los ojos de par en par.

—Sí, sí. Yo veo lo mismo. —Apartó la mirada.

Mini no sabía mentir, pero tampoco dijo la verdad. Aru sospechaba que su hermana veía algo más que el cartel de Karma & Pecados. Fuera lo que fuera, estaba claro que no le gustaba nada.

La cola que tenían delante se iba reduciendo poco a poco. Ahora, Aru y Mini se encontraban cerca de la cabeza.

—¿Crees que el Reino de la Muerte tiene el mismo aspecto para todo el mundo? —preguntó Aru.

—Lo dudo —dijo Mini—. A lo mejor es como el Carrefour. Todos lo vemos diferente.

—Mmm. ¿Dónde está el hipopótamo que mastica gente?

—Diría que eso es mitología egipcia, Aru.

—Ah.

A Aru le habría encantado tener más idea de lo que se iban a encontrar cuando cruzaran la siguiente puerta.

Lo único que sabía era que las armas celestiales se guardaban en alguna parte de ese reino. Pero ¿dónde? Y ¿dónde iban a encontrar el Pozo del Pasado? ¿Y si se equivocaba y lo confundía con un pozo distinto que era diez veces peor? Como el Pozo Que Parece del Pasado Pero Que en Realidad Es Una Tortura Eterna.

Hasta ahí, el Reino de la Muerte era estar de pie en una cola absurdamente larga. Como en un bufet libre o en la Jefatura de Tráfico a la que a veces la arrastraba su madre, cuyos trabajadores estaban tan subiditos como cabreados.

La puerta que tenían delante se abrió.

—¡*Soevom!* —les gritó la anciana cascarrabias que estaba detrás de ellas. En los brazos llevaba un gato atigrado de color naranja.

Mini levantó la polvera para que Aru viera la palabra: Moveos.

Aru se deletreó la respuesta adecuada en la mente y la gritó cuando atravesaron la puerta:

—*¡Edrob!*

Dentro de la sala, un hombre con mirada amable y una protuberante nariz estaba sentado a un escritorio. A Aru le recordaba un poco al director de su instituto. El señor Cobb a veces sustituía a la profesora de Ciencias Sociales y siempre se las apañaba para contarles una historia sobre la guerra de Vietnam, por más que en clase tocara estudiar las civilizaciones antiguas.

Aquel hombre se las quedó mirando. En el escritorio, siete versiones de sí mismo en miniatura corrían de un lado a otro con bolígrafos y montañas de papel a cuestas. También discutían entre sí.

—Su certificado, por favor —dijo el hombre—. Deben de haberlo recibido al expirar.

—¿Papá? —murmuró Mini tras inspirar bruscamente.

Los siete hombrecillos dejaron de correr y miraron a Mini.

—No tienes mi nariz, así que no lo creo —dijo él, impertérrito—. Además, creo que alguna de mis esposas me lo habría dicho. Pero hay otra manera de saberlo. —Tosió fuerte—. Ayer compré huevos en un supermercado humano. La cajera me preguntó si los quería en una bolsa separada. «¡No!», le dije. «¡Déjalos dentro de la cáscara!»

Mini parpadeó. Aru sintió una oleada de lástima hacia los hijos de ese hombre.

—¿Nada? —resopló él—. ¿Ni una sonrisilla? Bueno, pues es definitivo. Todos mis descendientes tienen mi nariz y mi sentido del humor. —Se rio por lo bajo—. Debo decir, eso sí, que afirmar que eres mi hija para evitar la muerte es una estrategia muy inteligente. —Se giró hacia una de sus copias en miniatura—. ¡Escríbelo para mis memorias! —A continuación, se dirigió de nuevo hacia Aru y Mini—. En fin, ¿me dejáis vuestros certificados?

—No tenemos —dijo Aru.

—Pues claro que sí. Estáis muertas, ¿verdad?

—Bueno, en realidad... —comenzó a decir Mini. Estaba gesticulando con la mano, preparada para relatar su extraña situación, cuando la polvera se precipitó de su palma y aterrizó sobre el escritorio con un sonoro plof.

El hombre se inclinó para echarle un vistazo. Sus siete versiones en miniatura soltaron lo que llevaban y corrieron hacia la polvera.

Aru recorrió la mesa con la mirada y vio una plaquita de latón que decía: «CHITRAGUPTA». También había una taza con la frase «EL MEJOR PADRE DE LOS 14 MUNDOS». Detrás de él se alzaban numerosos armarios, estanterías y pilas y pilas de papeles. Aru tardó unos instantes en recordar a Chitragupta de las leyendas. Era el encargado de archivar lo que hacían las almas, fuese bueno o malo. Por eso el karma era importante. Como a menudo le decía su madre: «Chitragupta lo verá y lo apuntará todo».

Aru no estaba segura de creer en el karma. El refrán de «se recoge lo que se siembra» le sonaba sospechosamente conveniente. Pero la vez que exclamó «el karma no existe», salió de casa y un pájaro se le cagó en la cabeza. En fin, a saber.

—¿De dónde has sacado ese espejo, niña? —le preguntó Chitragupta.

La mayoría de adultos directamente la habrían acusado de haberlo robado. Pero Chitragupta no. A Aru le gustó el detalle.

—Me lo dieron durante la Reclamación.

—La reclamación... Un momento. *¿La Reclamación?* —Chitragupta abrió más los ojos—. Creo que no ha habido una Reclamación desde... —Se levantó de la silla—. ¡Mirad en los registros!

El caos se apoderó de la sala. Aru y Mini retrocedieron cuando las siete versiones en miniatura de Chitragupta saltaron a su interior y desaparecieron en su cuerpo. Él volvió a sentarse en la silla con la mirada vidriosa. Entonces, sus ojos relampaguearon, crujieron y empezaron a proyectar palabras.

Cuando Chitragupta terminó de leer el texto, volvió a inclinarse hacia delante. Tenía lágrimas en los ojos.

—Nunca había sido una chica —dijo, mirando a Mini y a Aru alternativamente—. Qué inusual...

Aru se abrazó a sí misma y se preparó para volver a escuchar eso de que ellas no podían ser las heroínas, que eran demasiado débiles, demasiado jóvenes o demasiado... chicas.

—Y ¡qué innovador! —exclamó. En su camisa ahora se leía: «ESTA ES LA CARA DE UN FEMINISTA»—. ¡Abajo el patriarcado! ¡R-E-S-P-E-T-O! Etcétera, etcétera. Y también habéis superado la barrera de Ek y Do. Muy bien, muy bien.

—¿Nos ayudarás, pues? —Mini se había animado—. Necesitamos despertar las armas celestiales y, después, debemos ir hasta el Pozo del Pasado para descubrir cómo evitar que el Durmiente ponga fin al tiempo para siempre.

—Oh, ya veo que es urgente —dijo Chitragupta. Cogió su taza y le dio un sorbo—. Por desgracia, no se me permite ayudar. Ni siquiera el dios Yama os podría ayudar, pequeñas.

—¿Él... sabe que estamos aquí? —preguntó Mini, roja como un tomate.

—Sin duda.

—Y ¿no quiere... no sé... conocerme?

—Ay, hija. —La expresión de Chitragupta se suavizó—. Seguro que sí. Pero lo cierto es que tarde o temprano te conocerá, de una manera o de otra. Tu alma, tu parte inmortal, es lo más importante, no tu cuerpo. Los dioses ya no nos involucramos en asuntos de mortales.

—¿No puedes hacer una excepción? —le preguntó Aru.

—Si pudiera, ¿no pensáis que habría ayudado a los héroes que llegaron antes que vosotras? Eran seres brillantes y resplandecientes. Como estrellas vivas. Por vosotras solo puedo hacer lo que hice por ellos.

—Que es...

Chitragupta suspiró y extendió las manos. Encima de la mesa aparecieron dos fichas de color marfil, dos cuadrados planos con pantalla, como iPhones chiquititos.

—Ojalá hubiera más, pero es que habéis vivido muy poco.

Aru cogió una de las fichas. En la superficie vio destellar imágenes de sí misma. En una le sujetaba la puerta a una mujer joven que llevaba un montón de libros. En otra, fregaba los platos en la cocina. En la siguiente, tapaba con una manta a su madre, que se había dormido.

—¿Qué es esto? —quiso saber Mini.

—Buen karma —dijo Chitragupta—. Deberían permitiros pasar al menos por algunas de las cosas que están enterradas en estas salas. En el Reino de la Muerte hay muchísimas estancias. Muchos lugares que os dejan entrar pero no salir. Lo único que os puedo decir es que debéis seguir las señales y encontrar vuestro propio camino. Las almas celestiales están cerca del Pozo de la Reencarnación. Justo al lado del Pozo de la Reencarnación hallaréis el Pozo del Pasado.

—¿Solo hay una manera de llegar hasta allí? —preguntó Aru. Estaba pensando en el práctico truquillo que les había enseñado Bu: para ir a un sitio solo tenían que mirar de reojo y establecer contacto.

Al acordarse de Bu sintió un nudo en el corazón. ¿Estaría bien? Ella esperaba que sí, esperaba que estuviese felizmente dormido. En el fondo, sin embargo, temía que no fuera el caso...

—Ah, no tengo ni idea. Hay cientos de caminos. Algunos pavimentados, algunos de piedra y otros con socavones.

Una de las miniaturas de Chitragupta dio un brinco hasta su hombro, trepó hasta su cara y le rascó la nariz mientras él hablaba. Aru intentó que sus cejas no se alzasen demasiado y le abandonaran la frente.

—Ni siquiera yo sé lo que vais a encontrar en el Reino de la Muerte —dijo Chitragupta—. Las cosas y los lugares se desenvuelven en la muerte de manera diferente a los humanos. Cosas que antes fueron reales ahora no son más que meras historias. Cosas olvidadas padecen su propia muerte, pues jamás se reencarnan en nada nuevo.

¿Cosas olvidadas?

Aru quería creer que eso quería decir que encontrarían objetos como pelotas de baloncesto deshinchadas, calcetines desparejados y horquillas. O el bolígrafo que habrías jurado que metiste en el bolsillo de la mochila y que desapareció cuando fuiste a por él. Pero Aru sabía que eran castillos en el aire.

Mini miraba más adelante, hacia la puerta que se alzaba detrás de Chitragupta. Estaba hecha de ónice pulido.

—¿Cuándo fue la última Reclamación? —preguntó Mini.

—Justo antes de la Segunda Guerra Mundial.

—No puede ser... —murmuró Aru—. Bu nos comentó que el último hermano Pandava había sido un profesor de yoga o algo así.

—Ah, él —dijo Chitragupta. Puso los ojos en blanco—. ¡Era imposible que ese hombre dejara tranquilos a los muertos! No paraba de insistir en que debían aprender técnicas de respiración. Consiguió que algunos desearan volver a morir, que ya es decir. Fue un Pandava latente. Sus poderes divinos estaban escondidos, hasta de sí mismo, y no sucedió ninguna calamidad que forzara el despertar de su divinidad interior. A veces no sabes lo especial que puedes llegar a ser. A veces necesitas momentos de terror o de felicidad para desatar ese conocimiento, si lo deseas.

—Los últimos, los de la Segunda Guerra Mundial... ¿Al final consiguieron superar el Reino de la Muerte y llegar hasta las armas celestiales?

Chitragupta suspiró y se apoyó en el respaldo de la silla. A pesar de que tenía el aspecto de un hombre joven, en su mirada se apreciaba un brillo muy viejo y cansado.

—Se libró una guerra, ¿no es así? —dijo con una sonrisa triste.

# VEINTICUATRO

Desafiar, desordenar, desdeñar

Chitragupta se negó a despedirse de ellas sin darles algo de comer.

—Creo que soy vuestro tío —dijo, deambulando por el despacho—. O, por lo menos, compartimos algún que otro rasgo divino. ¡Espero que volváis! No he tenido la oportunidad de entreteneros con mis historias y ensayos. ¿Os he hablado de la vez que entrevisté a un caracol? No creeríais lo rápido que hablaba. A toda velocidad.

Sacó una caja de galletas de un archivador. La abrió y le ofreció una a Mini, que la husmeó.

—¿Por qué huele a... a libros?

—Ah, ¡son galletas de sabiduría! Las he cocinado yo mismo. El secreto es que los libros estén a temperatura ambiente antes de mezclarlos. A la mente no le conviene una escritura fría.

—¿Ah, no?

—Guárdatela para luego —dijo Chitragupta mientras arrebataba la galleta de las manos de Mini y la devolvía a la caja. Su ropa había vuelto a cambiar. Ahora llevaba un delantal con la frase: «NO BESES AL COCINERO. TIENES MUCHOS GÉRMENES»—. Y no os las comáis todas de una vez. U os sentiréis un poco mareadas. O vacías.

—¡Gracias, tío! —dijo Mini.

—Y no os deshidratéis o...

—¡O moriréis! —exclamaron Mini y Chitragupta al unísono.

Se miraron el uno al otro con una cara que expresaba tan claramente «¡seguro que somos familia!» que a Aru le dieron ganas de estampar a Mini contra la puerta. Varias veces.

—Sí, gracias, tío —dijo Aru.

Chitragupta les dio a las dos una palmadita en la cabeza y les entregó dos gotitas de un líquido naranja brillante. Parecía una llamarada capturada.

Pues menos mal que no quería que se deshidrataran. Aquello ni siquiera podía considerarse un sorbito, pero Aru se lo tragó obedientemente.

Un cálido resplandor se extendió por sus huesos. Ya no se notaba el cuello seco. Entre el sorbo de ese líquido y uno de los pastelitos de Primavera, Aru se sentía lúcida y aguda.

—Los muertos tienden a dejarnos secos y cansados. Un poco de *soma* diluido siempre da resultados.

—¿*Soma*? —repitió Mini—. ¿La bebida de los dioses?

—Sí, y por eso hay que diluirlo un poco. Si no, puede causar la muerte. También a los semidioses.

—Qué pena que no nos vuelva inmortales —dijo Aru—. Así seguro que recorreríamos vivas las salas del Reino de la Muerte.

—Tú debes de ser la hija de Indra. —Chitragupta la observaba con perspicacia.

—¿Qué te hace pensar eso? —Aru levantó las cejas.

—¿Sabíais que Arjuna, el hijo Pandava de Indra, fue uno de los mejores guerreros de la historia del universo?

Aru se puso a la defensiva.

—Solo porque Arjuna fuera un guerrero estupendo y porque tengamos la misma alma, no necesariamente voy a ser una gran guerrera, que lo sepas.

—¡Aru! —la regañó Mini.

—Lo siento —dijo.

Pero no lo sentía, y estaba segura de que Chitragupta lo sabía. Aun así, él no se enfadó. Al contrario: sonrió.

—Lo que hizo grande a Arjuna no fue su fuerza ni su valor, sino la manera como eligió ver el mundo que lo rodeaba. Buscaba por todos lados, hacía preguntas y dudada. Tú también eres perceptiva, Aru Shah. Lo que hagas con esas percepciones depende de ti.

A Aru se le pusieron los pelos del brazo de punta. Durante unos instantes, pensó en la gigantesca biblioteca del Bazar Nocturno y en el libro que llevaba su nombre. A lo mejor su imaginación no estaba destinada a meterla siempre en líos. A lo mejor hasta podría serle útil y ayudarla a salvar a gente.

Chitragupta dejó de mirarla y dio dos palmadas.

—Muy bien, pues ¡andando!

Mini y Aru llegaron a la puerta en el mismo momento en que Chitragupta les gritó:

—¡Un momento!

—¿Quéééé? —preguntó Aru.

No es que estuviera particularmente ansiosa por embarcarse en un viaje hacia una muerte bastante segura, sino que con los tíos y las tías indios siempre había «¡una última cosa!». Lo experimentaba cuando su madre la llevaba consigo a las fiestas. Sus parientes empezaban a despedirse en el comedor y después estaban otra hora despidiéndose junto a la puerta. Al final era inevitable que se pasaran así media visita.

Si no se iban ya, probablemente no se irían nunca.

—Tomad esto —dijo Chitragupta. Alargó la mano y les enseñó el bolígrafo que tenía en la palma.

—¿Para qué sirve? —inquirió Mini.

—¿A ti qué te parece? —preguntó Chitragupta—. ¡Es un boli! ¡Sirve para escribir!

—Ah. Pues ¿gracias? —dijo Mini.

—No hay de qué. No os puedo ayudar a vencer al Durmiente, pero tal vez esto os resulte útil en algún momento. Estéis donde estéis y escribáis lo que escribáis, yo recibiré el mensaje. Y si puedo, os responderé.

Con un último adiós, se fueron de allí.


En cuanto cerraron la puerta que tenían a sus espaldas, todos los viejos miedos de Aru reaparecieron.

—Me cae bien —dijo Mini.

—¡Normal! Prácticamente sois la misma persona.

Las salas del Reino de la Muerte que se desplegaban delante de ellas comenzaron a crecer. Los colores se fusionaron y se estiraron para formar tres pasadizos. Enseguida vieron los rótulos que había en la parte superior:

«DESAFIAR

DESORDENAR

DESDEÑAR»

Había una flecha junto a cada uno de los letreros.

La de DESAFIAR apuntaba hacia abajo a la derecha. Era un pasadizo azul.

La de DESORDENAR apuntaba hacia abajo a la izquierda. Era un pasadizo rojo.

La de DESDEÑAR apuntaba hacia arriba, hacia la nada.

Bajo sus pies, el suelo era de mármol pulido, y el techo estaba formado por un extraño río tortuoso de nombres que, supuso Aru, pertenecían a los muertos.

—¿Pastilla roja o pastilla azul? —dijo Aru en su mejor imitación de Morfeo.

—¿Qué pastilla? Es un camino rojo o uno azul, Aru.

—¡Ya lo sé! ¡Es una cita de *Matrix*!

—Pero una matriz no tiene nada que ver con el color. —Mini parpadeó—. En matemáticas, una matriz es...

—*Matrix*, no «matriz» —gruñó Aru—. Ay, Mini, no puedo contigo. ¿Nunca ves pelis antiguas? —Sacudió la cabeza y apuntó hacia delante—. ¿Qué camino deberíamos coger? ¿Por qué no hay un cartel que diga «ARMAS

DE DESTRUCCIÓN CELESTIAL» y uno de «LOS DEMÁS SON UNA TRAMPA»? Nos sería de gran ayuda.

Mini rio.

—¿Y si probamos con DESAFIAR?

—¿Por qué?

—Bueno, porque... ¿estamos desafiando al Durmiente para salvar el tiempo?

—¿Y estamos haciendo eso? ¿O estamos deambulando asustadas e intentando salvar lo que nos gusta?

«Y a la gente a la que queremos», pensó Aru con una punzada.

—Eso no suena muy heroico... —murmuró Mini.

—¿Qué tal DESORDENAR? —preguntó Aru—. Como si fuéramos a desordenar el equilibrio natural de las cosas.

—No creo que sea correcto —dijo Mini—. Da a entender que estamos haciendo algo malo, y no es así.

—Vale. ¿Qué significa «desdeñar»?

—Ahora lo busco —dijo Mini, y revolvió el interior de su mochila.

Aru pensaba que usaría la polvera, pero en lugar de eso, Mini extrajo un diccionario de bolsillo.

—¿En serio? —se asombró Aru—. De todas las cosas que consideraste llevar a una misión celestial, ¿cogiste un diccionario de bolsillo?

—¿Qué pasa? Me gusta estar preparada —se defendió Mini—. ¿Qué cogiste tú?

—Yo no cogí nada —dijo Aru—. ¿Quién se va a poner a coger cosas cuando se entera de que el mundo va a llegar a su fin...?

—«Desdeñar» —la hizo callar Mini—. Significa «tratar con desdén a alguien o algo».

—Ninguna de las opciones tiene sentido —dijo Aru—. ¿Y si intentamos caminar en una dirección diferente? ¿Entre los carteles, por ejemplo?

Y lo intentaron, pero se chocaron con una pared de aire. Algo impedía que dieran un solo paso que no fuera en una dirección específica. El único lugar al que no podían acceder era al pasadizo de DESDEÑAR, porque debía de ir hacia arriba y no había escaleras ni nada parecido.

—Chitragupta nos podría haber dicho qué camino escoger —refunfuñó Aru—. Somos casi familia. Lo ha dicho él mismo.

—Pero entonces nosotras no...

—Sí, ya lo sé. La formación del carácter, blablablá, y el mundo que no podría ser salvado. Es demasiada presión. Además, ¿nuestros cerebros se han desarrollado del todo? No deberíamos ser nosotras las que tomasen estas decisiones...

—¡Aru! ¡Eso es! —exclamó Mini.

—Vale, ahora sí que estoy preocupada. No he dicho nada que fuera bueno.

—No somos lo bastante inteligentes —dijo Mini.

—Yo también te quiero.

—Pero lo podemos cambiar.

Mini sacó de la mochila la caja con las galletas de sabiduría.

—¿Galletas de libros? —preguntó Aru con una mueca—. Muy bien, vale. Dame una.

Mini echó un vistazo al interior de la caja y después volvió a rebuscar en su mochila.

—Solo hay una.

Se quedaron mirándose la una a la otra. En un acto reflejo, los dedos de Mini se posaron sobre la galleta. Aru vio cuánto le importaba a su amiga.

—Para ti —dijo Aru—. Tu alma es la misma que la de Yudhisthira, y a él siempre se le ha conocido por ser el más sabio de todos los hermanos. Esa galleta tiene tu nombre grabado. Además, yo no necesito más sabiduría. Reventaría.

—Gracias, Aru. —Mini se ruborizó.

—¿Cuánto dura la sabiduría?

—Creo que solo hasta que se haya tomado la decisión en cuestión —le contó Mini.

—¿Cómo lo sabes?

—Porque lo pone en el reverso de la caja.

Cómo no, la duración de las galletas de sabiduría estaba incluida junto a la información nutricional.

—¡Anda! —dijo Mini—. ¡Lleva la ración diaria necesaria de potasio y de zinc!

—Alegría.

Mini dio un mordisco a la galleta.

—¿A qué sabe? —le preguntó Aru.

—Sabe a ahumado. Y a frío. Como la nieve. Creo que, supuestamente, sabe a mi libro favorito.

—¿Cuál es tu libro favorito?

—*La brújula dorada*. —Mini dio un segundo bocado a la galleta.

—No lo he leído.

—¿De veras? —le preguntó Mini, estupefacta—. Cuando volvamos a casa te lo dejaré.

Casa. Una casa que estaba repleta de libros que Aru nunca abrió porque era su madre la que le leía. A Aru le costaba recordar cosas que leyera ella, pero si las oía no las olvidaba nunca. Quizá por eso su madre le había contado tantísimas historias. Tal vez no le había dicho nada sobre ser una Pandava, pero al menos le explicó cuentos y leyendas que, de algún modo, la prepararon para lo que le esperaba. «Mamá», pensó Aru, «te prometo que, en cuanto vuelva a casa, te daré las gracias».

—Ay, no —se lamentó Mini.

—¿Qué? ¿Qué pasa?

Mini levantó la mano para enseñar el símbolo que ocupaba su palma:

—¿Otro garabato del fin del mundo? —preguntó Aru—. Vale, a ver, se parece a un dos, que sería catastrófico, pero ¿a lo mejor es un cuatro?

—Es un dos.

—¡Noooo! ¡Traición!

¿Solo quedaban dos días? ¿Y aún tenían que explorar el Reino de la Muerte en su totalidad?

Mini se comió el resto de la galleta de sabiduría.

—¿Sientes más sabiduría? —quiso saber Aru, ansiosa.

—No.

—¿Y más calor? O ¿hinchazón? ¿Como si estuvieras llena de aire caliente?

Pero Mini no le prestaba atención. Estaba mirando fijamente hacia los tres carteles.

—Desdeñar —susurró—. Esa es la respuesta.

—¿Por qué?

—Es una especie de acertijo —dijo Mini—. Mirar con desdén es mirar hacia abajo, con aires de superioridad. La flecha que apunta hacia arriba es una trampa, porque la idea es que debemos mirar hacia lo que nos espera más abajo. Como cuando te toca elegir y no quieres elegir y te sientes reacio a hacerlo.

—Vaya —exclamó Aru—. ¿Has sacado todo eso de una galleta? ¿Seguro que no te queda un trocito?

Le arrancó la caja de las manos a Mini y la agitó. No. Ni siquiera una migaja. Mini le sacó la lengua.

Al lado del cartel «Desdeñar», en el suelo de mármol, se formó un agujero.

—¿Por qué se abre justo ahora? —se extrañó Aru.

—Seguro que porque miramos hacia abajo y no hacia arriba.

Se asomaron al agujero. A lo lejos brillaba algo. Una extraña fragancia salía de la cavidad. Asombrosamente, era el mismo olor que el del piso de Aru en el museo: olor a cerrado, té chai, velas de lavanda y libros viejos.

—Bajemos por orden alfabético —dijo Mini.

—¡Ni hablar! Mi nombre empieza por A. Además, es tu reino. Más o menos. Tú primera...

—La manera de llegar hasta aquí se me ha ocurrido a mí.

—¡Solo porque yo te he permitido zamparte la galleta!

—Chitragupta me la ha dado a mí...

Aru respiró hondo y lo resolvió de la única manera justa y lógica que podía imaginar.

—¡Casa! —gritó mientras daba un paso hasta tocar el cartel.

Mini, que debió de anticipar la picardía de Aru, también reaccionó. Pero giró la cabeza tan deprisa que se le cayeron las gafas. En el agujero.

—Grrrr —gruñó Mini—. Eres lo peor, Aru.

Y dicho esto, saltó a por ellas.

# VEINTICINCO

## Lo que los ojos ven
## (y lo que no)

El descenso no estuvo mal. Fue como un tobogán acuático, pero sin el agua. Las expulsó en un bosque.

Pero en aquel lugar había algo raro.

La verdad es que Aru no tenía mucha experiencia en bosques. Una vez, su madre la llevó a San Francisco. Al principio pareció que iba a ser un viaje aburrido, porque se pasaron toda la mañana con la curadora del Museo de Arte Asiático. Pero después de comer fueron al Parque Nacional de Muir Woods. Caminar por allí fue como un sueño delicioso. Olía a menta. La luz del sol era suave y estaba algo difuminada, a duras penas llegaba hasta el suelo del bosque porque los árboles eran muy altos y espesos.

Sin embargo, ese lugar, metido en un bolsillo del Reino de la Muerte, no daba la sensación de ser un bosque. Aru husmeó el aire. No había ningún perfume de verdor ni de viveza. No olía ni a madera ni a húmedo.

No olía a nada de nada.

—No parece tierra. —Mini pateó el suelo.

Aru se agachó para comprobarlo. Pasó los dedos por el suelo y vio que era seda.

Se acercó a uno de los árboles dispuesta a arrancarle una rama e inspeccionarla, pero no pudo porque atravesó el tronco.

—¡No es real! —exclamó Mini. Saltó a través de otro árbol—. ¡Es increíble!

La luz iluminaba un pequeño charco de agua.

—¿Esto qué es, un trampolín? —se rio Mini mientras brincaba hacia el agua. Pero en cuanto aterrizó, el líquido se le quedó pegado a las piernas. Y empezó a tirar de ella. Cada segundo que pasaba, Mini iba desapareciendo en las...

—¡Arenas movedizas! —chilló Mini. Empezó a forcejear para escapar.

—¡Para! —le gritó Aru—. ¿No has visto ninguna película o qué? ¡Si no te estás quieta morirás aún más rápido!

—Arenasmovedizasarenasmovedizas —gimoteo Mini—. No quiero morir aquí. ¡Mi cuerpo se quedará intacto para siempre, como una momia del pantano! ¡Me convertiré en una página de la Wikipedia!

—No te vas a morir, Mini. ¡Para de gritar y déjame pensar un momento!

Se le ocurrió coger una rama para sacar a Mini de ahí, pero las ramas no eran reales. Aru corrió entre un par de árboles. ¿Y si había algún árbol auténtico oculto en aquel bosque? Pero no.

—¡Aru! —aulló Mini. Ya se había hundido hasta el cuello. Un poco más y no iba a ser capaz ni de gritar. Movió los brazos en el aire, desesperada.

—¡Ya voy! —dijo Aru, volviendo atrás.

Y tropezó. Se preparó para la caída, pero claro, la tierra de seda era muy blanda. Aru cayó con un suave chof. Cuando quiso darse cuenta, estaba agarrando pliegues de esa «tierra» con sus manos.

—Eso es —susurró Aru.

Levantó un poco de seda del suelo. Se convirtió en una cuerda oscura y fina. Aru se la lanzó a Mini, que ya estaba enterrada hasta la barbilla.

Mini se aferró a la cuerda, pero las arenas movedizas la empujaban hacia abajo.

—¡No! —gritó Aru.

Tiró de la cuerda con todas sus fuerzas. En circunstancias normales, no habría sido capaz. En circunstancias normales, era probable que Aru también se hubiera caído en las arenas movedizas, y ahora ambas serían dos tristes páginas de la Wikipedia.

Pero la preocupación por un amigo convierte las circunstancias normales en anormales. En ese momento, Aru supo que Mini era su primera amiga de verdad en muchísimo tiempo... y que no pensaba, que no podría, perderla.

Mini respiraba con dificultad cuando Aru la levantó y la dejó sobre el suelo sedoso.

Aru estaba anonadada. Lo había logrado. La había salvado. Aunque hubiera encarado a un demonio y engañado a las estaciones, era la primera vez que sintió que había hecho algo mágico.

Mini farfullaba y tosía.

—Había un tiburón ahí abajo. —Se estremeció, agarró un poco de seda y empezó a secarse el pelo—. ¡Un tiburón! Y ¿sabes lo que me ha dicho? Me ha dicho: «¿Es verdad que vuestros tiburones no hablan?». No le he podido contestar, porque justo me has sacado de ahí.

—¿Así es como me vas a dar las gracias?

—¿Por qué iba a dártelas? —le preguntó Mini—. Sabía que podrías hacerlo.

«Sabía que podrías hacerlo.»

—Vale. —Aru reprimió una sonrisa—. La próxima vez dejaré que te ahogues un poquito más.

—¡No! —gimió Mini—. Morir ahogada ocupa el número tres en mi lista de «las diez maneras en que no quiero morir».

—¿Quién escribe una lista así?

—Yo creo que ordenar información terrorífica hace que en realidad esté menos aterrorizada.

Cuando Mini hubo terminado de secarse, miraron hacia el camino que se abría ante ellas. La senda que serpenteaba por el bosque tenía el mismo color que el cartel de «DESDEÑAR».

—¿Crees que conducirá a otra sala? —preguntó Aru.

—Quizá. Ojalá volviéramos a tener un mapa —dijo Mini con los ojos entrecerrados para examinarse la mano.

Desde que habían llegado al Reino de la Muerte, el tatuaje *mehndi* se había vuelto más y más claro, como siempre ocurría, porque no era permanente. Pero ahora, de los dibujos fantásticos ya solo quedaban las olas apenas visibles de los dedos y los números sánscritos oscuros de las palmas.

El bosque trazaba un arco por encima de sus cabezas. En ese lugar incluso había un cielo. Pero teniendo en cuenta que allí todo estaba patas arriba, Aru se preguntó si era cielo o mar. A lo mejor la luna en realidad era de queso.

—¿Este sitio te resulta familiar? —preguntó Mini. Se frotó los brazos como si tuviera escalofríos.

—No.

Aru se acordaría de un sitio con aquel aspecto. Pero no podía negar el olor que apreció nada más saltar en el camino de DESDEÑAR. Olía a... a casa.

Todavía estaba pensando en eso cuando se dio un golpe de lo más duro. Todos los árboles que habían visto hasta el momento eran intangibles, por lo que Aru los atravesaba directamente. Estaba pasando por uno de los troncos, sin fijarse demasiado por dónde iba, cuando se dio un tortazo en la nariz. Un supertortazo.

—¿Qué d...? —murmuró con una mirada asesina.

Era la ladera de un acantilado. Una pared rocosa y negra brillaba por el agua. No, era una catarata dura. Aru extendió el brazo para tocarla con cuidado. Parecía agua fría de verdad y caía en cascada por sus dedos. Pero cuando Aru intentó atravesarla con la mano, encontró resistencia. Dura como una piedra.

—Otra ilusión —dijo Aru—. Aunque está más conseguida que las demás.

A su lado, Mini palideció.

—¡Aru, eso es! ¡Creo que ya sé dónde estamos!

Mini cerró los ojos y apoyó la mano en el salto de agua. Empezó a toquetear la superficie y, al cabo de unos segundos, su mano se detuvo de manera abrupta. Debía de haber encontrado lo que andaba buscando, porque de pronto abrió los ojos. Detrás de la cascada, Aru oyó un ruido muy leve. Parecía una llave que se metía en una cerradura.

Unos instantes después, la catarata se abrió.

Al final no era una cascada, sino una puerta secreta.

—Como en las historias sobre el Palacio de las Ilusiones —exhaló Mini.

—¿La que habla es tu galleta de sabiduría o tú?

—Yo —dijo Mini arrugando la nariz—. Me acuerdo de esa historia porque mi madre nos llevó a mi hermano y a mí a un parque de atracciones. Me la contó cuando estábamos en ese sitio que tiene espejos rarísimos...

—¿La casa de la risa?

—Eso, sí. Me dijo que los Pandava vivían en un lugar como ese. Un famoso rey demonio, que también era un gran arquitecto, se lo construyó.

Aru recordó haber oído aquella historia. Como recompensa por haberle perdonado la vida, el rey demonio Mayasura accedió a construirles a los hermanos Pandava el palacio más bonito que jamás se hubiera edificado. Acogía ilusiones que desconcertaban la mente y agudizaban los sentidos. Eran tan convincentes que un príncipe enemigo (que también era primo de los Pandava), cuando fue de visita, cayó por una baldosa del suelo, que en realidad era de agua, y estuvo a punto de torcerse el pie al aterrizar sobre una piscina que resultó ser una superficie de zafiros pulida astutamente.

—¿Y si es el palacio original? —preguntó Mini—. Quizá por eso supe cómo abrir la puerta, ¿no?

—¿Qué más da que lo sea? Tampoco es que vayamos a recordar nada de nuestras vidas pasadas. Es solo una casa, ya está. Y dudo que sea el auténtico Palacio de las Ilusiones. ¿Por qué iba a encontrarse aquí, además? Nosotras no vivíamos en el Reino de la Muerte...

—El tío Chitragupta nos ha dicho que aquí encontraríamos todo tipo de cosas, incluso cosas olvidadas. —Mini fruncía el ceño—. ¿Y si el palacio, cuando la gente se olvidó de él, se trasladó al bosque?

—¡Es una casa! No una persona —dijo Aru.

Pero Mini no estaba convencida del todo. El camino conducía hasta la puerta de la cascada y a su alrededor no había otras rutas.

—Supongo que tenemos que entrar en el palacio, ¿verdad? —preguntó con una voz que era poco más que un susurro—. No me apetece nada. Ni siquiera pude recorrer entera la Mansión Encantada de Disney World. Mi padre me tuvo que sacar.

—Bueno, si tenemos que ir por aquí, no nos va a pasar nada. Es un palacio. Por dentro a lo mejor es un poco raro, pero ¡ya hemos visto un montón de cosas raras durante el viaje! Como un cocodrilo con una puerta mágica y los perros de la Puerta de la Muerte, y no quiero pensar qué más. Sobrevivirás a un par de piedras, unas cuantas estatuas y algunas ilusiones ópticas. Confía en mí.

—Vale, si tú lo dices... —Mini respiró hondo.

—Además, piénsalo así: si dentro hay algún encantamiento, tienes la polvera mágica. Muévela de un lado a otro y mira de reojo.

Mini asintió, se puso más recta y abrió la puerta.

Aru entró detrás de ella. La puerta de piedra se cerró y dejó atrás el ruido de la cascada, de modo que dentro reinaba un gran silencio. ¿Así era como todos entraban en el palacio de los Pandava? Durante unos instantes, Aru se puso a pensar en la vida que, por lo visto, había vivido miles de años antes. ¿Cuántas veces se habría chocado su viejo yo con esa dura cascada? O a lo mejor Arjuna nunca se golpeaba la cabeza con nada. No tenía ningún sentido que compartieran la misma alma y fueran completamente diferentes.

Bajo sus pies, el polvo cubría el suelo del palacio. Se fijó en las baldosas de lapislázuli, que en su día debieron de ser magníficas. Ahora estaban resquebrajadas. En el aire flotaba la típica sensación de una casa abandonada.

O de un mausoleo.

—Fijo que hace tiempo fue espectacular —dijo Mini.

Aru ponía caras mientras miraba a su alrededor. Del techo, que se desmoronaba, le cayó un poco de polvo en el hombro. O por lo menos esperaba que fuera polvo y no esqueletos pulverizados o algo igual de asqueroso.

—Sí... Hace mucho tiempo.

—Uy. ¿Qué es eso? —se extrañó Mini.

En la pared vio una antorcha cubierta de telarañas y la tocó. Aru se preguntó si aquel iba a ser uno de esos momentos de las películas de Indiana Jones y ahora el suelo se abriría debajo de ellas.

En lugar de eso, la antorcha empezó a brillar.

—Mini, preguntar «qué es eso» nunca es buena idea en una peli que...

Pero no pudo terminar la frase. A su alrededor, el aire comenzó a crujir. Los salones sombríos del palacio se fueron encendiendo a medida que las antorchas de las paredes cobraban vida.

Entonces, por todo el palacio resonó el ruido de unos cascos que iban a medio galope. Durante unos segundos, Aru se preguntó si el caballo de siete cabezas del dios Indra iba a salvarlas y sacarlas de allí. Pero no, una manada de caballos corría hacia ellas. Si en cualquier otra situación, una manada de caballos hubiera corrido hacia ella, Aru habría dado media vuelta y empezado a correr. Sin embargo, aquellos caballos no se parecían a nada que Aru hubiera visto antes.

Para empezar, estaban hechos de pétalos de rosas. Sus ojos eran flores de color rojo intenso y sus crines florales, del color rosado del alba. Cuando abrieron la boca para relinchar, Aru vio que sus dientes eran blancos capullos cerrados con fuerza.

Sin embargo, cuando estaban a poca distancia de Aru, estallaron. Llovieron pétalos. El aire se llenó de un olor a flores silvestres y a lluvia. Habría resultado muy agradable de no haber sido porque, enseguida, las paredes comenzaron a temblar y se oyó una voz grave y oscura que retumbaba con eco y las envolvió:

—¿QUIÉN SE ATREVE A INTERRUMPIR LA PAZ DE ESTE HOGAR?

# VEINTISÉIS

¡Es mi casa, no la tuya!
¡No toques!

—Técnicamente, es nuestro hogar —dijo Aru.

—A lo mejor no deberíamos... —empezó a decir Mini.

De pronto, un viento invisible las estampó violentamente contra una pared.

—¿Vuestro hogar? —repitió la voz.

Aru tardó unos instantes en darse cuenta de que no había nadie escondido entre las sombras, sino que era el palacio mismo el que hablaba. Y temblaba al reírse. Más polvo (o esqueletos pulverizados, a Aru cada vez le parecía más posible) cayó encima de ellas. En las paredes resplandecían cientos de luces. Parecía un cine cobrando vida. Salvo que aquí, las baldosas rotas comenzaron a organizarse. Rodaron por el suelo hasta llegar a formar una sonrisa. Dos braseros brillantes chisporroteaban vivos y formaron un par de ojos.

—No lo creo —dijo el palacio—. Esta fue la residencia de los hermanos Pandava y de su esposa, Draupadi. Vosotras, simples pizcas de mortalidad, no sois nada comparadas con ellos. ¡No podéis poseerme!

Todas las antorchas del palacio se fueron consumiendo a la vez. Costaba recordar que era el Palacio de las Ilusiones y no, por ejemplo, el de las Pesadillas.

Aru le cogió la mano a Mini e intentó tranquilizarla.

—Pase lo que pase, no es real.

—Creo que deberíais iros, pequeñas mortales —dijo el palacio.

El techo tembló. Un viento sopló alrededor de las dos. El suelo empezó a brillar, como si se encontraran encima de un acuario. Una ilusión cobró vida en el suelo y mostró un acantilado rocoso que caía al mar.

—No es real, no es real —susurraba Aru.

Un tiburón gigantesco nadó por debajo de sus pies. Sonrió, como si les dijera: «¡Venid, el agua está estupenda!». Aru cerró los ojos y aferró la mano de Mini aún más fuerte.

—No... ¡No pensamos irnos de aquí! —gritó Mini. Tuvo que inspirar grandes bocanadas de aire para poder hablar.

—¿No nos reconoces? —chilló Aru. Con los ojos cerrados era más fácil ser valiente (o fingir valentía). Al menos así no veía al tiburón. Seguro que el animal estaba colocándose una servilleta en el cuello, aplaudiendo con las aletas y diciendo: «¡A cenar, a cenar!».

—¡Somos Pandava! —dijo Mini—. ¡Tenemos las almas de Yudhisthira y Arjuna!

—¡¿Cómo?! ¡No digas eso! ¡Parece que las hayamos secuestrado!

—O sea... —gritó Mini—. ¡Somos las hijas del dios Yama y del dios Indra!

El viento dejó de soplar. Los fuegos chisporrotearon hasta ser ascuas llameantes. Cuando Aru abrió los ojos, el suelo era solo eso: suelo.

—Es mentira —siseó el palacio.

Las palabras procedían de todas direcciones. Aru vio que en la piel le surgían letras como ampollas: M-E-N-T-I-R-O-S-A. Hizo una mueca de dolor y las marcas rojizas desaparecieron. Una ilusión más.

—Cuando los Pandava se fueron —dijo el palacio—, se despidieron de todo salvo del hogar que les había dado cobijo y los había cuidado mientras dormían. ¿Mi belleza no bastaba para tentarlos y que se quedaran? Mis ilusiones estaban forjadas con el mismo material que formaba sus sueños. Yo fui su hogar soñado. Literalmente. Y a pesar de todo, se fueron. Por lo tanto, ¿cómo iba a creerme su regreso?

El palacio olía... a agrio. Como si estuviera enfadado.

Aru no creía posible empatizar con un palacio, y aun así empatizó con él. Hasta ese momento, nunca había pensado en cómo debe de sentirse una casa cuando la familia coloca un cartel de «SE VENDE» en el patio delantero y después hace las maletas y se va. Si ese palacio podía ponerse triste, entonces ¿su piso también la echaba de menos? Ahora le habría encantado correr hacia el museo y abrazar una columna.

—Lamento... mucho que te sintieras abandonado —dijo Mini con cuidado—. ¿Quizá ellos, o sea nosotros, te dejaron una nota? Pero te prometo que somos quienes te hemos dicho, no es mentira. Tenemos muchísima prisa y necesitamos llegar al otro lado del palacio.

—¿Por qué? —preguntó la casa.

El techo se curvó hacia abajo. Cuando Aru entornó los ojos, le pareció una mueca triste. Y entonces, la mueca se enrojeció con ardor.

Tal vez no fuera una cara triste. Tal vez fuera más bien una cara enfadada.

—Porque debemos salvar el mundo —dijo Aru—. Si el mundo desaparece, ¿qué va a ser de ti?

Delante de Aru se alzó un muro de fuego.

—¡Eres tremendamente grosera! —exclamó el palacio—. ¿Esto es lo que me he perdido durante tantos milenios en las profundidades del Reino de la Muerte? Pues entonces, no lo siento. Ni un ápice.

—Por favor —dijo Mini—. Déjanos pasar. Es el único camino desde el bosque.

—Ah, cómo echo de menos mi querido bosque —dijo el palacio con cariño—. Estoy tallado con esos árboles. La arena de los charcos selló mis grietas. Mi bosque antes estaba plagado de seres despreciables. Cuando los Pandava decidieron construir su hogar, esas criaturas desaparecieron. Los hermanos le perdonaron la vida al gran rey y arquitecto Mayasura a cambio de que él les edificara un palacio majestuoso como ningún otro: yo.

El muro de fuego se desvaneció y puso al descubierto un salón de lo más espectacular. Numerosas estatuas vivientes, salpicadas de joyas, daban vueltas por la estancia. Una de ellas tenía una barriga de cristal que acogía una biblioteca en miniatura.

—Al Pandava mayor le gustaba leer —recordó el palacio con melancolía—. Pero le costaba elegir una habitación donde leer. Así que me aseguré de que su cama flotara por todas partes y llegara hasta los libros.

Las paredes estaban revestidas de oro batido y el suelo era una maravilla de espejos y de piscinas de zafiro.

—Al más joven le gustaba admirar su propia belleza, así que me aseguré de que hubiera muchos lugares donde pudiera contemplar su hermosura.

Un jardín exuberante cayó del techo y sustituyó la ilusión anterior. Se veía una mesa de trabajo con probetas de cristal y rollos de pergamino.

—Al segundo más joven le gustaba la ciencia, así que me aseguré de que siempre hubiera seres vivos a los que estudiar.

Delante de ellas se desplegó un estadio. Contenía ruedas, blancos en movimiento y carriles de atletismo que se curvaban desde el suelo hasta el techo.

—Al segundo mayor le gustaba probar su fuerza, así que me aseguré de que dispusiera de un coliseo lleno de desafíos.

La siguiente imagen mostraba un revoltijo de objetos procedentes de las ilusiones previas.

—Al mediano le gustaba un poco todo, así que me aseguré de que nada escapara a sus intereses.

La imagen final era un salón bañado de luz tenue.

—Y la bella y sabia Draupadi, la esposa de los cinco hermanos... Ella lo que deseaba más que nada era la paz. Yo intenté concederle el deseo, pero lo más cercano a la paz que encontré fue la luz.

Las ilusiones desaparecieron.

—Qué apropiado que me llamen el Palacio de las Ilusiones cuando lo único que me queda son los recuerdos. Los recuerdos quizá sean la mayor ilusión de todas —dijo el palacio suavemente. Y entonces, en una voz aún más baja y chiquitita, añadió—. En mis recuerdos, parecían tan felices conmigo...

La pena se apoderó de Aru, pero enseguida se esfumó cuando los braseros gemelos brillaron de vuelta a la vida.

—Y ahora ¿queréis arruinarme también esos recuerdos? ¿Reíros de mí con la idea de que los Pandava han regresado?

—No queríamos herir tus sentimientos —dijo Mini con los ojos brillantes.

—Más que «regresado», «reencarnado» —lo corrigió Aru—. Hay una diferencia. ¡Yo ni siquiera recordaba que tuviéramos una casa! En serio.

El palacio se estremeció.

—Es decir —empezó a resoplar—, ¿que no vale la pena que se me recuerde?

—¡No! —Aru puso mala cara—. ¡Para nada!

Mini le lanzó a Aru una mirada asesina y se agachó para acariciar una de las baldosas, como haría con la barriga de un perro.

—No, no —dijo dulcemente—. Se refiere a que ¡no recordamos casi nada de nuestras vidas pasadas! Ni siquiera sabíamos que éramos Pandava hasta hace unos días.

—Jamás he dejado que nadie que no fuera un Pandava, o el invitado de un Pandava, entrara en mis salones.

A Aru le cayó más polvo encima. Pues sí. Definitivamente, eran huesos pulverizados. Hizo un esfuerzo por no vomitar.

Un pergamino se desenrolló desde el techo. En él, había escritos miles y miles de nombres. La tinta recorrió el papel antes de hacer un charco en el suelo.

—Oh, lo siento, pero no estáis en la lista —dijo el palacio. Ahora en su voz se apreciaba un matiz malicioso—. Supongo, pues, que tendréis que demostrar que sois Pandava de verdad.

Una vez más, la casa tembló. Las paredes se llenaron de diferentes colores. Aru ya no estaba observando las ruinas del palacio. Ahora se encontraba en pleno bosque.

Pero no era real. La ilusión —como tuvo que repetirse a sí misma— parecía tan real que incluso la hierba le cosquilleaba los pies. En el aire de última hora de la tarde revoloteaban numerosas luciérnagas. La jungla olía a fruta demasiado madura que ha caído del árbol y nadie se ha comido.

—Vaya —exclamó Aru, girándose hacia Mini.

Pero Mini no estaba allí.

—¡Eh! ¿Dónde...? —Aru dio vueltas como loca. Estaba sola. A su alrededor, el bosque comenzó a reír. Las hojas le caían encima lentamente. Cruelmente. Cada hoja que le tocaba la piel le dejaba una herida pequeña como un corte.

—Ya os he dicho que, si queréis pasar por mis salones, debéis demostrar que sois Pandava —murmuró el bosque, que no era un bosque, sino un palacio—. Arjuna fue el héroe más grande de todos.

Aru pensó que aquella afirmación era un pelín exagerada. ¿El más grande de todos? ¿En serio?

Delante de ella, en el suelo aparecieron un arco y una flecha.

«Ay, no.»

Ni siquiera sabía cómo coger el arco. ¿Hay que tensarlo? ¿Hacerle una muesca? Aru maldijo su suerte.

Tendría que haber prestado más atención la semana anterior, cuando había visto *El señor de los anillos*. A lo mejor, si hubiera mirado cómo manejaba Legolas el arco, en lugar de mirar simplemente a Legolas, ahora estaría un poquito más preparada.

—¿Eres una Pandava auténtica o solamente una mentirosa?

—¿Qué quieres que haga con esto? —dijo Aru señalando el arco.

—Muy sencillo, pequeña mortal: si aciertas a la *verdad*, escaparás de esta ilusión. Si no, en fin, morirás. No te preocupes, podemos hacer que la prueba sea mucho más rápida. Mira.

Mientras hablaba, las luciérnagas empezaron a aumentar de tamaño. El aire era ahora muy cálido. Aru abrió los ojos como platos.

Las luciérnagas eran auténticas llamaradas.

# VEINTISIETE

## ... Y apareció una horda de luciérnagas tan grande como Godzilla

El silencio se adueñó del bosque.

—¡Mini! —gritó Aru.

¿Era aquella ilusión distinta de las demás? ¿Era física o más bien estaba instalada en su mente? Aru cerró fuerte los ojos y los abrió en un santiamén. Nada. Creyó que la ilusión sería rara y defectuosa, como si primero fuera a ver la ilusión y, acto seguido, la realidad.

—¿Mini? —volvió a gritar Aru.

En el suelo, el arco y la flecha la tentaban.

—¡Eh, palacio! —exclamó—. Si me dejas salir, ¡te limpio los cristales!

Ninguna respuesta.

—Vale, pues ¡llénate de mugre, me da igual!

Notó una quemadura en un pie.

—¡Ay!

Era una de las luciérnagas.

Al principio, las luciérnagas simplemente flotaban en la oscuridad y calentaban el ambiente. Pero entonces empezaron a posarse sobre las rocas y las ramas del bosque gigante.

Daba la sensación de que se hubiera extendido una red dorada sobre el bosque, aunque el silencio era de lo más siniestro.

Llegó hasta ella el olor de algo chamuscado. Un círculo quemado apareció a un lado de su pie.

—Ay, no —susurró Aru.

Todo lo que tocaban las luciérnagas comenzaba a arder.

Oyó un crujido detrás de sí, el ruido de la maleza que prendía fuego. En el aire vio un poco de humo. Las luciérnagas se reflejaban en las brillantes hojas del bosque, con pinta de ser luces de Navidad poseídas.

Aru recogió el arco y la flecha del suelo y salió disparada.

Las luciérnagas la seguían de cerca. Una llama estuvo a punto de chamuscarle la oreja.

Aru se lanzó detrás de una roca y echó un vistazo alrededor. El bosque estaba en llamas. Literalmente. Metafóricamente. Con todos los -*mente*.

Trasteó con el arco y la flecha. Eran pesadísimos y muy raros. La flecha debía de pesar lo mismo que su mochila un lunes antes de las vacaciones de Navidad.

—Esto... —gruñó— no... va... a... funcionar... de... ninguna... de... las... maneras...

Al final, colocó la flecha en el lugar correspondiente. No debería ser muy complicado. Para Katniss y Legolas era lo más sencillo del mundo. Tensó la cuerda del arco y se hizo cortes en los dedos.

—¡Ayayay! —gimoteó mientras soltaba el arco y la flecha.

¿Qué había querido decir el palacio? «Si aciertas la verdad, escaparás.» ¿Acertar el qué? Miró a su alrededor y recorrió con la mirada las copas de los árboles y las ramas. No veía ningún blanco.

¿Cómo iba a ser ella como Arjuna? Ni siquiera podía tensar la cuerda del arco y mucho menos repetir alguna de sus hazañas, como clavar una flecha en el ojo de un pez tras solo haber observado su reflejo. La pelota de *ping-pong* que tenía en el bolsillo tampoco iba a ser de ayuda en aquella situación.

—Si yo fuera una salida, ¿dónde me escondería?

Empezaba a notar un calor incómodo. ¿Era un grupo de insectos que iba hacia ella? ¿O su imaginación? Aru echó un segundo vistazo por encima de la roca que le servía de escondrijo.

No. No era su imaginación.

Las luciérnagas se habían unido para formar un gigantesco insecto resplandeciente. Cubierto de llamas. Con un batido de sus alas, tres árboles se convirtieron en cenizas humeantes.

Aru pronunció una palabra que en el instituto le habría costado una semana de expulsión.

La luciérnaga-pesadilla-monstruosidad se iba acercando. Aru echó a correr desde la roca y se adentró en la profunda arboleda. Las sombras de mil fuegos se alzaban delante de ella. El calor le quemaba la espalda, pero Aru siguió corriendo.

Voló por un valle de rocas y árboles desnudos y vio un arroyo que salía de la entrada de una cueva. Aru saltó hacia el agua y se dobló por el dolor. Es lo que tienen los riachuelos. Te invitan a bañarte, pero debajo del agua el lecho del río siempre resbala y te hiere la piel. En su recorrido hacia la cueva, numerosas piedras puntiagudas le aguijonaron las plantas de los pies.

En cuanto llegó, Aru se tumbó en el suelo frío y húmedo de la caverna para recuperar el aliento. Aún oía cerca el zumbido de las alas de los insectos.

—Qué vida tan horrible la mía si deseo que aparezca un sapo enorme y ardiente para que se coma a ese bicho volador enorme y ardiente —murmuró.

Se examinó las plantas de los pies. Para ser una ilusión, había sido superrealista. Sus condiciones físicas (piel cortada y un corazón que intentaba liberarse de las costillas) no parecían mentira. Y aunque todo aquello fuera falso, ni siquiera su falso yo quería ser víctima de un insecto falso y gigantesco.

Si Mini estuviera allí, conjuraría un zapato gigante y aplastaría la espeluznante criatura. Aru se dio cuenta, una vez más, de que echaba muchísimo de menos a Bu. Él sabría qué hacer. Por lo menos, su sarta constante de insultos la distraería.

«¡CONCÉNTRATE, Shah!»

Aru se tiró del pelo. «Piensa, piensa, piensa.» Pero sus neuronas no cooperaban. En aquel momento, lo único que ocupaba su mente era el eslogan del anuncio de unas barritas de chocolate: «Tómate un respiro. Toma un KitKat».

—Tómate un respiro —pronunció con la voz ligeramente asustada.

282

Extendió el brazo a un lado para coger la flecha.

Se golpeó la mano con la fría roca de la cueva.

La flecha...

Se giró para inspeccionar el suelo de la caverna. A su alrededor no había más que piedras mojadas.

El doloroso recuerdo apareció en su cabeza con un destello: había dejado atrás la flecha cuando huyó del bosque en llamas a la desbandada.

De pronto, la cueva comenzó a calentarse. Del riachuelo se alzaban columnas de humo. Una nube de luciérnagas apareció en la entrada de la caverna. El calor se incrementó, también la luz. Aru se llevó las manos al cuello. Empezaba a costarle respirar.

Aru no tenía la flecha. Tampoco destreza atlética.

Ni esperanza.

Histérica, empezó a rascarse el cuello y notó algo frío. ¡El colgante de Monzón! Monzón le había dicho que sería capaz de alcanzar cualquier objetivo. Pero ¿hacia dónde debía apuntar ella exactamente?

«Si aciertas a la verdad, escaparás de esta ilusión.»

¿Cómo iba a escapar de una ilusión que no existía?

—¡Ni que pudiera escapar de mi propia cabeza! —dijo, las manos en el pelo.

Un momento. Eso no era del todo cierto, ¿verdad? Sí que había escapado de su propia cabeza. Un montón de veces.

Aru pensó en cada vez que había despertado de un mal sueño. Se sentaba recta y abandonaba la pesadilla al recordar qué había sido: una pesadilla.

Su pesadilla era siempre la misma. Soñaba que volvía a casa y encontraba el piso completamente vacío. Su madre ni siquiera se había molestado en dejarle una nota para despedirse. Aru tenía aquella pesadilla cuando su madre se iba a un viaje de negocios. Pero hasta cuando su pesadilla parecía muy real e incluso aparecía la alfombra raída de su piso, que siempre estaba cubierta de polvo, no era más que una sucesión de imágenes exageradas por el miedo. Eso sí era real: el sentimiento. Todo lo demás era...

Una mentira.

Las llamas ya casi le lamían la piel. La luz y el calor le salpicaban en la cara.

Aru cerró los ojos y se desató el colgante de Monzón. Tuvo la corazonada de que fingir que todo aquello era real no era lo correcto. Esta vez, ningún anuncio de chocolatinas se introdujo en sus pensamientos. En lugar de eso, recordó la historia de Arjuna y el ojo del pez.

En la leyenda, el profesor de arco de los Pandava había atado un pez de madera a la rama de un árbol. Quería enseñar a los hermanos a clavar la flecha en el ojo del pez. Pero solo podían apuntar mirando el reflejo del pez de madera en el agua que había debajo de ellos.

El profesor le preguntó a Yudhisthira, el hermano mayor, qué veía en el reflejo. «El cielo, el árbol, el pez», dijo. El profesor le dijo que no disparara. Le preguntó a Bhima, el segundo hermano, qué veía. «La rama del árbol, el pez», dijo. El profesor le pidió que no disparara.

Y entonces el profesor le preguntó a Arjuna qué veía. «El ojo del pez», dijo.

Solo a él le permitió disparar.

Era una historia sobre la concentración, sobre las distracciones de las que había que desprenderse una a una hasta que solo quedara el blanco. El ojo del pez.

Las llamas rozaron el pie de Aru. Ella hizo una mueca, pero no se movió. Cerró los ojos.

El arco y la flecha eran meras distracciones.

La verdadera salida... siempre había estado en su mente.

En su imaginación, vio a Mini y el museo, a su madre y los recuerdos. Vio como Bu sacaba pecho de paloma, orgulloso. Vio la luz roja parpadeante del móvil de Burton Prater. Vio la libertad.

No sucedió de buenas a primeras. No la movieron de un sitio al siguiente. No abrió los ojos para ver un nuevo mundo donde antes había uno viejo. En cambio, sintió una especie de cerrojo que se abría en su interior.

Las personas son muy parecidas a bolsillos mágicos. Por dentro son mucho más grandes de lo que da a entender el exterior. Y así pasaba con Aru. Encontró un lugar enterrado en su interior que hasta el momento había estado oculto. Era un lugar de un silencio casi ensordecedor. Un sentimiento estrecho que se iba ensanchando, como si Aru pudiera esconder pequeños mundos dentro de su cuerpo. Esa era la manera de escapar: descubrir una parte de sí misma que nadie más podría encontrar.

Aru levantó la mano. Se imaginó una puerta al Más Allá con un nudo de luz alrededor del pomo. Aru aferró el nudo...

Y tiró.

En ese momento, dejó de notar las llamas. Dejó de oír el zumbido de las alas de los crueles insectos. Solo oía el latido de su propio corazón contra el silencio. Solo veía que sus sueños de libertad se volvían luminosos y salvajes, como un arcoíris visto a través de un prisma.

Y en ese momento, Aru escapó de allí.

# VEINTIOCHO

## La historia del palacio

Cuando Aru abrió los ojos, volvía a encontrarse en el decrépito salón del palacio.

Mini estaba a poca distancia de ella, discutiendo con... ¿consigo misma? ¿Dos Minis? Una estaba poniéndose muy pero que muy roja y encorvando los hombros. La otra se subía las gafas y seguía hablando. ¡Menuda era! Aru se lo habría jugado todo a que esa versión era la Mini real. Aru intentó correr hacia ellas, pero una especie de barrera invisible la retenía donde estaba.

—¡Eh! —gritó Aru, amenazando al aire con los puños—. ¡Mini!

Pero las Minis seguían discutiendo.

—Por lo tanto, parece lógico afirmar que lo más rápido del mundo no es una persona ni una criatura, sino ¡un pensamiento!

La otra Mini soltó un gemido terrible, como si le hubiera empezado a doler la cabeza, y se desvaneció.

La Mini restante se abrazó las rodillas con las manos y respiró hondo. La barrera invisible debía de haber desaparecido también, porque Mini por fin vio a Aru. Una sonrisa radiante se dibujó en su cara.

—¡Estás viva!

—¡Tú también! —gritó Aru mientras corría hacia su hermana.

Pero nada más reunirse las dos, el palacio cobró vida con un rugido. Las antorchas se encendieron. Hasta el techo se levantó, como si alguien se ajustara los tirantes.

Las dos se fundieron en un abrazo. Aru se llevó una mano al bolsillo para coger la bola brillante. Mini agarró la polvera.

El palacio se estremeció.

—Solamente Yudhisthira habría sido capaz de anular un razonamiento propio a través de la sabiduría —dijo.

—¿En serio? —La voz de Aru se convirtió en un susurro—. ¿Tu deber era incordiarte a ti misma?

Mini frunció el ceño.

—Y solamente Arjuna —continuó el palacio— habría logrado escapar del miedo de su propia mente a través de la visión y la percepción. Entonces ¡es verdad! Sois Pandava...

—¡Pues claro! —exclamó Aru—. Te lo hemos dicho nada más...

Pero en cuanto Aru comenzó a hablar, por encima de sus cabezas el techo se resquebrajó. Por las grietas se colaba la lluvia. El palacio entero se bamboleaba.

—Creía...

Las vigas chirriaban.

—... que...

Los cimientos lloriqueaban.

—... os...

El techo se desmoronaba.

—... habíais...

Las baldosas del suelo se agrietaban.

—... olvidado...

La pintura de las paredes se pelaba.

—... de mí.

La lluvia era ya una cascada. Aru y Mini no podían hacer otra cosa que agarrarse la una a la otra mientras el palacio se derrumbaba a su alrededor. Cuando el llanto (y la lluvia) se detuvo al fin, las paredes se recompusieron. El techo se secó las tejas y quedó apuntalado de nuevo. Los cimientos se agitaron una última vez, como si soltaran un suspiro.

El palacio tenía derecho a estar triste. Los Pandava se habían olvidado de él. Pero ¿era de verdad culpa de ellos?

—Os he echado de menos —dijo el palacio—. Después de que os fuerais, mantuve durante trescientos años los suelos pulidos y los techos libres de polvo. Llené las despensas y regué las plantas. Pero no regresasteis jamás. ¿Me equivoqué en algo?

—¡No, claro que no! —lo calmó Mini. La chica tenía pinta de querer ponerse de rodillas y abrazar al palacio entero, como si fuera un perro enorme y triste.

—No somos las mismas personas que antes —intentó explicarse Aru—. Ni siquiera recordamos nada de nuestras vidas pasadas. Si no... si no, te habríamos visitado.

Al cabo de unos segundos, los suelos empezaron a relucir. El fuego de las antorchas pasó de violento a cálido. La pintura que se había escondido detrás de capas de polvo de esqueleto brilló con todo su color.

—Y aun así, ¿debéis iros otra vez? —les preguntó el palacio.

Su voz tenía un matiz lastimero. Como una mascota que en realidad no quiere que te vayas y se dice a sí misma que, si hace gala de su mejor comportamiento, quizá cambies de opinión.

—No tenemos elección —dijo Mini—. Lo sabes.

Por las paredes corrieron regueros de un líquido plateado.

—Lo sé —suspiró el palacio—. Esta vez, no me olvidaré de pulir los suelos.

—No te molestes... —empezó a decir Mini.

—¡Sí! —la interrumpió Aru—. Púlelos, por favor, gracias —dijo—. Y asegúrate de que lo haces bien.

Aru sabía mejor que nadie que lo peor de que te abandonaran era la espera. Cuando su madre se iba en un viaje de negocios, Aru limpiaba el piso de cabo a rabo. A veces hasta se acercaba al mercado para que encima de la mesa hubiera manzanas brillantes, en lugar de inmensos libros grises como *Representaciones femeninas en la escultura hindú antigua*. Cada vez que su madre volvía a casa, Aru se quedaba a un lado, el pecho hinchado como si fuera una golondrina, esperando que ella se fijara. A veces se daba cuenta, a veces no. No saber cómo iba a reaccionar su madre era lo que animaba a Aru a repetirlo todo en la siguiente ocasión. Por tanto, entendía cómo se debió de sentir aquella casa.

—¡Excelente! —gritó el palacio.

Al unísono, los candelabros cayeron del techo. Cerca de las manos de Mini y de Aru flotaban boles de cristal llenos de helado rosa.

—Por favor... Solo un bocado —intentó convencerlas la mansión—. Podéis comer y caminar al mismo tiempo. Yo me ocupo de que no tropecéis. ¿O preferiríais patinar? Hace muchos años os gustaba patinar.

El suelo debajo de ellas se convirtió en hielo y sus zapatos fueron sustituidos por un bonito calzado de metal con cuchillas en la parte inferior.

Aru probó el helado. Se le derritió en la lengua y le dejó un delicado sabor a rosas.

—No se me da muy bien patinar —dijo Aru—. ¿Podemos ir como queramos?

—Los únicos límites son vuestra imaginación —le contó el palacio.

Acto seguido, atravesaron los salones zumbando.

Aru sonrió. Imagina tener una casa como esa... Una casa que sabía lo que querías y te lo daba en un chasquido. Una casa que creaba tiovivos hechos de estrellas y de pétalos y que te permitía galopar sobre un caballo de dientes de león mientras en una mano sujetabas un bol de helado. Una casa con camas flotantes y libros que sabían cuándo pasar página, para que así no tuvieras que molestarte ni en mover la mano...

Pero aquella no era su casa.

Su casa era pequeña y estaba atestada de libros que ella no entendía. Su piso tenía grietas en las paredes y viejas tuberías. En el suelo siempre había paja, de las cajas de madera en las que les enviaban las estatuas.

En su casa estaba su madre.

El palacio, como de costumbre, le leyó el pensamiento. Volvió a suspirar.

—Debéis seguir vuestro camino. Además, ¿qué clase de casa sería yo si os consintiera y os alejara de vuestros seres queridos?

Mini se ruborizó. Se había subido a una bicicleta y volaba por los aires, con el helado en mano y un libro que flotaba delante de su cara.

—Tienes razón —dijo. Se limpió los labios y dejó a un lado los restos del helado.

Aru engulló el suyo tan deprisa que el frío le dio dolor de cabeza. El palacio conjuró una toalla de mano y con ella le envolvió la frente.

—*Crsias* —murmuró, esperando que el palacio entendiera que intentaba decir «gracias».

A su alrededor había muchas habitaciones por explorar que prometían grandes historias y secretos. Aru captó el destello de una estancia llena de pájaros de cristal. Una serpiente culebreaba desde un agujero de la pared, sus escamas fabricadas con ríos y mares. En un largo pasillo, Aru vio el contorno de una ciudad lejana. Una parte de ella se moría por explorar, pero sabía que no era posible. Incluso sin llegar a mirarse la mano, Aru notaba el número dibujado en su palma, como si le abrasara la piel. Solo les quedaban dos días. No había tiempo que perder.

Al ser consciente del deseo no pronunciado de Aru, el caballo de dientes de león la dejó en el suelo con amabilidad.

Unos segundos después, se encontraban en la salida trasera del palacio.

—Ya hemos llegado —les dijo el palacio con pena—. Siento mucho que... en fin, lo de las amenazas de muerte, las pruebas y tal. Espero que me podáis perdonar. No supe ver que erais... vosotras.

—Te perdonamos —dijo Mini.

—Si yo fuera un palacio, habría hecho lo mismo —añadió Aru gentilmente.

El palacio resplandecía. Del techo surgían luces plateadas que se derramaban como si fueran confeti brillante.

—Ya que vais a seguir con vuestra aventura, tengo un regalo para vosotras —dijo el palacio con timidez.

—¿El qué?

—No es nada —dijo—. Algo que hará que os acordéis de mí si lo guardáis en el bolsillo, por si no podéis volver a visitarme.

Aru y Mini extendieron las manos. En el centro de sus palmas apareció una tesela azul con forma de estrella de cinco puntas.

—Es un trocito de hogar —les explicó el palacio—. Os proporcionará descanso y cobijo cuando lo necesitéis. Evidentemente, no puede crear coliseos ni zonas para entrenarse como hago yo... pero sí que os dará la parte de mí que más importa: protección.

—Muchas gracias, palacio. —Aru rodeó la tesela con los dedos, sonriendo—. ¡Es perfecta!

—Espero que no tengamos que usarla, pero aun así ,me alegro de tenerla —dijo Mini.

Más confeti plateado cayó del techo en forma de una lluvia feliz.

—Encantado de seros de ayuda —dijo el palacio—. Es lo que siempre he querido.

—Palacio, ¿qué hay más allá de este reino? —le preguntó Mini—. Debemos llegar a la sala donde se encuentran las armas celestiales.

—¡Ah! Necesitáis... ¡un mapa! —exclamó el palacio, emocionado.

—Pero no uno de esos enormes mapas de carreteras —dijo Aru—. ¿Un folleto, más bien? ¿Algo pequeñito? —Le costaba leer mapas. Y todavía le costaba más volver a doblarlos cuando había terminado. «¡Sigue los pliegues!», la regañaba siempre su madre. (Pero es que había tantos pliegues...)

—Ah, sí, ¡por supuesto! ¡Qué eficiente eres, princesa mía, qué nobles y precisos son tus modales! —rechinó el palacio—. Ay de mí, os he vuelto a fallar. —Las paredes lloraron riachuelos plateados otra vez—. No tengo folletos y no puedo conjuraros uno, puesto que desconozco qué es un folleto. Sin embargo, sí que os puedo decir que lo que se encuentra más allá es un lugar de gran tristeza. Porque se trata, ni más ni menos, del Puente del

Olvido. Solo allí, tal vez, halléis lo que buscáis con las armas. Hay una razón por la cual no he desaparecido: no he sido olvidado del todo. Pero resido en el Reino de la Muerte porque no se me considera real. Soy un mito. Algún día, quizá, yo también cruzaré el Puente del Olvido, como tantas otras historias antes de mí.

Aru se preparó para ver más lágrimas y lluvia, pero curiosamente, el palacio parecía en paz con su última afirmación.

—Tal vez sea mejor que lo consideren a uno una ficción que ser apartado de los recuerdos por completo. Si no es mucho pedir, ¿podríais pensar de vez en cuando en mí con cariño? —Las antorchas chisporrotearon—. Para mí es muy importante saber que de vez en cuando se me recuerda.

Aru y Mini se lo prometieron. Aru no sabía cómo abrazar un palacio, así que hizo lo que se le ocurrió. Se dio un beso en la palma y la apoyó en la pared. El palacio se estremeció de felicidad. Mini imitó el gesto de Aru.

—¡Adiós, adiós, hermanas Pandava! ¡Protagonizad grandes proezas! ¡Elegid bien! —exclamó el palacio. La puerta se cerró—. Y si debéis olvidaros de mí, que por lo menos sea con una sonrisa.

# VEINTINUEVE

## El Puente del Olvido

En cuanto cerraron la puerta del Palacio de las Ilusiones, vieron un camino serpenteante que se prolongaba delante de ellas. El cielo estaba negro, pero no era de noche. Se trataba de la oscuridad mortecina de una habitación con las luces apagadas. Allí, entre los mitos y el Puente del Olvido, el paisaje era diferente. Había estatuas medio enterradas en la tierra. Altos árboles blancos impedían que se viera lo que se extendía más allá.

—Me muero de hambre —se quejó Aru—. No tendría que haberme comido el helado tan deprisa. ¿Te queda alguna Oreo?

—No. La última se la di a Bu. —Al mencionar a su amigo alado, Mini suspiró y se frotó los ojos—. ¿Crees que está bien?

Aru no lo sabía. La última vez que lo vieron, Bu estaba inconsciente. Eso automáticamente significaba que no.

—Aunque ahora mismo no esté bien —le dijo a Mini—, lo vamos a rescatar, y entonces sí que estará bien del todo.

—Eso espero.

Al cabo de un par de minutos, el rugido de las tripas de Aru pasó de un ruido suave a un bramido espectacular, en plan: «Hay un monstruo en tu barriga que te quiere devorar». Sacó la bola dorada del bolsillo y la frotó. ¿Era comestible?

—Borborigmos —dijo Mini.

—¿*Borboqué?* ¿Quién tiene ritmo?

—Los ruidos de tus tripas... se llaman borborigmos.

—¿Te lo ha chivado la galleta de sabiduría?

—No. Lo leí en un libro de texto médico.

—Mini, ¿por qué leías un libro de texto médico?

—Me gusta. —Se encogió de hombros—. ¡Los cuerpos molan mucho! ¿Sabías que más de la mitad de nosotros es agua?

—Yupi —dijo Aru—. ¿Ya hemos llegado?

—¿Cómo quieres que lo sepa?

—Bueno, tú fuiste la que se comió la galleta de sabiduría.

—Como te he dicho —le espetó Mini, bastante molesta—, solo te vuelve sabio hasta que termina la situación para la que pides sabiduría.

—Técnicamente, no ha terminado. Seguimos con nuestra misión, o lo que sea, en este reino. Vamos a ver, ¿de qué sirven todas estas pruebas? ¿Los dioses no quieren que salvemos rápido al mundo o qué? Este periplo es más inútil que el cuerno de un unicornio.

—¿Qué quieres decir con «inútil»? —Mini se sintió insultada—. No sería un unicornio si no tuviera cuerno.

¡Es lo que significa la palabra! *Uni*, uno. *Cornio*, cuerno. Un cuerno.

—Ya, pero se supone que son muy pacíficos y monos. ¿Por qué iba a necesitar un cuerno un unicornio? ¿Qué hace con el cuerno?

—Ni idea. —Mini se puso roja—. Para lanzar magia, supongo.

—O para destrozar cosas.

—¡Eso es horrible, Aru! Son unicornios. Son perfectos.

—A lo mejor es lo que quieren que pienses.

Personalmente, Aru no se fiaba de nadie que tuviera un arma encima y afirmara que no la iba a usar. Ya, claro.

—Qué frío hace de repente —dijo Mini.

Llevaba razón. La temperatura había caído. Bueno, más que caer, parecía que había saltado por un acantilado, precipitándose al vacío.

El sufrido pijama de Spiderman de Aru no le ofrecía demasiada protección. El viento soplaba entre la tela y le erizaba la piel.

—Imagínate tener que vivir en un sitio como este —murmuró mientras le castañeaban los dientes—. Te tendrías que sonar los mocos cada dos por tres, o si no se te congelarían y formarían carámbanos que se te clavarían dentro de la nariz.

—¡Qué asco!

El aire escaseaba. No era rancio ni caliente, como en el palacio. A Aru le recordaba a cuando se hacía difícil respirar en invierno porque el aire estaba enrarecido.

—¡Mira, Aru, está nevando!

Aru estiró el cuello y vio nubes azuladas que flotaban por encima de ellas. La nieve blanca caía al suelo en espiral.

Un copo aterrizó en su palma. Parecía un copo de nieve que imitase un delicado encaje de hielo. Pero al tacto no era nieve. Aunque estuviera frío.

Parecía como si pellizcara la piel.

A su lado, Mini hizo una mueca de dolor.

La nieve, o lo que fuera aquello, comenzaba a caer con más fuerza. Ahora los copos golpeaban el suelo. Y no se derretían.

Aru observaba la nieve y entonces vio un árbol alto con cientos de espejos diminutos por corteza. Algo se escondió detrás del tronco. Una silueta pálida y delgada con una nube de pelo congelado. Pero cuando Aru parpadeó, fue incapaz de recordar lo que acababa de ver.

—¡Aru! —gritó Mini.

Pero no respondió. No porque no hubiera oído a Mini, sino porque no se dio cuenta de que le estaba hablando.

Durante unos segundos, había olvidado que se llamaba Aru.

Aterrorizada, intentó quitarse los copos de nieve del brazo y se los sacudió del pelo. Había algo en la nieve que la hacía olvidarse de cosas que debería recordar. No era nieve en absoluto. Era como lanzarle sal a una babosa. Poco a poco disolvía lo que eras.

—¿Acaso el olvido, niñas, es tan malo? —les preguntó una voz que procedía de más adelante—. Si nunca recordáis, nunca envejecéis. La inocencia os mantiene siempre jóvenes y libres de toda culpa. A la gente difícilmente se la castiga por hechos olvidados.

Aru miró hacia arriba. Ahora, los copos de nieve estaban suspendidos en el aire, un millar de gotitas blancas. Un hombre las apartaba como si fueran una gigantesca cortina cuajada de gotas. Era muy atractivo.

No era guapo como un actor de cine, sino de otra manera; era una belleza lejana, de otro mundo. Del modo en el que puedes encontrar preciosa una tormenta que se avecina sobre el océano.

El hombre era alto y moreno de piel, su pelo formado por mechones de plata. Sus ojos eran trocitos de hielo azul. La chaqueta y los pantalones que llevaba resplandecían con un tono blanco innatural.

—Disculpa, ¿has dicho algo? —le preguntó Mini—. Si has dicho algo, no... no me acuerdo...

—Ah, perdonadme —dijo el hombre. Y entonces, se rio.

Movió la mano y las partículas de nieve abandonaron el pelo y la piel de las chicas. La cabeza de Aru se volvió a llenar de información.

Ahora sí que recordaba su color favorito (el verde), su postre preferido (el tiramisú) y su nombre. ¿Cómo podía haberlo olvidado? Aquello asustó a Aru, porque quería decir que no se enteraría si le robaban algo.

—Me llamo Shukra. Soy el guardián del Puente del Olvido. No es frecuente que hable con seres vivos. Sabed que no suelo aventurarme más allá de mi puente.

Aru no recordaba ni una sola historia sobre él, pero era lógico, teniendo en cuenta quién era. Y normal que no se alejara nunca de allí. Imagina lo incómodo que sería en una fiesta. «¿Cómo dices que te llamas?» «¡Soy Shukra! ¿No te acuerdas?» «Ah, sí, sí... Oye, ¿tú quién eres?»

Shukra caminó hacia ellas, y Aru se fijó en que a su alrededor flotaban cinco espejos. Uno sobre su cabeza, uno bajo sus pies, uno a su derecha y otro a su izquierda. Un último flotaba delante de su pecho, lo bastante arriba como para que él solo tuviera que inclinar un poco la barbilla para ver su propio reflejo.

¿Era lo que solía ocurrir con la gente guapa? En el salón de Madame Bee, todo el espacio estaba cubierto de superficies reflectantes. Aru se preguntó si los espejos iban persiguiendo en manada a la gente guapa como si fueran ovejas.

Detrás de Shukra, la tierra se terminaba en un acantilado. La nieve, o lo que fuera, recubría el contorno de un puente invisible. Si Aru y Mini fueran capaces de cruzarlo, seguro que avanzarían a buen paso hacia donde se guardaban las armas celestiales.

—Ya he olvidado mis modales una vez —dijo Shukra con voz melosa—. Olvidarlos dos veces sería un gran descuido por mi parte. ¿Me decís vuestros nombres, niñas? Vuestros nombres completos, por favor.

Aru sintió un cosquilleo en la garganta. Como si su nombre intentara escapar de allí. No quería pronunciarlo, pero fue incapaz de evitarlo.

—Yamini —contestó Mini.

—Arundhati —contestó Aru.

Era extraño decirlo en voz alta. Aru solamente oía su nombre completo una vez al año, cuando el primer día de clase los profesores pasaban lista y se trababan con la pronunciación. ¿Arun-jati? ¿Arun-doti? «Aru», decía ella. «Solo Aru.» A menudo, uno de sus compañeros aullaba de fondo, fingiendo ser un lobo que aúlla a la noche: «¡Aruuuuu!». (En el primer curso de primaria, Aru intentó seguirle la corriente: saltó de la silla y ladró. La expulsaron unos días.)

—Unos nombres preciosos. Serán unos magníficos adornos para mi puente —dijo Shukra mientras se examinaba las uñas de los dedos.

—¿Entonces podemos cruzarlo? —le preguntó Aru.

—Por supuesto. —El hombre sonrió. Quizá fuera guapo, pero sus dientes daban muchísimo miedo. Eran negros, torcidos y de lo más puntiagudos—. Pero a quienes desean cruzar el Puente del Olvido yo siempre les planteo una elección. Y a vosotras también os la plantearé. Antes de nada, ¿queréis oír mi relato, hijas de los dioses?

—¿Cómo has sabido que somos hijas de dioses? —se extrañó Mini.

—Apestáis a dioses —respondió Shukra sin mala intención.

Discretamente, Aru se olisqueó las axilas. No apestaban. En su mente, chocó los cinco consigo misma.

—El olor de la divinidad no se percibe en el cuerpo de los humanos —siseó Shukra.

—Ah.

—El olor de la divinidad se encuentra en las cargas que se ciernen sobre vosotras. Es un tufo acre y potente —dijo—. A cada ser divino le han robado un pasado, un presente y un futuro. A mí también me robaron. Oíd mi historia. Y entonces podréis decidir si aún queréis cruzar el Puente del Olvido.

De la tierra surgieron dos sillas hechas de hielo, y Shukra hizo un gesto a Aru y a Mini para que se sentaran. A Aru no le apetecía, pero a la silla le dio igual. Por más que ella se alejara, el asiento se acercaba más, y al final le puso la zancadilla para que cayera y se sentara. La silla estaba tan fría que le quemó la piel. A su lado, los dientes de Mini castañeteaban.

Shukra se miró a sí mismo en uno de los cinco espejos.

—¿Sabéis por qué me maldijeron con el olvido? —les preguntó.

—¿Te peleaste con un demonio malvado? —probó Aru.

Mini se la quedó mirando.

—Ojalá fuera tan sencillo —dijo Shukra.

Aru sintió deseos de dar una patada a la silla y largarse de allí. Shukra le parecía mucho más peligroso que los perros que custodiaban la entrada al Reino de la Muerte. En él había algo demasiado... tranquilo. Como si supiera que ya había ganado la partida y se estuviera tomando su tiempo.

—Maté a la única persona que soportaba mirarme.

¿Que *soportaba* mirarle? Tampoco es que fuera desagradable a la vista.

—A mi esposa —dijo Shukra—. Ella me quería, y por eso la maté.

# TREINTA

## La historia de Shukra

**S**egún la leyenda, cuando nací, el sol se rebeló y decidió esconderse durante un mes entero. Mi piel estaba plagada de cicatrices. Mi sonrisa era espantosa. Pero a pesar de ser horrible, fui un buen rey. Querido, incluso. Lo que no podía perfeccionar en mi cuerpo, intentaba perfeccionarlo en mi mente.

Durante muchos años, me dio vergüenza que mis súbditos me vieran. Escogí gobernar en la sombra. Pero no me podría casar en la oscuridad. Cuando mi prometida me miró por primera vez, su sonrisa no vaciló en ningún momento. Me puso una mano en la mejilla y me dijo: «Nuestro amor es lo que nos hará hermosos».

Y así fue.

Los cambios en mi aspecto fueron sutiles. Tan sutiles que al principio no me fijé en ellos, puesto que no estaba acostumbrado a mirarme al espejo.

Pasaron cuatro años, y en ese tiempo, el amor me había embellecido. ¿Y mi mujer? Era resplandeciente. La luna tardaba más en ponerse solo para seguir mirándola.

El sol se detenía para admirar su elegancia. Yo ya no tenía la clase de rostro que despertaba terror o lástima, sino que me convertí en alguien normal y corriente gracias a mi buen aspecto.

Quería más. Comencé a notar los cambios en mi físico cada día. Mi mujer me aseguró que, a medida que creciera nuestro amor, también crecería nuestra belleza. Para ella, la belleza implicaba felicidad.

Me volví impaciente.

Coloqué espejos por todas partes, hasta en los suelos. Elaboré listas en base a las que valorar a diario mi rostro cambiante. Me deshacía de ropa y me probaba nuevos conjuntos constantemente. Descuidé a mi gente.

Comencé a evitar a mi esposa. Siempre que la veía, me embargaba la furia. ¿Por qué era mucho más hermosa que yo? Ella, que ya de entrada contaba con una gran belleza.

Un día la confronté. «¿Todavía me quieres?», le pregunté.

No me miró a los ojos. «¿Cómo puedo querer a alguien a quien ya no conozco? Has cambiado, mi rey. Te habría querido hasta que el tiempo mismo hubiera llegado a su fin. A lo mejor aún te querría si tú no...»

Pero no escuché más que sus primeras palabras.

No recuerdo hacer lo que hice.

No fue hasta que mis ojos se liberaron de un rojo intenso cuando vi su cadáver. Intenté arrancarme la piel. Eliminar de mi cuerpo todo rastro de su amor, de mi belleza enfermiza. Pero era demasiado tarde. No podía huir de *su amor, entregado tan libremente, incluso en sus últimos momentos.*

*Destruí todos los espejos. Rompí todas las ventanas. Vacié todos los estanques.*

*Y aun así no fui capaz de rehuir la verdad de lo que me habían entregado y de lo que había perdido.*


Cuando Shukra acabó de hablar, ríos de lágrimas le corrían por las mejillas.

—Ahora vivo rodeado de los recuerdos de mis errores —dijo señalando los espejos que lo acompañaban—. Sin ellos, la nieve me robaría los recuerdos, como hace con todos los que vienen aquí.

—Lo siento —susurró Mini.

Aru no dijo nada. Una parte de ella sí que se apiadaba de él, pero la otra estaba indignada. Él había asesinado a alguien que lo quería, alguien que le había regalado un don muy especial. Era un egoísta.

Shukra juntó las manos.

—Es la hora de que toméis una decisión. Si no cruzáis el puente con éxito, caeréis en una de las hogueras del infierno y estaréis obligadas a pasar a la siguiente vida.

—O sea... ¿Moriremos? —le preguntó Mini.

—Sí —respondió Shukra, moviendo la mano como si Mini hubiera preguntado algo tan normal como «¿Tienes helado de chocolate?».

—¿Cómo lo cruzamos con éxito? —quiso saber Aru.

—Para cruzar el Puente del Olvido, debéis pagar el peaje.

—¿Qué peaje? —preguntó Aru.

—Debéis sacrificar una parte de vosotras mismas: vuestros recuerdos. Debéis dármelos a mí para ir más ligeras. Como veis, solo es visible el contorno del puente. Vuestros recuerdos son necesarios para dar forma al resto.

—¿Nuestros recuerdos? —repitió Mini—. ¿Para qué los quieres?

—Para no estar solo.

—¿Todos? —preguntó Mini—. ¿No puedo darte solo los malos? La semana pasada se me enganchó la mochila en una escalera mecánica y...

—Todos —la interrumpió Shukra.

—¿Por qué te conformas con quedarte aquí? —le preguntó Aru—. ¿Por qué no pasas a la siguiente vida? Podrías ser libre y...

—¿Libre? —rio Shukra—. ¿Dónde está la libertad, pequeñas, cuando pasas a la siguiente vida? —preguntó—. ¿No sabéis que todas esas cosas os persiguen más allá de las puertas de la muerte? Los males de una vida os afectarán en la próxima.

Ahí estaba. El karma. La idea que Aru era incapaz de meterse en la mente. Se recoge lo que se siembra y esas (quizá) bobadas. Aru pensaba que era algo propio de miedicas: decidir no seguir adelante solo porque sabes que va a ser muy duro. No veía que tuviera mucho sentido que Shukra se quedase allí. Solo, eternamente.

Aru se levantó. A Mini le estaba costando más. Por lo visto, su silla le había cogido mucho cariño: no paraba de enroscársele en las piernas.

—Cuando crucemos el puente, ¿recuperaremos los recuerdos? —preguntó Aru.

—No.

—Pues entonces no te pienso dar ninguno de los míos. —Las manos de Aru se cerraron en dos puños apretados.

—Yo... ¡Ay, suéltame! —exclamó Mini, liberándose por fin de la silla. El asiento emitió un suave gemido—. ¡Yo tampoco!

—Es una lástima —dijo Shukra—. Podríais haber creado recuerdos nuevos.

Miró todos los espejos que lo rodeaban. No estaban ahí para recordarle su belleza, advirtió Aru. Estaban ahí para recordarle su dolor. Su pérdida. Y él no tenía más remedio que verlo todos los días.

—Si insistís, os voy a dejar morir. Adelante, intentad cruzar el puente —dijo—. Fracasaréis.

Dejaron atrás a Shukra y enseguida se encontraron en el borde del precipicio. Todavía veían el contorno del puente más adelante, pero a poca distancia de sus pies no había más que una caída segura. Sin plataformas, sin escalones, sin nada. ¿El puente era invisible? ¿Era sólido siquiera?

—El puente se construirá solo —les informó Shukra. No se había movido de su sitio—. La pregunta es: ¿lo podréis cruzar lo bastante rápido? Teniendo en cuenta vuestra edad, dudo que consigáis avanzar más que unos cuantos pasos. Habéis recopilado menos recuerdos que la mayoría de gente.

La nieve roba-recuerdos, que había estado suspendida en el aire, empezó a caer de nuevo. Esta vez, cuando aterrizaba sobre su piel, Aru notaba un pinchazo. Porque le robaba. Con cada copo que le caía, se le arrebataba un nuevo recuerdo.

¡Ay, ay! Le había desaparecido en un santiamén el recuerdo de su octavo cumpleaños, cuando su madre... cuando su madre hizo algo.

Algo que Aru no era capaz de recordar.

—Os he ofrecido mi ayuda —dijo Shukra—. Una vida de ingravidez, libre de dolor. Pero habéis rechazado mi propuesta.

El puente, poco a poco, se iba empedrando con los recuerdos robados de las chicas. Aru olvidó el sabor del chocolate. A pesar de ser una de las cosas que más le gustaban en el mundo, no recordaba cómo sabía, ni tampoco cómo se llamaba... ¿Cómo se llamaba el qué? ¿En qué estaba pensando?

A su lado, Mini se tiraba del pelo.

—¡Para esto! —gritó entre sollozos.

Aru fue a coger la bola dorada. No sabía por qué. No es que hasta entonces hubiera hecho algo más que brillar. No se parecía a la polvera de Mini, que veía a través de las ilusiones o conjuraba las suyas propias. Y ahora Aru ya no recordaba dónde le habían entregado la bola.

—En la vida no se puede huir del dolor —dijo Shukra—. Lo lamento muchísimo. Quería ofreceros un final diferente, dejaros ir sin dolor.

La nevada era cada vez más intensa y rápida. Aru a duras penas veía nada. Se giró para mirar hacia Shukra y se fijó en que la nieve caía en todas partes menos en él.

Aru entornó los ojos. Los espejos de Shukra debían de protegerlo de algún modo.

En ese momento, un copo de nieve se quedó sellado en su brazo. Tiempo atrás, en Atlanta cayó una capa de nieve de un par de dedos; por supuesto, la ciudad entró en pánico y quedó sumida en el caos. El vuelo de su madre había sido cancelado y las dos se pasaron el día entero en casa, acurrucadas en el sofá. Comieron *ramen* mientras veían una película de Bollywood en la que a todos los abofeteaban de mentira al menos una vez y...

El precioso recuerdo se desvaneció.

Aru notaba el vacío que aquel recuerdo había dejado en su corazón. Y aunque ahora ya no se acordaba, quiso echarse a llorar. Aquellos recuerdos lo eran todo. Lo único a lo que podía recurrir cuando le tocaba pasar una noche en casa sin su madre. Lo único que le servía siempre que se sentía asustada.

No podía perderlos.

Debía lograr que Shukra perdiera el control sobre la nieve roba-recuerdos.

—La nieve tiene hambre —dijo Shukra—. Y se va a alimentar.

Les dio la espalda, alejándose más y más, como si no pudiera soportar lo que iba a ocurrir a continuación.

Pero Aru tuvo una idea...

Mini le agarró de la muñeca.

—No, Aru. —Había abierto mucho los ojos, y Aru supo que Mini había adivinado lo que planeaba hacer—. Tiene que haber otra manera.

—Si no rompemos sus espejos, no nos acordaremos de nada, Mini.

—¡No es lo correcto! Esos espejos lo rodean porque se siente mal.

—Mató a su esposa. ¿Por qué iba a sentir lástima por él?

—Aru, Shukra... está sufriendo. Si le robamos a él, no seremos mejores...

—Vale. Entonces, yo le robaré para que sobrevivamos las dos.

Aru no esperó a que Mini le respondiera. Debía actuar ya.

Alrededor de su cuello, el colgante gris de Monzón estaba frío y mojado. Mientras lo agarraba, recordó sus palabras:

«Pero tened cuidado: después siempre viene el arrepentimiento. Es el precio de acertar la verdad. A veces, para atinar, hay que ser temerario.»

Aru no vaciló. Lo lanzó. Mini se giró, como si no quisiera ser testigo de lo que pasara a continuación.

El colgante rompió el espejo que se encontraba ante el pecho de Shukra. Él se llevó una mano al corazón.

—¿Irsa? —gritó. Dio un traspié, manoteando al aire como si de pronto se hubiera quedado ciego.

El colgante rebotó y destruyó el espejo que estaba sobre su cabeza. Acto seguido, hizo añicos el tercero y el cuarto.

Shukra cayó de rodillas. Ahora la nieve sí que reparaba en él. Dejó de caer sobre Aru y Mini, quizá atraída por el mayor poder de los recuerdos de Shukra.

—¡No! —gritó—. ¡Por favor! ¡Son todo lo que me queda de ella!

Pero la nieve no tuvo ninguna piedad. Aru se giró para no verlo.

—El puente... —murmuró Mini.

Cuando Aru miró hacia allí, vio que el puente se estaba formando, ahora más deprisa que antes. Cada momento robado de la vida de Shukra creaba un escalón robusto sobre el barranco.

Aru y Mini lo cruzaron dando saltos, perseguidas por los gritos y los lamentos de Shukra. La nieve no las siguió. Cuando llegaron al otro lado, Aru dio media vuelta y vio que Shukra parecía perdido. La nieve le cubría la piel.

—No eres más que una niña, y los niños son a veces los más crueles. Me lo has arrebatado todo. Por eso te maldigo, hija de Indra —dijo Shukra. Levantó una mano—. Mi maldición es que, en el momento más importante, tú también sufrirás el olvido.

Dicho esto, desapareció. Donde había estado hasta entonces, ahora solo quedaban dos pisadas que, poco a poco, se iban llenando de nieve.

# TREINTA Y UNO

## Qué lugar tan apestoso

Aru estaba familiarizada con las maldiciones.

Aunque normalmente era la que las echaba, no la que las recibía.

En sexto, Aru maldijo a Carol Yang. Fue durante una semana en la que Aru había estado resfriada. Jordan Smith había utilizado todos los pañuelos para hacer ver que tenía pechos, algo que no fue tan divertido como pensaba, y fue una mala pasada para Aru que necesitaba sonarse la nariz urgentemente. La profesora no le permitió ir al baño. Por tanto, Aru no paraba de sentir las terribles cosquillas de una nariz moqueante, y no le quedó más remedio que...

—¡Qué asco! —gritó Carol Yang—. ¡Aru Shah se ha limpiado los mocos con la manga!

Todo el mundo empezó a reír. Carol se pasó el resto del día lanzándole pelotas de papel de váter a la cabeza.

Después de clase, Aru fue a casa y recortó un trocito de texto de aspecto viejo de uno de los folletos del museo. Quemó los bordes de la foto con el fogón de la cocina para que todavía pareciera más antigua.

Al día siguiente, justo delante de la sala de profesores, Aru se encaró con Carol y levantó el papel delante de su cara:

—¡Yo te maldigo, Carol Yang! A partir de hoy, siempre te va a gotear la nariz. Cada vez que te mires al espejo y creas que no tienes ningún moco, aparecerá uno y lo verán todos menos tú. —Y justo después, Aru siseó—: *Kachori! Bajri no rotlo! Methi nu shaak! Undhiyu!*

En realidad, aquellas palabras no eran una maldición, en absoluto. Eran los nombres de varios platos guyaratíes. Pero Carol Yang no lo sabía.

Tampoco lo sabía el profesor que salió de la sala y se encontró a Carol llorando, con un pañuelo en la nariz. Expulsaron a Aru con una nota del director: «Por favor, dígale a su hija que se abstenga de maldecir a sus compañeros».

Desde entonces, Aru no daba demasiada importancia a las maldiciones. Pensaba que sería como con los regalos (¡la intención es lo que cuenta!), pero las dos cosas eran mentira. Las intenciones no tenían suficiente poder por sí mismas y su maldición no llegó a funcionar.

Pero esta vez... Esta vez era muy diferente.

Delante de ellas, el Puente del Olvido parecía una medialuna de marfil. Se había formado con todos los recuerdos robados a Shukra.

Aru creyó oír la voz del Durmiente. «Ay, Aru, Aru, Aru... ¿Qué has hecho?»

Pero no era el Durmiente. Era Mini. Le tocó la muñeca con suavidad y le dijo:

—¿Qué has hecho, Aru?

—Salvarnos. —Le temblaba un poco la voz—. He hecho que crucemos el puente para que podamos conseguir las armas y salvar al mundo.

Era verdad.

Y en teoría las verdades te dejan... sereno. Indiscutiblemente bien. Pero Aru no se sentía así. Shukra había dejado atrás su vida y una maldición la había seguido a través del puente.

Supuestamente, era una heroína. ¿Las heroínas se sentían así, envueltas en una nube de dudas?

—No pasa nada. —La expresión de Mini se suavizó—. Cuando terminemos la misión celestial, haremos que te quiten la maldición. Seguro que en el Bazar Nocturno hay sitios para eso. ¿Y si se lo preguntamos a Bu?

Por lo menos Mini era optimista. Aru se forzó a sonreír. Intentó alejar la maldición de sus pensamientos.

—¡Sí! ¡Eso es! Buena idea, Mini. La gente se quita los tatuajes. La hermana de una chica de mi instituto se tatuó una mariposa en la parte baja de la espalda durante las vacaciones de primavera y sus padres le impidieron ir a clase hasta que no se lo borrara.

—¿Por qué iba nadie a querer una mariposa dibujada en la piel para siempre? —Mini arrugó la nariz—. Las mariposas son asquerosas. Sus lenguas son muy raras. Además, ¿sabías que si las agujas para tatuar están contaminadas y no esterilizadas adecuadamente puedes pillar la hepatitis?

—Y, déjame adivinar... ¿Te morirías?

—Bueno, hay un tratamiento —dijo Mini—. Pero podrías morir.

—Vamos —dijo Aru tras poner los ojos en blanco—. Ya debemos de estar cerca.

Chitragupta les había dicho que las armas celestiales se encontraban pasado el puente, pero no vieron nada más que una cueva gigantesca.

La caverna era tan alta que no parecía una caverna, sino más bien un desfiladero entre montañas. Del techo goteaban estalactitas pálidas, puntiagudas y afiladas, y estaban tan apiñadas que a Aru le recordaron a una dentadura.

Por no hablar del olor.

Aru estuvo a punto de vomitar.

Era peor que la vez que había olvidado la compra en el asiento trasero del Honda de su madre. Todo el coche olía tan mal que su madre tuvo que dejar las ventanillas abiertas el fin de semana entero. Aquel sitio olía a... a podrido.

Aru avanzaba sobre algo que crujía. Miró hacia abajo y vio una delgada espina de pescado pegada a su suela. Se la quitó y la tiró a la cueva. La espina cayó al suelo con un resonante paf.

—Qué suelo más raro —dijo Mini.

Era firme, pero elástico. Como una colchoneta hinchable. Y no era gris ni marrón, como el suelo de la mayoría de cuevas, sino de un rojo cereza tan intenso que reflectaba.

—Aquí dentro apesta —dijo Aru.

Mientras caminaba, se tapaba la nariz y la boca con el pijama. Casi todo lo que había visto que estuviera relacionado con los dioses y las diosas era espléndido y precioso. Sin embargo, aquel lugar parecía una cárcel. Las paredes eran de un tono rosa. De tanto en tanto, una ráfaga de aire caliente llevaba hasta ellas un hedor de pescado en descomposición.

—¿Y si las armas se están pudriendo?

—¡No se pueden pudrir! Son celestiales.

—¿Y tú qué sabes? —protestó Mini—. ¿Eres una experta en cosas celestiales o qué?

Aru iba a responder, pero entonces se tropezó. Un hilo fino, de color plateado brillante, estaba tendido a lo largo del desfiladero. En cuanto Aru lo tocó, se desencadenó algo en el interior de la gigantesca cueva. Ahora de las estalactitas colgaban palabras fluorescentes:

«LA CÁMARA DE LAS ASTRAS»

*Astra* significaba «arma».

En especial, las que tenían cualidades sobrenaturales.

A Aru se le aceleró el pulso. Sabía que no debería estar emocionada por necesitar un arma supermágica y superpoderosa (porque entonces su enemigo también sería supermágico y superpoderoso), pero es que la quería ver. Le habría gustado hacerse una foto con el arma si su madre no se hubiera negado a comprarle un móvil...

—¿Por qué los dioses no tienen las armas con ellos? —preguntó Mini—. ¿Y si las roban o algo?

Aru echó un vistazo a aquel oscuro lugar. Por encima de ellas, las estalactitas emitían una luz tan pobre que Aru a duras penas veía lo que había más allá.

—A lo mejor pensaban que aquí estaban a salvo.

—Pero ¡si no hay ninguna protección! —se indignó Mini—. Es solo una cueva apestosa. No tiene sentido.

—¿Y si es la peste lo que las protege?

—Mmm... Quizá lleves razón. Apesta a repelente de demonios, está claro.

Aru frunció el ceño. Para ser una sala que en teoría estaba llena de armas celestiales, en la práctica estaba vacía.

—Ey, hay algo en el suelo —exclamó Mini. Se agachó y tocó la tierra con la mano—. Puaj. Está mojado. Y lleno de agua apestosa. —Entonces, Mini se quedó callada durante un minuto—. ¿Aru?

Aru oyó a Mini, pero no se giró. La bola que tenía en el bolsillo desprendía calor, pero no la cogió. Estaba distraída con las palabras colgantes. Antes, había leído:

«LA CÁMARA DE LAS ASTRAS»

Sin embargo, ahora las palabras se habían estirado y modificado. Se acercó para leerlas.

«LAS RESPUESTAS ESTÁN A LA VISTA.
NADA ES LO QUE PARECE.
AQUÍ HAY PODER QUE ENCONTRAR
Y CONOCIMIENTOS QUE ASIMILAR.
PERO EL TIEMPO NO OYE NADA
Y NO ESPERA A LOS HOMBRES.
SI TARDAS MUCHO EN AFANARTE,
TUS MIEDOS VAN A VISITARTE».

—¿Has leído esto? —exclamó Aru—. Habla de hombres, ¿y las mujeres qué? Qué grosero.

—Aru —la ignoró Mini—, esta extraña humedad no es humedad.

—¿No?

—No, creo que es...

Otra ráfaga de aire caliente se levantó a su alrededor. En las profundidades de la cueva, Aru oyó un ruido de fuelles. Como un órgano gigantesco que se estuviese haciendo pedazos.

O... como unos pulmones que se llenasen de aire.

El suelo tembló. Por encima de ellas, las estalactitas empezaron a alargarse. Aru entornó los ojos. No se alargaban. Se acercaban.

—No son estalactitas —dijo Mini.

Aru tuvo el ligero presentimiento de que ya sabía lo que iba a decir su hermana.

Eran dientes.

Y fuera cual fuera la bestia en la que se habían metido, el monstruo estaba comenzando a cerrar la boca.

# TREINTA Y DOS

## La número 1 de la lista de las diez maneras en las que Mini no quería morir: muerte por halitosis

**A**ru había perdido la cuenta de las veces que había pensado: «Vamos a morir».

De acuerdo, hasta entonces siempre se las habían arreglado para evitar la muerte. Aunque eso no hacía que aquel pensamiento fuera menos espeluznante. Por suerte, las dos ya tenían tantísima práctica que no se pusieron a gritar y chillar como las dos últimas veces. En esta ocasión tan solo gritaron.

Debajo de ellas, la lengua (qué asco) empezó a agitarse. Numerosas estalactitas —«no», pensó Aru, «dientes gigantes»— se estrellaron contra el suelo y sellaron la entrada.

—¡Tiene que haber otra salida! —gritó Aru.

—¿Y si utilizas la bola?

Aru se la sacó del bolsillo y la lanzó al suelo, pero no ocurrió nada.

Aunque claro, con aquella estúpida bola nunca ocurría nada.

Mini abrió y cerró la polvera.

—¡Mi espejo tampoco funciona! Solo veo mi reflejo. —Mini arrugó la nariz—. ¿Me ha salido otro grano? Aru, ¿lo ves?

—¡Concéntrate, Mini! A lo mejor podríamos abrir la mandíbula y dejarla abierta con algo.

—¿Con qué? No tenemos nada que sea lo bastante grande. Además, fíjate. —Mini se levantó la manga y dobló el brazo.

—¿Qué narices estás haciendo?

—¡Estirando los músculos!

—No veo que pase nada.

—¡Exacto! —dijo Mini, tirándose del pelo. Empezó a caminar de un lado a otro—. Vale, estamos dentro de un cuerpo. Muy probablemente, teniendo en cuenta el olor a pescado, sea una especie de ballena demoníaca enorme. A ver. Pensemos en anatomía y tal.

—¡Genial, ahora saco mi libro de anatomía de bolsillo! ¡Ah, no, espera! ¡Que no tengo!

—¿Las ballenas tienen úvula?

—¿Cómo voy a saber si es una ballena hembra?

—Es la campanilla, eso que se parece a un saco de boxeo y que cuelga al inicio de la garganta —le explicó Mini—. Te hace vomitar. Si conseguimos lanzar algo a la de la ballena, entonces ¡nos tendrá que vomitar!

No era una mala idea. Salvo por un detalle importante.

—¿Quieres salir de aquí en una ola de vómito de ballena?

—Quiero salir de aquí. Punto.

—Ahí le has dado.

Las chicas corrieron hacia el final de la boca. Allí, la peste era todavía peor. La media melena de Aru se le quedó pegada a la cara. Su pijama estaba empapado por el aliento húmedo de la ballena.

Las letras de neón brillaban en la oscuridad, suspendidas por los dientes traseros, que cada segundo que pasaba parecían más largos. Quizá era la úvula. Pero cuando llegaron allá, Aru no vio nada con forma de saco de boxeo. En cambio, la lengua se inclinaba hacia la garganta de la ballena. Aru oyó el ruido del agua, que se derramaba con furia. Peor, que crecía.

—¡No hay úvula! —dijo Aru.

—¡*Buscando a Nemo* mentía!

—Un momento. ¿Has tomado una decisión de vida o muerte basándote en *Buscando a Nemo*?

—Es que...

—¡Mini!

—¡Solo intentaba ayudar!

—¡Y yo ahora mismo solo intento no lanzarte garganta abajo!

Los dientes se juntaron un poco más. Al principio, Aru solo había visto hileras e hileras de dientes pálidos, muy apiñados. Ahora vio otra cosa. Una cosa que brillaba.

«¿Qué diantres es eso? ¿Aparatos que van detrás de los dientes?»

Un momento. ¡Las armas!

Era allí donde los *devas* las habían escondido. Aru vio largas espadas, hachas, mazas y arcos tensados con flechas, todo sobresaliendo de la maraña de dientes.

—Las armas —exhaló Aru—. ¡Tenemos que dar con las que nos correspondan! Es la manera de escapar.

—No quiero matar a la ballena...

—No vamos a matar a la ballena —le dijo Aru—. Solo le daremos unos golpecitos, para que mantenga la boca abierta y nos dé tiempo a huir.

—¿Cómo sabremos cuáles son las armas que nos corresponden? —Mini no estaba convencida.

Aru comenzó a correr hacia la parte delantera de la boca de la ballena.

—¡Las que podamos coger más deprisa!

Si Mini puso los ojos en blanco o le soltó alguna ironía, Aru no se enteró. Calculó la distancia que la separaba de las armas gigantescas. Si daba un salto, tal vez podría alcanzar alguna. Una espada con empuñadura de esmeralda resplandecía, tentadora.

Las mandíbulas de la ballena siguieron cerrándose. Aru no tenía ni idea de si la espada era la elección correcta. Supuso que encontraría algo relacionado con su padre celestial, pero en el surtido de armas no vio nada parecido al relámpago del dios Indra. A por la espada, entonces.

—Mini, ¿me echas una mano?

—No saldremos nunca de aquí —se quejó Mini.

Al subir encima de su hermana, a Aru le costó mantener el equilibrio, pero se negaba a creer que no fueran a salir de allí. No habían llegado tan lejos para que las matara la halitosis de una ballena. Qué vergonzoso sería para su página de la Wikipedia.

Mini se puso de puntillas para que Aru llegara más arriba.

Aru alargó la mano hacia la empuñadura de la espada, que colgaba encima de ella.

—Solo un... poquito más...

Una racha de aire caliente la lanzó al suelo. O a la lengua. Lo que fuera.

Aru intentaba ponerse de pie, pero perdía el equilibrio una y otra vez. El viento podrido se volvió más intenso.

—¡Aru! —gritó Mini detrás de ella.

Aru se giró y vio que Mini intentaba aferrarse al suelo, pero los pulmones de la ballena eran demasiado potentes. Sus piernas estaban en el aire y se movían hacia atrás.

—¡Está intentando inhalarnos!

—¡Aguanta! —chilló Aru. Gateó hacia Mini, pero era como gatear encima del hielo. Le resbalaban las manos y sus codos no paraban de chocarse contra el suelolengua. El aliento de la ballena la succionaba—. Ya voy —graznó.

No iban a conseguir las armas de ninguna de las maneras. Ahora lo sabía. Detrás de Aru, la luz se redujo.

—¡Diría que no aguantaré mucho más!

—¡Pues no digas nada! —gritó Aru—. Aguanta. Yo creo en ti, Mini.

—¡Hay tantas cosas que me habría gustado hacer! —gimió Mini—. Nunca me he podido depilar las piernas.

—¿Eso es lo que te da más pena?

Aru se atrevió a echar un vistazo a las letras. El acertijo de neón brillaba, titilante. LAS RESPUESTAS ESTÁN A LA VISTA. Bueno, pues Aru estaba buscando (con la vista) y no había nada que las pudiera ayudar. Nada de nada.

Mini forcejeaba contra el viento. La mochila volaba a su espalda. Tenía los nudillos blancos. Una de sus manos se soltó.

—Lo siento —dijo.

Se miraron a los ojos.

Aru vio que su hermana salía despedida hacia la oscura garganta. Su hermana. No solo Mini. Ahora que lo había pensado, no podía olvidarlo. Había pasado de ser una idea a ser una certeza.

Tenía una hermana. Una hermana a la que debía proteger.

Aru no perdió más tiempo pensando. Sencillamente, reaccionó. Extrajo la bola del bolsillo de sus pantalones. En su mano, la pelotita resplandecía con más intensidad, como una criatura que se despierta de una larga siesta. Aru soltó la esfera.

Encima de su cabeza, los dientes descendían. Aru notó la empuñadura de la espada en el omóplato y vio la silueta de Mini, suspendida en plena caída.

Imaginó una caña de pescar. Algo que pudiera lanzar, recoger y...

La luz formó un halo delante de Aru. Procedía de la bola y se destensaba en el aire con forma de letras cursivas desordenadas. Los lazos de luz envolvieron a Mini, la alzaron y la alejaron de la garganta de la criatura.

Aru gritó de alegría. La bola dorada regresó a su mano. Aunque ya no era una bola dorada; era un rayo.

De hecho, era tan largo que bastaba para mantener abierta la boca de la criatura, y Aru se puso a ello de inmediato.

Antes de que terminara, Mini se le acercó corriendo, a gritos. Y no estaba contenta en plan: «Me has salvado la vida, estaremos siempre juntas». Más bien fue un aullido del tipo: «Huyamos mientras podamos». No tenía ningún sentido. Aru acababa de salvarle la vida.

Y fue entonces cuando Aru lo notó.

Una suave dentellada en el cuero cabelludo. ¡No se podía mover! Aru intentaba alejarse cuando una potente luz violeta la envolvió hasta formar una esfera enorme y dura. Los dientes de la ballena rebotaron contra la esfera.

Delante de ella, triunfal dentro de su propia esfera, estaba Mini. En la mano sujetaba la *danda* del dios Yama, una vara de su misma altura y trenzada con luz morada. Los dientes de la ballena presionaron la esfera y provocaron que en la superficie se dibujaran unas débiles líneas, pero la protección aguantó, y los dientes terminaron relajándose. La luz se adueñó del espacio cavernoso y las dos esferas se desvanecieron.

En la parte trasera, el acertijo de neón seguía brillando. Las respuestas están a la vista. Después de todo, era verdad. La bola dorada había sido el *vajra*, el relámpago de Indra, desde el comienzo. Y la polvera de Mini no era ninguna polvera, sino la vara *danda* de Yama.

Habían esperado una buena razón para revelarse. Aquello hizo que Aru recordara las palabras que les había dicho Urvashi tiempo atrás, cuando visitaron la Corte Celestial: «Debéis despertar las armas... Debéis ir al Reino de la Muerte». Al intentar salvarse la una a la otra las habían activado. Quizá era lo que demostraba a las armas que ellas merecían empuñarlas.

—No hay de qué —dijo Mini sin aliento.

Aru, que seguía observando el relámpago que tenía en la mano, tardó un minuto entero en descifrar lo que había dicho Mini.

—Mmm, sí que hay —dijo cruzándose de brazos—. Eso lo tendría que decir yo. Te he salvado primero.

—Ya, pero yo te he salvado justo después. Casi al mismo tiempo. ¿Lo dejamos en empate?

—Vale, lo dejamos en empate. Pero ¿quién da las gracias primero? Creo que...

—¡CASA! —gritó Mini, rápidamente apoyada en una de las paredes de la boca.

Se le había adelantado. Aru sonrió y se sintió extrañamente orgullosa de Mini. Le ofreció el codo y Mini se lo chocó.

—Gracias.

—¿Por qué no «Gracias, tata»? —preguntó Mini.

—Mini, nadie dice «tata». Nunca.

—¡Podríamos recuperarlo! Y que sea retro y chulo.

—«Tata» es de todo menos chulo.

—Vale. ¿Qué te parece «hermanita de mi corazón»? —le preguntó Mini.

—No.

—¿Qué te parece...?

Fue un debate larguísimo.

# TREINTA Y TRES

## En la próxima vida
## seré una vaca

Los relámpagos pesan mucho más de lo que parece.

Después de que el *vajra* revelara su verdadera forma, el rayo se negó a volver al tamaño de la bola. Al final, Aru había resuelto el problema decidiendo que usaría el *vajra* como si fuera unas chanclas después de haber recorrido la lengua viscosa de la ballena. El arma se estremeció ante aquella imagen y se encogió obedientemente.

Mini, por su parte, prefería usar la *danda* de la Muerte como un bastón, y actuaba como si en lugar de doce años tuviera doce mil.

—Creo que soy propensa a tener problemas de articulaciones —dijo—. Y solo tenemos dos rodillas. A ver, supongo que las podría sustituir, pero no sería lo mismo, y nadie debería operarse a la ligera. Hay millones de cosas que pueden salir mal. Puedes hasta morir.

Nada más salir de la boca de la criatura sanas y salvas, siguieron el camino de piedra que serpenteaba alrededor de la cueva, que no era una cueva sino la cabeza de una ballena gigantesca.

Cuando Aru miró hacia arriba, la cima de la criatura estaba tapada por las nubes. Las extrañas protuberancias que Aru pensó que eran rocas, ahora se parecían más a unas aletas cubiertas de robustos percebes. Por las laderas corrían ríos de agua, como si alguien regara al monstruo continuamente.

—Por cierto, es una *timingala* —dijo Mini, mirando en su dirección—. O eso creo.

—No lo había oído nunca.

—Básicamente son unos tiburones ballena enormes que aparecen en algunas historias.

—Creía que los tiburones ballena eran amistosos. ¡Y que no tenían dientes! —exclamó Aru—. Este es el más maleducado de todos. Ha intentado matarnos con su halitosis.

—¡Solo hacía su trabajo! Además, es un tiburón ballena y también un guardián celestial —puntualizó Mini—. Y con todas esas armas metidas en la boca… Pobrecito. Imagínate que tuvieras que pasarte el resto de tu vida con granos de maíz afilados entre los dientes. Al pensarlo me entran ganas de usar hilo dental más de dos veces al día.

—¿Usas hilo dental dos veces al día?

—Pues claro —dijo Mini—. ¿Tú no?

—Eh…

—Aru, ¿lo usas alguna vez?

Aru se consideraba de lo más afortunada si se acordaba de cepillarse los dientes por la noche, y nada de hilo dental. A veces, cuando llegaba tarde a clase, solamente comía un poco de pasta de dientes. De hecho, ni siquiera sabía si en su casa había hilo dental.

—Claro que sí. —«Cuando se me queda algo entre los dientes.»

—Si no usas hilo dental, te pueden salir caries. —Mini no la había creído—. Y si te salen, las caries se pueden extender a la cavidad nasal, y después debajo de los ojos, y después en tu cerebro, y después...

—Mini, si dices «Te mueres», morirás tú de verdad, porque no paras de decirlo.

—Eres mi hermana. Asegurarme de que sobrevives es mi deber familiar.

Aru intentó no sonreír. «Eres mi hermana.» Pensó que nunca se cansaría de oírlo.

—De momento estoy bien. Y tengo todos los dientes. Muerte: cero. Aru: cuatro, como mínimo.

Mini tan solo sacudió la cabeza y siguió caminando. Todo el mundo sabía que la única manera de salir del Reino de la Muerte era entrar en una nueva vida. Es decir, que la única salida era a través del Pozo de la Reencarnación. Pero ellas no debían reencarnarse, o eso es lo que dijo Chitragupta. Por lo tanto, debía de haber otra manera de huir del Reino de la Muerte. O por lo menos eso esperaban.

No había nada que Aru deseara más que salir del Reino de la Muerte. En primer lugar, porque apestaba. En segundo lugar, porque se moría de hambre. Y en tercer lugar, porque nunca iba a poder presumir de haber estado allí. «Destino final» no impresionaba tanto como «destino vacacional». Sonaba de lo más espeluznante.

Sin embargo, debía admitir que una parte de ella estaba excitada por ver el Pozo de la Reencarnación.

¿Cómo decidía el Reino de la Muerte en qué se convertía la gente? ¿Había alguna especie de lista? «Has cometido el mínimo de buenas acciones, así que tu recompensa es no tener calvicie prematura en tu próxima vida.» O: «¡Disfruta de ser una cucaracha! Míralo por el lado bueno: sobrevivirás a un desastre nuclear».

Aquello iba a tener que esperar.

Porque antes debían visitar otro pozo: el Pozo del Pasado. Era el único lugar en el que descubrirían cómo derrotar al Durmiente.

Aru y Mini pasaron una curva y acabaron en una sala con ventanas.

Miles y miles de ventanas que daban a mundos que Aru jamás creyó reales. Países donde había palacios de nieve y palacios de arena. Lugares donde criaturas marinas con filas de ojos les guiñaban uno desde el otro lado del cristal. Era lógico que cualquier sitio estuviera conectado con la muerte. La muerte estaba presente en todas partes. Se encontraba en el viento que convencía a una flor para que floreciese. Se escondía en el ala de un pájaro que se tapaba para irse a dormir. Se hallaba en cada una de sus respiraciones.

Aru jamás había pensado tanto en la muerte como ahora. No había muerto nadie a quien conociera. No había tenido que llorar a nadie.

Se imaginaba que el día que eso pasara solo sentiría tristeza. Paseando por el Reino de la Muerte, sin embargo,

Aru experimentó una especie de paz, como si se balanceara en el límite entre dormir y caminar.

A lo lejos, oyó el ruido de unos engranajes. Ruedas que rechinaban y encallaban. A su alrededor, la atmósfera había cambiado. Las paredes desprendían la iridiscencia propia de las conchas pulidas. Del techo caían en espiral estalactitas de papel.

—Debe de ser el archivo de Chitragupta —dijo Mini. Se estiró para examinar uno de los papeles y leyó en voz alta—. «El diecisiete de mayo, Ronald Taylor saltó al océano Ártico gritando: "¡Unicornio marino!" y asustó a una ballena. No le pidió disculpas.»

—Entonces... ¿son los registros de lo que la gente hace a diario?

Los papeles daban vueltas lentamente.

—Supongo, ¿no? —dijo Mini—. Creo que nos estamos acercando a los pozos. Chitragupta solo tendría aquí su archivo si necesitara consultarlo cuando se moldearan los nuevos cuerpos de las personas y tal.

—Me gustaría saber qué ocurre si asustas a una ballena. A lo mejor el karma hace que te salga un grano enorme en plena frente para que te llamen «horrible unicornio» durante un mes.

—Un momento. —Mini abrió mucho los ojos—. A mí me ha salido un grano en la nariz: ¿quiere decir que he hecho algo para merecerlo?

—Dímelo tú.

Mini frunció el ceño; estaba abriendo la boca para decir algo cuando el paisaje a su alrededor cambió. Bajo sus pies, el suelo pasó de una superficie de piedra dura a una húmeda, resbaladiza, envolvente...

Pozos de agua.

Algunos tenían el tamaño de charcos de lluvia. Otros, de estanques. Había por lo menos unos cincuenta formando círculos concéntricos.

Encima de cada uno flotaba un enorme incensario. Sin embargo, las paredes eran las mismas, así que el agua resplandeciente parecía un montón de perlas escondidas en una concha. Más allá de la Sala de los Pozos, Aru vio la tenue luz de una salida. No oyó ninguna voz. No daba la sensación de que hubiera nadie por allí.

Aquel lugar olía raro. Olía a... a nostalgia. Como un cucurucho de helado que te mueres de ganas de comer y que, después de lamerlo una sola vez, se te cae al suelo.

A diferencia del bosque o del Carrefour del Más Allá, incluso del tiburón ballena, allí no había ningún cartel. Nada ni nadie indicaba para qué servía cada uno de los pozos. Aru se frotó el cuello con un mohín. No iba a ser sencillo, no.

—Camina poco a poco —dijo Mini, que con cuidado se colocó entre dos de los pozos—. El suelo resbala un montón. ¿Qué pasará si nos caemos en un pozo?

—¿Que nos reencarnaremos al instante? —Se encogió de hombros.

—¿Y si nos reencarnamos en animales?

—Pues yo me pido ser un caballo.

—Todo para ti.

—Me gustan los caballos...

—A mí me gustaría reencarnarme en una vaca —dijo Mini con altivez—. Así me venerarían.

—Si vivieras en la India sí... Si no, te convertirías en una hamburguesa.

—No lo había pensado. —La sonrisa se borró de la cara de Mini.

Aru iba a decir «¡Muuuu!» cuando resbaló.

Patinó con el agua que había debajo de su talón. Movió rápidamente los brazos. Unos segundos después, cayó al suelo de culo y su nariz quedó a pocos centímetros de una cara reflejada en el agua.

No era la suya.

Era la de su madre.

# TREINTA Y CUATRO

## El Pozo del Pasado

Los secretos son algo muy curioso. Endebles, se rompen con facilidad. Por esta razón, prefieren permanecer ocultos.

Un hecho, en cambio, es fuerte y poderoso. Está demostrado. A diferencia de un secreto, está a la vista, para que lo vea todo el mundo. Y de esta manera puede llegar a ser más terrorífico que el secreto más oscuro y escondido.

En el pozo, Aru vio que un secreto se rompía y se convertía en un hecho.

Secreto: el Durmiente sí que conoció a su madre.

Hecho: no solo la conoció.

Por ejemplo, Aru «conocía» al cartero del barrio. Él siempre hacía ver que la entendía, solo porque a los diecisiete años se había cambiado su nombre a Krishna Blue. En los auriculares siempre escuchaba música india un pelín escalofriante, y a menudo le decía a Aru que su «aura no vibraba lo suficiente» y que debería beber más té. Aru también «conocía» a Bobby, el caniche al que sacaba a pasear en verano. Al perro le gustaba robarle las zapatillas y enterrar bocadillos de manteca de cacahuete. Pero el Durmiente no conoció a su madre de la misma manera.

Cuando Aru miró hacia el pozo, vio un recuerdo de su madre, muchísimo más joven, caminando con el Durmiente, cogidos de la mano. Paseaban por la orilla de un río, entre risas. Y de vez en cuando se paraban para... besarse.

El Durmiente no solo llegó a conocer a su madre. La había amado. Y ella lo había amado a él. En el recuerdo, su madre reía y sonreía de verdad, mucho más de lo que había reído y sonreído con Aru. Aru intentó no sentirse ofendida, pero era muy difícil. ¿Quién era esa versión de su madre? Se inclinó por encima del agua, ansiosa, y casi tocó la superficie con la punta de la nariz.

Las imágenes cambiaron... Ahora mostraban a su madre, de pie junto a la puerta de una casa que Aru no había visto jamás. Vio a su madre, la reputada Krithika Shah, acariciándose la barriga. Aru estaba acostumbrada a verla vestida como una profesora dejada, con una chaqueta con los codos desgastados y una falda raída cuyo dobladillo se iba deshilachando. En esta visión, vestía un *salwar kameez* negro de terciopelo. Llevaba el pelo rizado y una tiara brillante.

La puerta se abrió y un hombre mayor pareció sorprendido al verla.

—Krithika —murmuró—. Has llegado pronto para el festival Diwali, hija mía. Las demás hermanas te esperan adentro. —Cuando ella no entró en la casa, los ojos de él se clavaron en el vientre de su madre—. ¿Ha... ha ocurrido?

—Sí —respondió. Su voz sonó fría y sin expresión.

Aru tardó unos instantes en adivinar qué había en el útero de su madre.

Ella.

—Él no es quien tú dijiste —siguió, entre lágrimas—. Y no puedo permitir que pase. Sabes tan bien como yo que, en cuanto el niño se haga mayor, Duryodhana está destinado a ser... a ser...

—El Durmiente —terminó el anciano—. Lo sé, hija.

—¡Tiene que haber otra manera! Él es consciente de su propia profecía y cree que el vaticinio no lo va a arrastrar. Podría ser padre. Podríamos ser una familia. —Su voz se rompió al pronunciar la última palabra—. Es capaz de cambiar su destino. Yo lo sé.

—Nadie puede cambiar su destino.

—Entonces, ¿qué me obligarás a hacer, padre?

Aru jadeó. Era su abuelo. Según su madre, había muerto cuando Aru era demasiado pequeña como para recordarlo.

—Deberás elegir. —Se encogió de hombros—. O tu hijo o tu amante.

—No puedo hacer eso.

—Tendrás que hacerlo —le dijo su padre—. Ya has cumplido con tu deber y le has robado el corazón. Supongo que te ha contado el secreto de cómo se le puede vencer, ¿verdad?

—Me lo contó en confianza. Nunca lo traicionaría. Creo que el mundo podría ser diferente. Creo que nuestro destino no es una cadena que nos rodea el cuello, sino un par de alas que nos permiten volar.

—Cree lo que te dé la gana. —Su padre rio con amabilidad—. Eres muy joven, Krithika. Joven, preciosa e inteligente. Lo único que te pido es que no tires tu vida por la borda.

—¿Hacer lo que considero correcto es tirar mi vida por la borda? —La mirada de Krithika se endureció.

—Si insistes en tomar ese camino —su padre ya no reía—, vas a poner en peligro a tu familia. Vas a frustrar el objetivo de las *panchakanyas*.

—Creo que nuestro objetivo no es solo engendrar —susurró.

—Y nunca podrás volver a poner un pie en este hogar. —Su padre arrugó la nariz.

En ese punto, la madre de Aru se encogió un poco, pero aun así levantó la barbilla.

—Para mí hace mucho tiempo que dejó de ser un hogar.

—Que así sea, pues —le dijo su padre mientras le cerraba la puerta en las narices.

La visión avanzó un poco. La madre de Aru ahora llevaba una bata de hospital y acunaba a un bebé: Aru. Despatarrado en una silla detrás de ella estaba el Durmiente. Llevaba una camiseta que decía: «¡Soy papá!». En el regazo tenía un ramo de flores. Krithika lo observaba dormir y su mirada pasaba de él a Aru.

En ese momento, la mujer alzó la cabeza hacia el techo.

—Os quiero a los dos —susurró—. Espero que un día comprendáis que voy a hacer lo necesario para protegeros. Para protegernos a todos.

El escenario cambió para mostrar el museo. No tenía el mismo aspecto que ahora. Las estatuas eran diferentes, salvo por el elefante de piedra, que todavía no habían colocado en la entrada. Todo relucía y era nuevo. En la puerta había un cartelito que decía: «¡PRÓXIMA INAUGURACIÓN! ¡EL MUSEO DE ARTE Y CULTURA DE LA ANTIGUA INDIA!»

Krithika recorría la Sala de los Dioses. Las estatuas estaban cubiertas con telas blancas, por lo que la estancia parecía llena de fantasmas pésimamente vestidos. En las manos llevaba algo pequeño y brillante. Por las mejillas le corrían ríos de lágrimas.

Se detuvo al final de la sala, donde esperaba la *diya*.

—Lo siento —dijo—. Lo siento mucho. Nunca quise que pasara esto. Pero que sepas que he utilizado tus secretos no para destruirte, sino para apresarte. Te encierro con mi corazón, el mismo corazón que te di con toda mi alma. Te encierro con algo que no está hecho de metal, madera ni piedra. Te encierro con algo que no está ni seco ni húmedo.

Colocó el objeto brillante, poco más que una fina cinta, y Aru vio que era el Durmiente, al que su madre acababa de dejar atrapado en la lámpara. La luz estalló y rodeó la antigualla antes de desaparecer en un santiamén.

—En teoría, debía destruirte, pero no he sido capaz. Y tampoco podía poner en peligro a Aru —prosiguió

Krithika—. Encontraré una respuesta. Estudiaré todos los yacimientos antiguos, leeré todos los tratados. Y encontraré una manera de liberaros a los dos, a ti y a Aru. Lo prometo.

Mini tiró de Aru, que se alejó del pozo entre balbuceos y esputos. Se sentó en el suelo.

—¡Háblame, Aru! —Mini le dio un golpe fuerte en la espalda. Si estás muerta, ¡dímelo! ¡Di algo!

Aru pensó que iba a romperse las costillas, pero por fin pudo respirar hondo.

—Estoy viva —murmuró.

—Ay, qué bien —dijo Mini—. Te iba a hacer la reanimación cardiopulmonar.

—¿Sabes hacerlo?

—Mmm, en realidad no, pero en la tele se ve muy sencillo.

—Eso que me he ahorrado —rio Aru débilmente.

Se quedó mirando el pozo. Por la cabeza le fluía demasiada información nueva. Fue su madre la que apresó al Durmiente. Y no porque lo odiase, sino porque no se veía capaz de matarlo.

¿Él lo sabía?

Aru creía que no, puesto que llamó mentirosa a su madre. Aru no lo culpaba, claro. Pasarse once años encerrado y solo debía de ser muy duro.

—¿En serio, mamá? —masculló—. ¿Tenías que enamorarte de un demonio?

—Yo también lo he visto todo. El Durmiente casi te hizo de padre —dijo Mini mientras fingía una arcada.

Aru parpadeó. Acababa de recordar lo que el Durmiente le había dicho en la biblioteca: «Hasta podríamos ser familia».

—¿Cómo es que tu madre no salió con un médico muy mono?

—¿Por qué siempre tiene que ser un médico?

—No sé —dijo Mini, encogiéndose de hombros—. Es lo que siempre dice mi madre: «Ve a clase, estudia mucho, después ve a la universidad, estudia Medicina a tope y cásate con un médico muy mono».

Se quedaron un minuto en silencio. Por primera vez en su vida, Aru no sabía qué decir. ¿Qué iba a decir después de ver las imágenes del pozo? Le daba la sensación de que toda su existencia se había reajustado por completo.

¿Por eso nunca veía sonreír a su madre? ¿Porque su madre había tenido que reconstruir su vida como si fuera una habitación del Palacio de las Ilusiones? ¿No lo había hecho por el Durmiente... sino también por ella?

—¿Estás bien? —Mini le tocó el hombro.

—Hecha polvo.

—Ni siquiera has intentado mentir. —Mini soltó un gritito—. ¿Tienes fiebre? —Abofeteó la frente de Aru con una mano.

—¡Ay!

—Perdón —dijo Mini tímidamente—. Mis modales con los pacientes tienen que mejorar bastante...

—¡No soy tu paciente! —le espetó Aru mientras le daba un golpe en la mano a Mini. Acto seguido, suspiró—. Lo siento. Sé que no es culpa tuya.

—No pasa nada, Aru. Pero ¿qué hacemos ahora? —le preguntó Mini—. Urvashi nos dijo que encontraríamos la manera de derrotar al Durmiente en el Pozo del Pasado...

—Y así es —dijo Aru—. Aunque no nos sirve demasiado. Ya has oído a mi madre. Dijo que utilizó sus secretos para apresarlo, no para matarlo.

—Ya, y también que él no iba a ser derrotado por nada que fuera de metal, madera o piedra. Ni por nada seco o húmedo. Tu madre lo encerró con el corazón, pero me da que es una metáfora. No tengo ni idea de cómo lo hizo, ¿y tú?

—Tampoco. —A Aru le daba vueltas la cabeza—. Y si lo supiéramos, ¿qué íbamos a hacer con un montón de corazones? ¿Lanzárselos a la cara?

—¿Qué alternativa nos queda?

—¿Y si le tiramos pasta demasiado al dente?

Mini puso los ojos en blanco.

—¿Y si utilizamos animales? —preguntó.

—Depende de nosotras —dijo Aru—. Es lo que nos dijo Urvashi. Además, es un demonio. Aunque encontráramos a un tigre devorador de humanos muerto de hambre, seguro que iría a por nosotros antes que a por él.

—Quizá lo de la pasta al dente es nuestra mejor opción.

—Me iría muy bien una espada de pasta.

—Una maza de pasta.

—Un garrote de pasta.

—Un... ¿un arco de pasta?

—Demasiado frágil.

—¿Un rayo de pasta? —bromeó Mini.

—Un momento —dijo Aru—. El rayo. No está seco ni húmedo...

—¡Ni es de metal, piedra ni madera!

Aru aferró la forma de bola del *vajra* con mucha fuerza. Al parpadear, vio al Durmiente en la habitación de hospital con una camiseta en la que ponía: «¡Soy papá!».

A Aru le ardían los ojos. Después de todo, su padre no las había abandonado... Solo había estado encerrado. En una lámpara. Y lo encerró su madre. «Un lío de mil demonios», pensó Aru.

Su padre sí que quiso ser su padre.

Aru sintió un nudo en la garganta y la presión de las lágrimas en los ojos. Entonces se obligó a sentarse recta. Daba igual lo que fuera él antes. La verdad era que el Durmiente que vieron en el Bazar Nocturno ya no era el hombre de la visión de su madre. Ahora era cruel, frío. Era malvado. Había hecho daño a Bu y amenazado con matarlas a ellas y a sus familias si no le entregaban las tres llaves. No era su padre.

Aru lanzó al aire el *vajra* en forma de pelota y lo cogió con una mano.

—Manos a la obra.

Pero a pesar de sus palabras, un hilo de dudas le envolvió el corazón y se tensó con fuerza.

Se levantaron, y en silencio empezaron a caminar entre los pozos, esquivando los incensarios, que flotaban bajo. En el fondo, Aru sabía que allí terminaba el Reino de la Muerte: en el umbral de una nueva vida. En el ambiente se percibía la sensación de cuando una multitud expectante aguanta la respiración. La luz de las paredes de perlas a ratos se movía, a ratos cambiaba; los colores nunca se conformaban con un mismo tono, sino que siempre brillaban con nuevo potencial. Como si empezaran una nueva vida.

Aru respiró hondo. Habían logrado cruzar el Reino de la Muerte.

La pregunta era la siguiente: ¿serían capaces de salir de allí?

# TREINTA Y CINCO

## Ya que nos vamos,
## ¿te importa cambiarme el pelo?

Todo lo que consigues en el Reino de la Muerte es de lo más estimulante.

La vara *danda* de Mini no paraba de abandonar su forma de polvera y de convertirse en un bastón gigantesco. Estuvo a punto un par de veces de sacarle un ojo a Aru, que empezaba a pensar que las armas tenían cierto sentido del humor. De vez en cuando, a su arma, el *vajra*, le daba por transformarse en un relámpago y cruzar el cielo antes de encogerse en una bola y botar delante de ella. Aru se lo imaginaba diciendo: «¡Lánzame a un demonio! ¡Vamos, vamos, vamos! Me apetece jugar. ¡Mío!»

—No tengo ni idea de todo lo que puede hacer esta cosa —dijo Mini mientras agitaba la *danda*.

Aru levantó una ceja. La vara *danda* pertenecía al dios de la muerte y la justicia. Seguro que hasta entonces había derrotado a un buen número de demonios y también castigado a un puñado de almas. Y ahora, Mini la sacudía como si fuera un mando a distancia que ha dejado de funcionar.

—A lo mejor es como en un videojuego y nos dan acceso a más poderes y niveles a medida que vayamos completando tareas —supuso Mini.

—Bueno, pues hemos vencido a un demonio, hemos comprado en un Carrefour mágico y hemos atravesado el Reino de la Muerte... ¿Qué es lo que quiere nuestro videojuego mágico?

—¿Que derrotemos al verdadero demonio?

—Ah, sí, claro.

—Aru, ¿crees que las armas son una señal de que les caemos bien? —Mini sujetaba la *danda* con torpeza.

Aru no necesitaba preguntar a quién se refería Mini. A sus padres celestiales.

—La *danda* es su posesión más preciada —razonó Mini—. No iba a dársela así como así a alguien que no le importara, ¿no?

—Seguro que sí le importas —dijo Aru—. Solo que a su manera. En las leyendas, el dios Yama adoptó la forma de un perro y acompañó a Yudhisthira en sus últimos días. Yudhisthira se negó a entrar en el cielo sin él. ¿Y si fue una especie de prueba? Si tu padre divino se presta a ser un perro solo para hacerte compañía, eso quiere decir que, como mínimo, le caes un poquito bien.

—Me gusta tu manera de pensar, Shah. —Mini sonrió.

En un gesto teatral, Aru se puso el pelo detrás del hombro. Fue una idea malísima, porque el cabello seguía húmedo por la saliva de la ballena y acabó volviendo hacia delante y golpeándole en el ojo. Suavemente.

—¿Crees que pasa lo mismo con el dios Indra? —le preguntó Mini.

Aru echó un vistazo al *vajra*. La pelotita botaba alegre a su lado de tal manera que Aru se imaginó que alguien estaba asintiendo de emoción. Si el padre de Mini podía preocuparse por ella desde lejos, ¿por qué el suyo no?

—Espero que sí —respondió Aru tras unos instantes de pausa—. Mi madre me contó que fue Indra quien enseñó a Arjuna a utilizar las armas celestiales. Hasta intentó sabotear al archienemigo de Arjuna.

Eso le recordó a Aru la vez que una madre fue expulsada de la biblioteca del instituto después de haber arrancado varias páginas de unos libros para que el rival de su hijo no acabara una investigación. (El bibliotecario le gritó «¡Asesina de libros!», y ahora todos los padres le tenían miedo.) Probablemente, Indra habría aprobado aquel tipo de sabotaje.

—Y te ha dado su famosísimo relámpago —añadió Mini—. Le debes de importar.

Aru sonrió al pensarlo.

En cuanto dejaron atrás la Sala de los Pozos, giraron una curva rumbo a los fuertes ruidos de engranaje. Un pasaje abovedado estaba decorado con el siguiente cartel:

«¡Rehacer, reconstruir, revivir!
Servicios de manufactura de la reencarnación»

Aru dedujo que era allí donde las almas recibían nuevos cuerpos y nuevas vidas.

Una criatura arácnida hecha de engranajes echó a correr. Les echó un vistazo y empezó a gritar.

—¡Cuerpos! —chilló—. ¡Cuerpos fuera de servicio que andan descontrolados!

Otra criatura, esta con forma de un pequeño dragón con alas mullidas que se arrastraban por el suelo, apareció por allí. Su cuerpo no estaba formado por engranajes; era peludo, manchado como los perros que custodiaban la entrada al Reino de la Muerte, y sus ojos eran de un intenso color dorado con una pupila estrecha y larga, como las de un gato.

—¿Cómo habéis entrado aquí? —les preguntó el ser peludo—. Las almas canallas son...

—¿Almas canallas? —repitió Aru, encantada a pesar de las rarezas que las rodeaban—. Es un nombre muy chulo para una banda.

—¿Una banda? —dijo la criatura de engranajes—. ¿Has oído eso, Deseo? ¡Forman una banda! Nos van a invadir. Y nos encerrarán en el *samsara*, el horrible ciclo de la vida y la muerte. ¡Como castigo! Esto nos pasa por pensar que una piel naranja y escamosa y pelo falso bastarían para que el viejo demonio no optara a un cargo público. Es culpa tuya...

—No formamos ninguna banda —dijo Mini—. Solo intentamos salir de aquí. Mmm, pero nos gustaría mantener nuestro cuerpo. ¿Por favor?

—¿Quiénes sois?

Aru sonrió. Aquel era el momento que había esperado toda su vida. En el instituto, los profesores siempre preguntaban: «¿Cómo te llamas?». Ahora, por fin, podía dar su respuesta soñada a «¿Quiénes sois?».

—Vuestra peor pesadilla —dijo con la voz grave de Batman.

—Somos Pandava —dijo Mini, exactamente al mismo tiempo. Enseguida añadió—: Bueno, tenemos sus almas, al menos. Dentro de nosotras.

—Mini, dicho así parece que nos las hayamos comido...

—¿Pandava? —la interrumpió Deseo.

La criatura con aspecto de dragón y su compañero retrocedieron, pasmados. Deseo daba vueltas a su alrededor y las husmeaba.

—Tiene sentido —dijo la criatura de engranajes—. Las heroínas a menudo son la peor pesadilla del Reino de la Muerte. Siempre se cuelan aquí, mueven chatarra en el aire y nos exigen cosas. Sin ninguna educación.

—¡Usted perdone! —exclamó Aru—. ¿Y los héroes, qué? Fijo que son tan malos como las heroínas.

—¡Era un piropo! Los héroes pocas veces tienen agallas para exigir nada. Normalmente solo se enfurruñan hasta que un compinche mágico se apiada de ellos y hace todo su trabajo mientras los méritos se los llevan los héroes.

—¿Es así es como funciona la reencarnación? —le preguntó Mini—. ¿Con máquinas y tal?

—No hay palabras en ningún idioma capaces de describir con precisión cómo funcionan la vida y la muerte.

Explicar el *samsara* es lo que más se le acerca. ¿Os suena el concepto? —preguntó Deseo.

—Más o menos. Es el ciclo de la vida y la muerte —dijo Aru.

—Es muchísimo más complicado —les contó el Deseo—. Durante la vida, las buenas acciones y las malas acciones se cuentan en el karma. Por el camino, el cuerpo está sujeto al desgaste por uso del tiempo. Pero el alma muda la piel, igual que el cuerpo cambia de ropa. Hay un objetivo, por supuesto: dejar todo eso atrás. Pero a veces, para lograrlo hay que vivir muchísimas vidas.

—¿Y vosotros quiénes sois, por cierto? —quiso saber Mini.

—Ah, ¡somos los que hacemos que un cuerpo sea lo que es! —exclamó Deseo—. Yo soy los deseos no gastados.

—¿Por eso estás cubierto de... —Mini entornó los ojos y se le acercó— de pestañas?

—¡Pues sí! A veces, cuando las personas se encuentran una pestañita en la mejilla, la sujetan con fuerza, piden un deseo y soplan para hacerla volar. Los anhelos mudos del corazón siempre acaban llegando hasta mí. Me suavizan la mano cuando me pongo a dar una nueva forma a un alma.

—Y yo soy Tiempo —dijo la criatura de engranajes, haciendo una elegante reverencia con sus piernas de insecto—. Como cualquier parte del Tiempo, soy duro e inflexible, la mano firme que da forma al recipiente.

—¿Tú eres Tiempo? —le preguntó Aru—. O sea, ¿«el» Tiempo?

—¡En teoría intentamos salvarte a ti! —le contó Mini—. Quizá tendrías que ir a esconderte o algo.

—Qué idea tan peculiar, niña —dijo Tiempo—. Yo solo soy una parte del Tiempo. Soy Tiempo Pasado. A ver, es que hay muchos tipos de Tiempo por ahí. Está Tiempo Futuro, que es invisible, y Tiempo Presente, que no soporta tener una sola forma. Tiempo del Pacífico ahora mismo está nadando cerca de Malibú. Y creo que Tiempo del Este está en Wall Street, incordiando a los corredores de bolsa. Nuestra *tiemposidad* es bastante bamboleante. Si es cierto lo que dices, yo soy solamente una parte de lo que debéis salvar.

—Pues entonces... Mmm, ¿más vale que vayamos hacia allá? —Aru intentó esquivarlos.

Era imposible ver qué había detrás de aquellas dos criaturas. Parecía un túnel, pero cada vez que Aru dejaba de mirarlo, dejaba también de recordar lo que había visto. Pensó que tal vez no debiera verlo.

—¡No tan deprisa! —dijo Tiempo—. ¡No os podemos dejar ir sin que nos deis algo! ¡Debéis pagar!

—¿Pagar? —repitió Mini. Se palmeó los bolsillos—. Yo no... no tengo nada.

Aru puso mala cara. En primer lugar, nadie se había fijado en su referencia a Batman. En segundo lugar, ¿por qué tenían que pagar siempre por cualquier cosa? Al fin y al cabo, ¡eran las que iban a salvar a todo el mundo! Qué poca vergüenza. Apretó las manos hasta formar puños.

—¿Por qué deberíamos daros algo? —quiso saber—. Te das cuenta de que vamos a salvarte a ti, ¿no?

Tiempo se alzó un poco sobre sus piernas de insecto.

Oh.

Tiempo podía ser... mucho mayor de lo que imaginaba. Siguió creciendo hasta tener el mismo tamaño que uno de los pilares del museo. Aru tuvo que inclinar la cabeza hacia atrás para ver el rostro sin rasgos que la miraba fijamente.

—¿Me ha parecido detectar un matiz de impertinencia?

Mini se adelantó y se puso delante de Aru.

—¡No! ¡Para nada! ¡Es que ella habla así! Es una enfermedad rara que tiene. Mmm, *insoportabilitis* aguda. No lo puede evitar.

«Gracias, Mini. Muchas gracias.»

—Para salir de aquí, debéis desprenderos de una parte de vosotras —insistió Tiempo.

La criatura arácnida dio un nuevo estirón. Las patas delanteras crujieron y se cruzaron como dos manos impacientes y expectantes.

—Lo siento —dijo Deseo, lamiéndose lentamente y con delicadeza una de sus patas—. Las normas son las normas. Sin embargo, el buen karma, si tenéis, dejará que os vayáis.

—Es decir, ¿las buenas acciones? —preguntó Aru.

Dio un paso atrás con cuidado y Mini la imitó. Tiempo se alzaba gigantesco y horripilante delante de ellas. Sus piernas delgadas avanzaban sobre el suelo de mármol. Clic, clic, clic.

—Pues... yo saco a pasear al perro de mi vecina —empezó Aru.

—¡Yo uso hilo dental dos veces al día! —siguió Mini.

—Demostradlo —dijo Tiempo.

Mini se puso los dedos en la boca y tiró de las comisuras para afuera.

—¿*Ashí osh pareshe* bien?

—No es suficiente —dijo Tiempo.

Mini empezó a reírse, histérica.

«¿Podemos luchar contra la Muerte?», preguntó Aru. Se llevó una mano al bolsillo para coger el *vajra*, pero encontró otra cosa. La agarró.

Una ficha de color marfil.

La que Chitragupta le había entregado hacía mil años (o eso le parecía a ella). La giró a un lado y a otro y en la superficie vio brillar las pocas buenas acciones que había hecho.

—¡Un momento! —gritó Aru levantando la ficha—. ¡Tenemos una prueba!

Mini rebuscó en su mochila y extrajo la suya.

—Veréis como uso hilo dental. ¡Lo juro!

Deseo avanzó lentamente, cogió la ficha con los dientes y le dio un mordisco. A continuación, hizo lo propio con la de Mini. Se giró hacia Tiempo y exclamó:

—¡Parecen de verdad!

En un abrir y cerrar de ojos, Tiempo se encogió hasta estar al mismo nivel que Aru.

—En ese caso, podéis iros, hijas de los dioses.

Aru no pensaba esperar a que se lo dijeran dos veces, ni de broma.

—¡Genial! —dijo Mini con falsa alegría. Se acercó un poco más a Aru.

—¡Sí! Ha sido... un placer. —Aru echó a caminar y los dejó atrás. Deseo y Tiempo simplemente se quedaron mirando como ellas se acercaban a la salida—. ¡Ya nos veremos!

Tiempo inclinó la cabeza.

—Y que lo digas.

La gente bromeaba sobre la otra vida. Decía cosas como: «¡No vayas hacia la luz!». Pero allí no había ninguna claridad celestial. Y aun así, de alguna manera, sí había luz. Una especie de llama que lo blanqueaba todo.

Lo único que Aru recordaba de cruzar el umbral era una extraña sensación de confusión. Como si ya lo hubiera hecho antes, nunca hubiera querido hacerlo y se hubiera visto obligada a hacerlo igualmente. Era parecido a recibir un disparo: un mal necesario. Y también era parecido a un sueño, porque no se acordaba bien del lugar que habían dejado atrás. Un segundo había estado allí, al siguiente ya no.

Con cada paso que daba hacia el túnel entre la vida y la muerte, la embargaban mil sensaciones. Sensaciones que pertenecían a los recuerdos. Recordó cosas imposibles, como que su madre la acunaba y la abrazaba mientras le decía una y otra vez que la quería. Sintió el pinchazo del primer diente que se le cayó, muchísimos años atrás. Se acordó de haberse roto el brazo después de colgarse de la trompa del elefante del museo y sentir más sorpresa que dolor. Hasta ese día nunca había pensado que podría hacerse daño.

Aru parpadeó.

Un único parpadeo de cientos de años y ni un solo segundo al mismo tiempo.

Cuando Aru abrió los ojos, Mini y ella se encontraban en medio de una carretera. Un par de coches habían sido abandonados con las puertas aún abiertas, como si los conductores y pasajeros hubieran huido a toda prisa. A poca distancia, Aru oyó los crujidos de un televisor, que provenían de una cabina de peaje.

Mini se giró hacia Aru.

—Por lo menos no es un aparcamiento, ¿no?

# TREINTA Y SEIS

## La tele lo empezó todo

Aru dobló la mano y el *vajra* pasó de una bola a un brazalete dorado que le rodeaba la muñeca. Era superchulo. Qué pena que no supiera qué hacer con él. Más allá de lanzárselo a la gente, claro.

Mini intentó convertir la *danda* en una vara, pero por lo visto al arma no le apetecía.

—¡Vamos! —se quejó Mini mientras la estampaba un par de veces contra el suelo.

Aru se preguntó si los grandes guerreros del pasado hacían lo mismo: golpear sus armas y esperar que comenzaran a funcionar.

Se acercaron a la cabina de peaje. El televisor estaba encendido, pero allí no había nadie. En la carretera daba la sensación de que la gente se había largado lo más rápido posible, sin mirar atrás. Aru miró hacia la pantalla de televisión, en la que retumbaban las noticias:

—Nos llega información sobre un virus transmitido por el aire que se está extendiendo por el nordeste del país. Los expertos han sido capaces de seguir su trayectoria hasta el punto de origen, una zona del sudeste, probablemente Georgia o Florida. ¿Qué nos puede contar sobre el virus, doctora Obafemi?

Una mujer muy guapa con una trenza algo desarreglada sonrió a la cámara.

—Pues verás, Sean, por ahora no sabemos cómo se está extendiendo la enfermedad. Por lo visto salta de un lugar a otro. Se ha localizado un brote en Atlanta. Después, otro en un centro comercial al norte de Houston. En Iowa, creemos que el epicentro fue un supermercado. No actúa como ningún virus que hayamos conocido antes. En realidad, lo único que sabemos es que las víctimas se quedan inconscientes, como si durmieran mientras siguen despiertas. Siempre se las encuentra en una posición extraña, como si el virus las hubiera atacado rápidamente y las hubiera pillado con la guardia baja...

—De ahí el nombre: ¡el síndrome Frozen! —El presentador rio—. Una pena que no podamos cantar: «¡Suéltalo, suéltalo!». ¿Verdad, doctora?

La sonrisa tensa de la doctora habría podido cortar el cristal.

—Ja, ja... —murmuró débilmente.

—En fin, esta es la última hora. A continuación, la previsión del tiempo con Melissa, y después: «¿Está obeso mi gato?», con Terry. No cambiéis de canal.

Aru quitó el volumen a la televisión. Respiró hondo y se miró la palma de la mano. El número sánscrito había cambiado. Ahora era un nuevo garabato, pero seguía pareciéndose al número dos. O al menos es lo que esperaba Aru. Levantó la mano para que Mini lo viera:

—Es decir, ¿nos queda aún un día y medio?

Mini se observó la palma y se mordió el labio.

«No lo digas.»

—Uno. —Mini levantó la mirada—. Hoy es nuestro último día.

El último día.

Aru sintió como si alguien le hubiera rodeado el corazón con cables de púas. Su madre dependía de ellas. Bu dependía de ellas. «Todo el mundo», pensó Aru. Se estremeció y recordó la palabra que había usado la doctora en la tele: víctimas.

Mini debió de adivinar lo que pensaba Aru, porque le puso una mano en el hombro.

—¿Recuerdas lo que nos dijo Hanuman? Por lo menos, los que están congelados no sufren.

Por ahora.

Aru no había olvidado la amenaza del Durmiente. Mini y ella solo tenían hasta la luna nueva (un día) antes de que el demonio se encargara de que nunca volvieran a ver a sus seres queridos. Y Bu se pasaría la eternidad encerrado... si es que seguía vivo.

Pero habían sucedido unas cuantas cosas que el Durmiente nunca habría imaginado:

1. Lograron atravesar el Reino de la Muerte.

2. Despertaron sus armas.

Y la más importante de todas:

3. Ahora sabían cómo derrotarlo.

Por lo visto, Mini estaba pensando lo mismo que Aru, porque suspiró.

—Vamos a luchar contra él, ¿verdad?

No lo dijo como si hubiera luchado antes, con cobardía y temor. Lo dijo como si fuera una tarea desagradable que debía acometer de todos modos. Como «hoy me toca sacar la basura». Otro mal necesario.

Aru asintió.

—Sabemos cómo encontrarlo. Nos dijo que solo teníamos que invocarlo con su nombre, pero ¿seguro que vamos a combatir? —le preguntó Mini—. No tenemos más que el *vajra* y la *danda*, que ni siquiera sé cómo usar...

Aru miró hacia el escritorio en el que estaba el televisor. La máquina que recaudaba el peaje tenía un par de dibujos en la superficie: un unicornio con las alas extendidas y un osito de barro. Los animales dieron una idea a Aru.

—Nos van a echar una mano, Mini.

—¿Sabes? Cada vez que dices algo similar, me imagino que de pronto un halo de luz te rodea —dijo Mini—. O que empezará a sonar una música de lo más dramática.

En aquel momento, el televisor decidió que no quería seguir sin volumen. Mini se encogió de miedo y la polvera se convirtió en una vara justo cuando en la pantalla un hombre vestido como Elvis Presley cantaba sobre fregonas que no paran de romperse.

—¿Harto de los mochos que no duran nada? —preguntó a los espectadores una mujer que se había colocado delante de la cámara.

Aru tocó el televisor con el brazalete. La pantalla chisporroteó y explotó. Y entonces empezó a arder.

—No era el tipo de música que tenía en mente —dijo Mini, aferrando la vara *danda* con más fuerza.

Aru salió de la cabina de peaje. El aire era tan frío que le dolía respirar. No sabía dónde se encontraban, pero sí sabía adónde se dirigían.

—Vamos a invocarlo —dijo Aru.

—¿Para que venga aquí? —graznó Mini. Tosió y repitió con voz más grave—. ¿Aquí?

—No —contestó Aru. Pensó en lo que habría hecho Arjuna, el guerrero Pandava, al enfrentarse a un demonio. Habría trazado un plan, una estrategia militar. Al fin y al cabo, por eso era tan famoso: por cómo elegía ver el mundo a su alrededor. Habría intentado darle la vuelta a la guerra en su favor. Y parte de eso significaba escoger el campo de batalla—. Tenemos que ir a algún sitio que no le vaya a gustar. Un lugar que lo coja desprevenido o que lo distraiga lo suficiente como para darnos la posibilidad de luchar. —Y entonces se le ocurrió el sitio perfecto—. El museo.

—Su vieja prisión. —Mini asintió—. No le gustará, no. Pero ¿cómo vamos a llegar al museo a tiempo? No creo que debamos utilizar los mecanismos del Más Allá. Me pasó algo muy raro cuando los usé para llegar a la isla en pleno Océano de Leche.

—¿No te funcionó el mantra de Valmiki? —preguntó Aru frunciendo el ceño.

—Sí, pero a duras penas. Creo que no era lo bastante potente. Necesitamos toda la ayuda que podamos conseguir. Y sabemos que él está preparando su propio ejército.

Aru recordó las últimas palabras del Durmiente: «Que sepáis que estoy reuniendo a mis propios amigos. Y creedme, no os gustará conocerlos».

Aru se estremeció. Necesitaban algo más que una simple protección. Necesitaban soldados en su bando. Y los dibujitos de un unicornio y un osito le habían dado la respuesta.

Levantó los brazos al cielo. En realidad no estaba segura de lo que había que hacer para llamar a los animales celestiales, pero que al menos fuera una pose digna, ¿no?

—¡Vehículos de los dioses y de las diosas! —gritó Aru con fuerza. Enseguida perdió el hilo de sus pensamientos, porque se había concentrado demasiado en hacer que su voz sonara muy pero que muy grave—. Esto... Soy yo, Aru. ¿Recordáis que os convirtieron en figuritas de barro? ¿Me podríais echar una mano?

—¿Y si no vienen? —le preguntó Mini. Empezó a morderse las uñas—. ¿Y si nos envían solo a los más diminutos, como el ratón?

—Si el ratón soporta el peso de un dios con cabeza de elefante, creo que nos servirá.

—Ya, pero...

El ruido de una estampida silenció el resto de las palabras de Mini. El cielo se abrió en canal. De las nubes aparecieron unas escaleras translúcidas que terminaban justo delante de Aru y Mini. Aru esperó. ¿Y ya estaba? Pero entonces pareció que un zoo entero descendiera de los cielos. Un cocodrilo bajaba las escaleras, seguido de un pavo real. Un tigre rugía mientras se precipitaba escalones abajo. A continuación descendieron un carnero, un elefante de tres cabezas, un gigantesco cisne y un elegante antílope.

Por último, y no por ello menos importante, el caballo de siete cabezas trotó por las escaleras hasta colocarse delante de Aru. Sus ojos de azabache no la miraron a ella, sino al brazalete, el *vajra*. Relinchó para dar el visto bueno.

—Una verdadera hija de Indra, desde luego —dijo.

Un búfalo de agua galopó hasta Mini. Echó un vistazo a la *danda* que llevaba la chica en la mano antes de inclinar la cabeza. Aru se percató de que el búfalo era la montura del dios Yama.

—Este Pandava es mío —dijo el animal.

—¡Ah, genial! —dijo Mini—. Creo que no soy alérgica a los búfalos de agua.

—Oh, magníficos corceles —empezó a decir Aru en plan dramático, pero entonces no supo cómo seguir. Al final fue al grano—. Necesito que nos llevéis a un lugar. Después, ¿nos ayudaríais a luchar? ¿Por favor?

—Prometemos brindaros una auténtica batalla. —El caballo asintió con las siete cabezas—. Pero cuando nuestras deidades nos reclamen, nos tendremos que ir.

—Si quieren venir y unirse a la lucha... —propuso Aru, esperanzada.

—Ah, pero no es su batalla, hijas del dios Indra y del dios Yama. Os ayudarán cuando puedan, nada más.

—Ya lo suponía. —Aru suspiró—. Había que intentarlo.

El caballo se arrodilló. Esta vez, Aru no tardó tanto en subirse encima. Detrás de ella, Mini intentaba sujetar la *danda* y las riendas del búfalo de agua al mismo tiempo.

—Infórmame de vuestro destino —dijo el caballo.

Ojalá Aru hubiera podido proferir un mejor grito de guerra. Pero la verdad tendría que bastar.

—¡Al Museo de Arte y Cultura de la Antigua India! —gritó Aru, antes de añadir enseguida—: ¡Al que está en Atlanta, por favor!

Con un estrépito de cascos, patas y garras, las monturas celestiales salieron disparadas hacia el cielo, llevándose consigo a Aru y a Mini.

# TREINTA Y SIETE

## ¡Al ataque!

Mini preguntó si podían evitar pasar entre las nubes, porque no quería pillar un resfriado.

Los vehículos obedecieron y descendieron para acercarse más a la superficie. Ahora mismo se encontraban cruzando el océano Atlántico. Los cascos del caballo de siete cabezas apenas rozaban las olas.

—¿Eso es un tiburón? —chilló Mini, al lado de Aru.

Aru solo tuvo un segundo para echar un vistazo atrás y ver la aleta dorsal que había tocado el tobillo de Mini.

—No. Un delfín —dijo Aru.

Era un tiburón, sin duda. La aleta dorsal de los tiburones es vertical, mientras que la de los delfines se curva un poco. Aru lo había aprendido gracias a una película, pero no hacía falta que le dijera la verdad a Mini.

En cuanto las olas quedaron atrás, delante de ellos se extendieron paisajes tranquilos y silenciosos. Todo estaba congelado. Al acercarse a Atlanta, levantaron un poco el vuelo para no chocarse con los edificios. Aru conocía el contorno de Atlanta, con los rascacielos Westin Peachtree Plaza y Georgia-Pacific Tower. Volaban hacia el anochecer, y a Aru su ciudad nunca le había parecido tan bonita como en la última hora de la tarde: todo brillaba y estaba cubierto de luz dorada, con los edificios pulidos tan altos y puntiagudos que habrían servido para poner las estrellas en su sitio cuando cayera la noche. El tráfico estaba detenido, pero Aru estaba acostumbrada. Al fin y al cabo, era Atlanta.

Pronto llegaron a la entrada del museo.

—Vaya —exclamó Mini mientras bajaba del búfalo de agua—. ¿Aquí es donde vives?

Aru sintió un extraño brote de orgullo. Ahí era donde vivía. Ahora que se fijaba, no lo cambiaría por la isla privada con esa mansión tan grande que te perdías en ella. No quería vivir en ningún otro sitio más que allí, con su madre. Con su madre sana, feliz y descongelada.

Uno de los vehículos divinos, el tigre dorado con garras sorprendentemente largas, se dirigió a la puerta y la tocó con una pata. La entrada se abrió y todos corrieron al interior.

Aru notó un pinchazo en el corazón al entrar en la Sala de los Dioses. Sabía perfectamente lo que iba a encontrar allí, pero aun así el panorama era difícil de asimilar. Su madre no se había movido de su sitio, seguía paralizada. Con el pelo aún suelto en el aire y los ojos todavía abiertos por el terror.

Pero aunque tenía el mismo aspecto que antes, Aru no podía evitar verla diferente. Una y otra vez recordaba a la mujer del Pozo del Pasado, la mujer que había abandonado tantas cosas solo para que Aru no corriera peligro.

Aru se precipitó hacia ella y le pasó los brazos por la cintura. Se negó a llorar, pero sí que se sorbió los mocos un par de veces. Pensó en lo que su madre le había dicho al Durmiente: «Encontraré una respuesta. Estudiaré todos los yacimientos antiguos, leeré todos los tratados. Y encontraré una manera de liberaros a los dos: a ti y a Aru. Lo prometo».

Cuando su madre se iba de viaje... era porque la quería.

—Yo también te quiero —murmuró Aru.

Y entonces se alejó, limpiándose la nariz con la manga del pijama.

—¿Quieres un pañuelo? Ah, no he dicho nada... —dijo Mini.

Las monturas las rodeaban y formaban un grupo espeluznante. El león enseñaba los dientes. El tigre se afilaba las garras con el elefante de piedra. ¡Qué poco respeto!

—Aguardamos tu orden, Pandava —anunció el caballo.

¿Su orden? Aru se metió las manos en los bolsillos. Respiró hondo. Como ella, Arjuna no veía el mundo igual que los demás. Si algo había sobrevivido a todos los círculos de reencarnación era la imaginación que compartían. Y ahora era el momento de utilizarla.

—Mini, ¿la *danda* puede crear una ilusión que se parezca a un ser humano?

—Diría que sí —asintió Mini.

—Vale, genial. Porque vamos a hacer algo un poco raro...

Media hora más tarde, lo único que parecía no estar congelado era el sol. Se había puesto por completo. En el museo reinaba una oscuridad total, salvo por las lucecitas que el *vajra* había escupido cuando Aru lo hubo convencido. Ahora, las luces flotaban en el aire.

Los vehículos estaban deambulando o jugando. El cocodrilo estaba situado junto al *makara* de piedra con una sonrisa y observaba la estatua como si dijera: «¡Eh, chicos! ¡Mirad! ¡Mirad! ¡Soy yo!». Y resultó que todos los felinos, hasta los celestiales, sentían una gran curiosidad por las cajas. El tigre no paraba de meter la cabeza en una de las cajas de madera e intentaba embutir todo su cuerpo en aquel espacio. Si veía que Aru lo miraba, el animal se detenía y se lamía la pata delantera con timidez. Aru le estaba muy agradecida; un poco antes, el tigre había agarrado a su madre congelada con la boca y la había dejado en el dormitorio con sumo cuidado, para que no estuviera en el campo de batalla. Dos monturas se habían quedado en la Sala de los Dioses solo para proteger los cuerpos paralizados de Poppy, Arielle y Burton.

Por enésima vez, Aru se miró la palma y vio que el símbolo se iba desvaneciendo.

—Ha llegado la hora de invocarlo —dijo Aru—. ¿Preparados?

Los vehículos se escondieron en las sombras y desaparecieron del todo. Como Aru había planeado.

—Preparada. —Mini aferraba la *danda* con fuerza.

Aru se colocó enfrente de las puertas cerradas del museo y gritó hacia la oscuridad:

—¡Durmiente, nosotras, las hijas del dios Indra y del dios Yama, te invocamos!

Para enfatizar, Mini golpeó el suelo con la *danda*. Pasaron unos cuantos segundos. Después, un minuto entero. Mini bajó los hombros.

—¿Cómo sabremos que está aquí? ¿Veremos alguna señal o algo? ¿A lo mejor el suelo se partirá en dos y brotará él?

—Es un demonio, Mini, no un geranio.

—¿Y si nos hemos equivocado y nos pasamos la noche aquí encerradas esperando? Tiene que haber una señal, algo...

La puerta de la sala, que habían cerrado bien, se abrió de repente. Se estampó contra la pared. De haber sido una película, en el exterior se habría oído también un fortísimo trueno. Pero era la vida real, y la vida real no siempre suena como debería.

Aru pensó que en el umbral de la puerta vería al Durmiente.

Pero no era él. Era algo muchísimo peor. Una docena de demonios con las mandíbulas salpicadas de sangre las observaban desde la entrada. Cualquiera diría que acababan de pulirse los cuernos que tenían en lo alto de la cabeza. Husmeaban el aire y se relamían. La pared frontal de la sala cayó entera como una ficha de dominó.

—Ahí tienes tu señal —dijo Aru.

No se permitió asustarse, pero le temblaban las manos y de pronto tenía la boca seca.

—Os lo advertí —gritó una voz.

El Durmiente avanzó entre la muchedumbre de demonios.

Parecía un hombre, y al mismo tiempo no lo parecía. Sus ojos ya no eran redondos y oscuros como en la visión del Pozo del Pasado. En cambio, eran dos rendijas relucientes, como los ojos de un gato que se han entornado por la rabia. Al sonreír, unos pequeños colmillos sobresalían de su labio inferior.

—Curioso sitio el que has elegido —se burló el Durmiente—. Aunque quizá predecible en una niña que necesita a su mamá. Si creías que volver aquí me disuadiría, te has equivocado.

En las manos llevaba una pequeña pajarera. Dentro de la jaula, una paloma empezó a gritar y a dar saltitos. ¡Era Bu! ¡Estaba bien!

—¿Qué estáis haciendo aquí? —chilló Bu en cuanto vio a Aru y a Mini—. ¡Largaos! ¡Fuera!

Mini clavó las piernas en el suelo y se colocó la *danda* encima del hombro, como si fuera un bate de béisbol.

—Ay, dioses —gimió Bu. Aleteaba dentro de la jaula—. No quiero mirar.

—¡Durmiente! No vamos a permitir que te salgas con la tuya —dijo Mini.

—Ya me estoy aburriendo —bostezó el Durmiente.

En ese momento, abrió la mano. De la palma le salió disparado un lazo negro que se escurrió por el suelo y penetró en las paredes. Era la misma cinta oscura y estrellada que estuvo a punto de estrangular a Aru. Ella intentó evitarla, pero la porquería mágica las agarró por la espalda y las colgó en la pared, como si fueran insectos atrapados en papel matamoscas. «Tranquilízate, Shah.» Aru se lo había esperado. De hecho, ya contaba con ese comportamiento del Durmiente.

—¿No lo entendéis, pequeñas? —les preguntó—. No sois rivales para mí. Venceros sería demasiado sencillo. La verdad sea dicha, no valéis la pena ni como espectáculo. Quizá os creéis listas por haber liberado a los vehículos, pero volveré a tenerlos dentro de la jaula en menos de lo que canta un gallo.

Esas palabras eran de esperar. «Pequeñas, no valéis la pena.»

Sin embargo, Aru empezaba a pensar que tal vez no fuera malo que la consideraran diferente o que la ignoraran. En clase aprendió que a los guerreros les iba muy bien ser zurdos. En la Roma antigua, los gladiadores que ganaban más veces eran los zurdos. Gracias al efecto sorpresa, porque la gente solo se solía defender de un ataque lanzado por la derecha.

«Espero que te gusten las sorpresas», pensó Aru.

Mini y ella habían ensayado lo que iban a hacer. Ahora era el momento de pasar a la acción.

Mini la miró a los ojos. Estaba un poco pálida, pero aun así sonreía, esperanzada. Aru volvió a sentir un extraño entusiasmo, la misma emoción que experimentaron al luchar juntas en la biblioteca. Cuando combatían, estaban conectadas a la mente de la otra.

El Durmiente no se había molestado en atarles las manos. ¿Para qué? No creía que pudieran hacer nada para hacerle daño.

Se acercó al umbral de la puerta delantera. Los demonios estaban esparcidos a su alrededor y ocupaban todo el espacio en el recibidor del museo. Aru notó una brisa invisible en la nuca. «Unos pasos más atrás», se dijo a sí misma. El Durmiente retrocedió unos pasos.

Aru le hizo una señal a Mini. Su hermana asintió.

Mini abrió la polvera y un rayito de luz surgió del espejo. Una ilusión de la madre de Aru se materializó en la Sala de los Dioses. Seguía siendo guapa, pensó Aru al observar la imagen. El Durmiente se detuvo. Su expresión era ahora lívida, turbada.

—Sé toda la verdad sobre ti —dijo la ilusión.

El Durmiente soltó la jaula que encerraba a Bu y la puerta se abrió. La paloma salió volando y se precipitó hacia la pared en la que estaban Aru y Mini. Empezó a picotear las sombras que las mantenían colgadas. Aru hizo fuerza para liberarse.

—¿Krithika? —preguntó el Durmiente con voz ronca—. ¿Cómo...? Pensaba que...

—Solo quiero hablar —dijo la visión de la madre de Aru.

—¿Hablar? —repitió el Durmiente—. Después de todo este tiempo, ¿solo quieres hablar? Eso no me basta.

Dio unas zancadas hacia delante.

Y se situó justo en la trampa que Aru y Mini habían colocado.

El Durmiente no se había fijado en un circulito de tiza dibujado en medio del suelo. Y estar en el interior no solamente significaba que se encontraba en el centro de la sala.

También se encontraba en el centro de un círculo formado por todas y cada una de las monturas celestiales.

El tigre dorado saltó de la pared con la boca abierta en un rugido. Las plumas del pavo real brillaron amenazadoras. El búfalo de agua comenzó a patear el suelo.

El caballo de siete cabezas se giró hacia Aru.

El Durmiente solo tuvo un segundo para quedarse sorprendido y confundido, con los ojos como platos, antes de que Aru gritara:

—¡AL ATAQUE!

# TREINTA Y OCHO

## Aru Shah es una mentirosa

**A**ru pensaba que el documental que vio un día sobre dos leones que se peleaban sería lo más horripilante que vería nunca.

Se equivocó completamente.

Los demonios embistieron y corrieron por el museo para enfrentarse a las monturas celestiales. Aru sintió lástima por el cartel de la entrada que decía: «No tocar, por favor». Ahora estaba en el suelo y un demonio con cabeza de jabalí lo pisoteaba.

El tigre voló hacia uno de los *raksasas* con cabeza de ciervo. El pavo real se apuntó al combate y, con la cola, barrió el suelo para intentar cortarle las piernas a un *asura* que tenía al lado.

Bu revoloteó hasta la cabeza de Aru.

—Una gran estrategia —dijo, impresionado—. Pero un poco pobre en cuanto a sofisticación. Una emboscada es algo muy burgués.

Aru se agachó bajo una mesa justo cuando la cabeza de alguien voló cerca de la suya (literalmente).

—¡No es el momento! —le dijo.

—Estoy de acuerdo.

Mini gateó hasta reunirse con ella debajo de la mesa. Miraran donde miraran era un caos absoluto. Por la sala volaban pedazos de cerámica. Y alguna que otra cabeza. Un oso celestial echaba espuma por la boca. Uno de los cuernos del carnero divino estaba torcido en un ángulo muy poco natural. El cuerpo del caballo de siete cabezas brillaba por el sudor. Aru recorrió la entrada con la mirada. Todos los demonios estaban allí menos uno...

El Durmiente.

¿Adónde había ido? En cuanto empezó el ataque, desapareció en la riada de demonios y animales.

—Bu —siseó una voz detrás de Aru.

—¿Eh? ¿Qué quieres? —espetó Bu antes de gritar—. ¡AAAAHHHH!

Aru y Mini dieron un brinco y se golpearon la cabeza contra la mesa. Detrás de ellas, la cara del Durmiente emergía de la pared.

Varios escalofríos recorrieron el brazo de Aru. El Durmiente podía moverse dentro de las paredes. Aru gateó hacia atrás. Todavía tenía el *vajra* en la mano, pero aunque había despertado el arma, no sabía qué hacer con el rayo más allá de asestar golpes a diestro y siniestro. Intentó lanzarlo, pero el *vajra* no se movía de su mano. Iba a su aire, como un gato gigantesco.

Aru salió de debajo de la mesa como un cangrejo, pero se le resbaló la mano y se golpeó el hueso de la risa contra el suelo.

—¡Aaaay! Pues no me hace gracia —murmuró mientras movía el brazo para dejar de notar el hormigueo.

Mini, que no se había caído, se incorporó y se puso de pie. Se colocó la vara *danda* sobre la cabeza. Un estallido de luz violeta salía disparado del final del bastón, pero el Durmiente, que ya no es ocultaba en la pared, simplemente dio un golpe al rayo para apartarlo. La fuerza del impacto lanzó a Mini hacia atrás. Giró los brazos violentamente, pero nada más recuperar el equilibrio, un *raksasa* se precipitó sobre ella.

—¡Mini! —gritó Aru.

Bu se lanzó entre la multitud y picoteó los ojos del *asura* hasta que el demonio chilló y se tambaleó hacia atrás. Aru levantó la mirada. A poca distancia se oía tintinear un candelabro enorme, pesado y muy afilado. Un soplador de vidrio local lo había hecho a mano y era el objeto de la entrada favorito de su madre.

—Eres una mentirosa, Aru Shah —dijo el Durmiente mientras se le acercaba—. Mientes a tus amigos, a tu familia, pero sobre todo te mientes a ti misma. Si piensas que me has vencido, estás muy equivocada.

Aru retrocedió un poco más. Se le resbalaban las manos. Un mal movimiento y el Durmiente acabaría con ella ahí mismo.

—No soy una mentirosa —dijo Aru.

El Durmiente avanzó otro paso. Aru soltó el *vajra*. Por una vez, el relámpago la obedeció. De la punta salió una luz que cortó la columna del candelabro. Aru rodó para apartarse justo cuando el Durmiente miró hacia arriba.

—Pero ¿qué...? —empezó a decir.

—Es que tengo mucha imaginación —dijo Aru, con una sonrisa.

El candelabro cayó. El Durmiente a duras penas pudo gritar antes de que un montón de vidrio y cristal se precipitara sobre él.

—¡Siento mucho lo del candelabro, mamá! —susurró Aru. Corrió para reunirse con Mini.

Su hermana estaba rodeada por los cuerpos desplomados de varios demonios y *raksasas*.

—Por desgracia, no están muertos —dijo Bu, posándose en el hombro de Aru—. Pero por ahora están fuera de juego. El problema es que esto no es más que una parte del ejército del Durmiente.

—¿Dónde están los demás?

—Durmiendo —le informó Bu en un tono que en realidad decía: «¿Por qué te crees que se le llama así? No es porque sus siestas sean épicas».

El caballo de siete cabezas sacudió sus siete cabezas. Las paredes se llenaron de sangre y saliva.

—No podemos quedarnos mucho más, hija de Indra, pero has luchado con... —El caballo se detuvo, esforzándose por encontrar la palabra correcta.

—¿Con valor? —probó Aru.

Las cabezas del caballo resoplaron.

—¿Con valentía? —sugirió de nuevo.

—Con astucia —dijo el vehículo por fin.

Aliviada, Aru suspiró y se puso las manos en las rodillas. Ahora que el Durmiente estaba fuera de combate, lo único que tenía que hacer era usar el *vajra* para derrotarlo.

Se giró hacia los restos del candelabro y, entonces, un demonio corrió hacia ella. Bu actuó deprisa y le lanzó una lluvia de caca de pájaro a los ojos y a la frente.

—¡Ah! —aulló el monstruo dando vueltas hasta estamparse contra una pared y caer inconsciente.

—Ojalá recuperase mi antigua forma —se quejó la paloma—. En fin. Para incordiar me basta cualquiera.

Aru levantó el brazo y el *vajra* se transformó en un látigo. El rayo pesaba muchísimo, tanto como llevar tres tetrabriks de leche en una misma mano. Sin embargo, estaba tan cerca de devolverlo todo a la normalidad que Aru se llenó de fuerza. Restalló el *vajra* con un crac ensordecedor y otro demonio salió disparado y se estampó contra una pared antes de evaporarse en... ¿polvo demoníaco? No, en mugre demoníaca. En la pintura de la pared se veían residuos de aspecto pringoso. Qué asco.

Las esquirlas del candelabro se movieron. Mini corrió para colocarse junto a Aru. Era la hora del golpe final.

Debería haber sido fácil. Rápido e indoloro.

Pero al mismo tiempo ocurrieron unas cuantas cosas inesperadas.

A su alrededor, la sala pasó de llena a vacía en un solo segundo. El ejército de demonios y *raksasas* —muchos de ellos no eran más que masas derretidas en el suelo de la entrada del museo— se esfumaron con una nube de humo. Las monturas celestiales desaparecieron en una estampida de alas y patas, llamadas por las deidades a las que servían. Lo último que Aru oyó fue: «Bendiciones para las Pandava».

El Durmiente se alzó de debajo del candelabro hecho añicos. Trocitos de cristal salieron despedidos en todas direcciones. Aru cerró los ojos y sujetó el *vajra* con fuerza. Entonces, levantó el relámpago por encima de la cabeza. A su lado, sintió los pensamientos de Mini: «¡Ahora, *danda*, deprisa!».

Por desgracia, el Durmiente se movió más deprisa. De la punta de los dedos le brotaron lazos negros. No iban dirigidos hacia Aru, sino hacia Mini y Bu.

Los dos fueron lanzados hacia atrás y terminaron colgados de una pared.

—¡Aru! —gritó Mini.

Aru levantó el rayo, pero una ola de instinto le sujetó la mano. Como si los pensamientos de Mini la hubieran detenido: «Si atacas, nos matará».

Aru se detuvo, jadeando por el peso del relámpago y por la decisión que se cernía sobre su cabeza.

—Tú decides, Aru —dijo el Durmiente. Sonrió—. O me destruyes o los proteges.

Aru estaba inmóvil. No había nada que hacer. Tampoco había una respuesta correcta.

—Lo del candelabro ha sido un movimiento bastante inteligente —dijo el Durmiente mientras se frotaba la mandíbula—. Pero no lo bastante inteligente, me temo. Te daré un consejo: deja morir a tu familia, Arundhati. El amor de una familia es algo poderoso y terrorífico.

Si no, fíjate en las historias del *Mahabharata*. O piensa en Shakhuni (aunque tú lo conoces como Bu). Creyó que habían insultado a su hermana al obligarla a casarse con un rey ciego, y por esa razón juró destrucción a tus antepasados. Y no falló. No es más que un ejemplo de muchos. ¿Lo ves, niña? Actuar según los dictados del corazón es muy peligroso. Déjalos morir.

—Suéltalos —graznó Aru.

—Ay, querida —dijo el Durmiente—. Y yo que pensaba que serías mucho más lista.

—He dicho que los sueltes.

—Suelta tú el rayo y lo haré.

Aru bajó la mano, odiándose a sí misma.

El Durmiente dobló las muñecas y Mini y Bu cayeron al suelo, inconscientes.

Pero vivos.

—Acabas de recordarme algo, niña —murmuró el Durmiente—. La clemencia nos deja en ridículo. Me he pasado once años de tortura pensando en cómo me ridiculizó a mí.

Al instante, el Durmiente estaba a su lado.

—Un juguete demasiado caro para una niña —siseó. Y agarró el *vajra*.

Aru deseó que el arma lo carbonizara. ¿Cómo fue capaz su madre de querer a alguien como él?

La joven y optimista Krithika lo había juzgado mal. Después de todo, no podía evitar ser un demonio.

El Durmiente le aferró el brazo y la arrastró por la entrada del museo.

—Vosotras me convertisteis en lo que soy ahora —le dijo—. Tu madre y tú. Yo solo quería poner fin a la tiranía del destino. ¿Lo entiendes? —Por primera vez, su voz se suavizó—. ¿Te das cuenta de lo cruel que es decirle a alguien que su futuro está marcado? ¿Que no puede hacer nada más que ser una marioneta? ¿No veis que hasta vuestros dones os han esclavizado?

Aru solo lo escuchaba a medias. El pánico le había agudizado el pensamiento. Cuando se golpeó los pantalones del pijama con la mano, notó que tenía algo en el bolsillo: una tesela del Palacio de las Ilusiones. «Os dará la parte de mí que más importa: protección.»

—Vuestra muerte supondrá el fin no solo de una vida, sino de una era —dijo el Durmiente. Le brillaban los ojos—. Tú y tus hermanos ya no estaréis condenados a vivir una vida tras otra. Lo hago por vosotros, porque tu madre —la miró con desdén— no tuvo las agallas de liberarte.

—Lo siento —dijo Aru, tirando de su brazo para soltarse—. No estoy de humor para morir ahora mismo.

Sacó el trocito de hogar con los dedos y lo lanzó al suelo. Una fuerte ráfaga de viento hizo retroceder al Durmiente. En lo que dura un solo parpadeo, Aru pudo recobrar el aliento. Volvió a sentir la tesela en el bolsillo. El trozo de hogar era tan diminuto que solamente le proporcionó un segundo de distracción. Aun así, le bastó.

El Durmiente había soltado el *vajra*. Aru levantó la mano y el relámpago se le quedó pegado en la palma. Ahora lo alargó. Se armó de valor. Debía hacerlo.

El Durmiente alzó el brazo, como si intentara bloquear la luz.

—Niña, espera... —le dijo—. No sabes lo que estás haciendo.

Aru tenía doce años. Hasta ella era consciente de que la mitad de las veces no sabía lo que estaba haciendo.

Pero aquella no era una de esas veces.

—Estás maldita —dijo el Durmiente—. Solo intento ayudarte.

Maldita...

Antes de lanzar el relámpago, Aru vio aparecer una imagen.

En esa visión, Aru era mayor. Más alta. Delante de ella, en un campo de batalla nocturno, se encontraban cuatro chicas... El resto de sus hermanas, se percató. No sabía cómo lo sabía, pero era innegable. Las cinco Pandava, juntas. Todas empuñaban armas. Hasta Mini.

Mini también era mayor. Su rostro era una máscara feroz de odio.

Un odio dirigido hacia... Aru.

—¿No lo ves? —dijo el Durmiente—. El destino no quiso nunca que tú fueras el héroe.

# TREINTA Y NUEVE

## ¿Quién es ahora el mentiroso?

La imagen se desvaneció.

Aru no se la podía quitar de la cabeza. Hizo algo tan malo que hasta sus propias hermanas se habían puesto en su contra. ¿Por qué estaban en un campo de batalla? ¿Qué había ocurrido?

—Crees que tu divinidad parcial es una bendición —dijo el Durmiente—. Es una maldición.

—Mientes —le contestó Aru, pero apretó el *vajra* con menos fuerza que antes.

Al parpadear, las vio a todas. La confrontaban. La rechazaban. La abandonaban.

¿Adónde se iban?

¿Por qué se iban?

Aru sintió fuertes náuseas. Pensó en las veces que había cruzado su cuarto a toda prisa para acercarse a la ventana, solo para ver cómo su madre se iba hacia el aeropuerto. Sherrilyn se quedaba con ella con una sonrisa triste y le ofrecía ir a por un helado. Pensó en los días que había caminado hacia el instituto llena de pavor, sabiendo que solo haría falta una palabra, un gesto fuera de lugar, para que lo perdiera todo: los amigos, la popularidad, el sentimiento de pertenencia.

Las luces que el *vajra* había proyectado en la entrada del museo se habían atenuado. Mini y Bu seguían inconscientes. Solo estaban Aru y el Durmiente.

—Mátame y ese es el futuro que te espera —le siseó el Durmiente—. Piensas que el enemigo soy yo. ¿Acaso sabes lo que significa esa palabra? ¿Qué es un enemigo? ¿Qué es el mal? Te pareces a mí mucho más de lo que imaginas, Aru Shah. Mira en tu interior. Si me haces daño, perderás a todos tus seres queridos.

En las historias, los hermanos Pandava emprendieron una batalla épica contra su propia familia. Pero jamás se dieron la espalda unos a otros. En la visión que el Durmiente le había enseñado, Aru vio otra cosa: su familia le daba la espalda.

Por las mejillas de Aru corrían las lágrimas. No recordaba cuándo había empezado a llorar. Lo único que sabía era que ojalá el Durmiente se ahogara con sus palabras.

Pero siguió hablando.

—Tú eres la que me da más lástima, pequeña —dijo—. Porque te crees un héroe. ¿No te das cuenta de que el universo entero se está riendo de ti? Este no fue nunca tu destino. Tú eres como yo: un héroe vestido con ropa maligna. Únete a mí. Y libraremos una guerra contra el destino. Juntos lo podemos destruir.

Se le acercó. Aru levantó el relámpago un poco más y el Durmiente se detuvo.

—Tu madre no te presta ninguna atención —dijo—. ¿Crees que no lo he notado a través de la lámpara? Pero si vienes conmigo... nunca te abandonaré, niña. Seremos un equipo: padre e hija.

«Padre e hija.»

Aru recordó la cara de su madre en la visión del Pozo del Pasado. La manera en que sugirió que los tres podrían formar una familia. Compartía la idea de su marido de que la gente era capaz de desafiar su propio destino.

Su madre había vivido solo con medio corazón durante once años.

Once años.

Y únicamente porque quería a Aru con locura.

—Mátame y tus hermanas y tu familia te acabarán odiando —siguió el Durmiente—. No serás nunca un héroe. Ser un héroe no fue nunca tu destino.

Héroe. Esa palabra hizo que Aru levantara la barbilla. Hizo que pensara en Mini y en Bu, en su madre y en todas las cosas increíbles que había hecho en nueve días. Encender la lámpara no había sido heroico... pero ¿y todo lo demás? ¿Luchar por la gente que le importaba y hacer lo imposible por subsanar su error? Eso sí era heroico.

En su mano, el *vajra* se transformó en una lanza.

—Ya lo soy. Y no es «héroe» —dijo—. Es «heroína».

Y dicho esto, lanzó el relámpago al aire.

En cuanto el rayo abandonó sus manos, Aru sintió una punzada de dudas. Lo único que veía era la imagen de sus hermanas, alineadas en su contra. Lo único que notaba era la lástima de ser odiada y de no saber qué había hecho para merecerlo. Un único pensamiento oscuro se introdujo en su cabeza: ¿y si el Durmiente decía la verdad?

Sintió un hormigueo en los dedos. El relámpago cortó el aire. Primero se dirigió directamente hacia el Durmiente. Aru lo vio abrir los ojos y la boca para gritar. Pero enseguida todo cambió.

El minúsculo aguijonazo de la duda lo alteró todo. El rayo se detuvo a poca distancia del demonio, como si hubiera detectado el olor del recelo de Aru.

El Durmiente miraba fijamente el relámpago, detenido a solo unos centímetros de su corazón. Entonces, sus ojos se clavaron en Aru. Y sonrió.

—Ay, Aru, Aru, Aru... —se mofó. Era la misma voz que había oído ella al encender la lámpara. «¿Qué has hecho?»

—¡*Vajra*! —gritó Aru.

—Un día lo verás igual que yo y te daré la bienvenida a mi lado, hija.

—¡A por él, *vajra*! —chilló Aru.

Pero daba igual. Cuando Aru levantó la mirada de la lanza de luz... el Durmiente ya había desaparecido.

# CUARENTA

## Fracaso

Una vez, Aru estuvo tan agobiada por un examen que no comió nada durante un día entero. Estaba demasiado ocupada intentando memorizar todos los datos de su libro de historia. Cuando oyó el timbre, se levantó del pupitre y se mareó tanto que volvió a sentarse.

Aquel había sido un mal día.

Pero el de hoy era peor.

Aru se había imaginado que la magia la haría poderosa. Pues no. Solo mantenía la situación a raya. Igual que una crema antipicaduras aligeraba el dolor de una picadura de abeja pero no repelía a la abeja en sí. Ahora que toda la magia había abandonado la sala, Aru se sintió exhausta y hambrienta.

Se dejó caer en el suelo. El *vajra* regresó a su mano. Ya no era una lanza, tampoco un relámpago, sino simplemente una bola normal y corriente. El tipo de juguete inofensivo con el que jugaría un niño y al que un demonio no dedicaría un segundo vistazo.

Aru se estremeció. ¿Qué acababa de suceder?

Siguió observando el punto del suelo en el cual había desaparecido el Durmiente. Lo había tenido justo delante, ahí mismo. Aru incluso le había lanzado el rayo. Y aun así, de alguna manera, a pesar de tenerlo todo a su favor, había fracasado. El Durmiente le había perdonado la vida, pero no porque se apiadara de ella, sino porque creía que, tarde o temprano, se le uniría.

Aru se echó a llorar. Después de haber pasado por un montón de cosas, había fallado. Ahora, su madre estaría congelada para siempre y...

Dio un brinco al notar una caricia en el hombro.

Era Mini, que le sonreía débilmente. Tenía un par de cortes en la cara y un ojo un pelín magullado. Bu revoloteó desde las manos de Mini y se posó delante de Aru.

Aru esperaba que le empezara a gritar. Quería que le dijera lo que había hecho mal, porque eso sería mejor que saber que lo había dado todo y, aun así, no había sido suficiente. Pero Bu no le gritó. En cambio, ladeó la cabeza como la rara paloma que era y dijo algo que Aru no se esperaba oír:

—Un fracaso no siempre es fracasar.

Aru empezó a sollozar. Entendía lo que quería decirle Bu. A veces podías caerte y ganar la carrera si te volvías a levantar, pero ahora mismo no se sentía así. Mini se sentó a su lado y le pasó el brazo por los hombros.

Aru siempre había pensado que los amigos estaban ahí para compartir la comida, guardarte un secreto y reír con tus bromas mientras vas de una clase a la siguiente. A veces, sin embargo, el mejor tipo de amigo es el que no dice nada y, sencillamente, se queda junto a ti. Y eso es suficiente.

Bu recorrió el museo. Al hacerlo, los escombros y el caos se ordenaron y el polvo y los restos saltaron y desaparecieron. La pared frontal de la Sala de los Dioses se irguió del suelo. Hasta el candelabro del recibidor recogió las esquirlas de cristal y se recolocó en el techo, en su sitio.

La puerta principal del museo había caído a la calle. Aru se asomó y oyó ruidos familiares y preciosos.

Cláxones de coches. Neumáticos que chirriaban contra el asfalto. Personas que se gritaban unas a otras:

—¿Hay un eclipse? ¿Por qué es de noche?

—¡Mi coche se ha quedado sin batería!

Aru no se lo podía creer.

—¿Ves? —le dijo Mini en voz baja—. Algo sí hemos hecho.

Las chicas regresaron al museo y la puerta principal volvió a alzarse en su sitio. Aru se apoyó en ella, agotadísima.

—¿Qué está pasando?

Bu llegó volando y se posó en el suelo, delante de las chicas.

—La maldición de sueño congelado solo será permanente si el Durmiente llega al Reino de la Muerte antes de la luna nueva.

—Pero no le he derrotado... —dijo Aru.

—Pero entre las dos habéis conseguido distraerlo y retrasarlo —le informó Bu amablemente—. Y lo habéis conseguido sin mí. Francamente, es alucinante.

—¿Y qué pasa con el Consejo de Guardianes? —preguntó Mini—. ¿Crees que lo que hemos hecho habrá bastado para impresionarlos?

—Uh. Ellos. ¿Van a querer entrenarnos después de que yo...? —Aru se detuvo. No quería decir la palabra, aunque flotaba sobre su cabeza: «fallase»—. En el último minuto le... le he dejado escapar.

—Ha sido aquella maldición —le dijo Mini con dulzura—. ¿Te acuerdas?

En el Puente del Olvido, Shukra le había dicho que ella también sufriría el olvido en el momento más importante. Pero ¿de verdad había sido efecto de la maldición? Aru no recordaba, o quizá no quería recordar, lo que había sentido justo cuando desapareció el Durmiente.

—Sí —murmuró Aru.

—Y hasta con la maldición, lo has detenido —le dijo Mini.

Aru no puntualizó que el Durmiente se había detenido a sí mismo, y solo porque creía que se le uniría. «Ni en un millón de años.»

—Y lo más importante: hemos parado el fin del tiempo —se alegró Mini—. ¿Qué más quieres?

—¡Mi madre! —Aru se sobresaltó—. Debería...

En el piso de arriba, Aru oyó que una puerta se abría y se cerraba, y después a alguien que corría escaleras abajo. Hasta sin darse la vuelta sintió la presencia de su madre en la sala. La oleada de calor. Y el olor de su pelo, que a Aru siempre le había recordado a la flor del galán de noche.

Cuando Aru se giró, su madre se quedó mirándola. Solamente a ella. En ese momento abrió los brazos, y Aru corrió para recibir el abrazo de su vida.

# CUARENTA Y UNO

## ¿Lo tienes todo?

**B**u, Mini y Aru estaban sentados en la cocina. Justo detrás, la madre de Aru preparaba chocolate caliente y hablaba por teléfono con los padres de Mini. Cada vez que pasaba cerca de Aru, le plantaba un beso en la cabeza.

—¿Creéis que ya se habrán despertado? —preguntó Aru.

Poppy, Burton y Arielle todavía no se habían descongelado. Según Bu, estaban tan cerca cuando se encendió la lámpara que se iban a quedar paralizados un poquito más que los demás.

—Supongo que lo harán dentro de unos veinte minutos como mucho —le dijo Bu—. No te preocupes, estarán bien y no se acordarán de nada. Ahora, en cuanto a lo del entrenamiento, lo lógico es que el Consejo de Guardianes quiera entrenaros. Al fin y al cabo, sois Pandava. Y la batalla no ha terminado. El Durmiente seguirá reuniendo a su ejército, y ahora nosotros debemos hacer lo mismo.

—¿Clases de entrenamiento —Mini puso mala cara—... además de ir a clase? ¿Afectarán a mis actividades extraescolares normales?

—Eso es como decir: «Ordena tu cuarto para que puedas hacer más deberes» —añadió Aru.

—¡Niñas desagradecidas! —saltó Bu—. ¡Es el honor del siglo! ¡De varios siglos, de hecho!

—Pero tú estarás con nosotras, ¿verdad, Bu?

Al oír aquello, Bu hizo una reverencia, sus alas extendidas sobre el suelo.

—Entrenaros sería un privilegio, Pandava —dijo. Levantó la cabeza, pero no las miró a los ojos—. ¿Aceptaréis mi tutela a pesar de saber quién fui?

Aru y Mini intercambiaron una mirada. No necesitaban echar mano de su vínculo Pandava para saber lo que estaba pensando la otra. Aru pensó en la versión del Durmiente que había visto en los secretos de su madre. El hombre de ojos amables que creía que jamás sería malvado. Y entonces se acordó de quién fue Bu en la historia. Tiempo atrás, Shakhuni fue malvado y se dejó arrastrar por la venganza. Acabó recibiendo una maldición. Pero quizá las maldiciones no eran tan terribles, porque Bu les había salvado la vida no solo una vez, sino dos. Tal vez no era ni malo al cien por cien ni bueno al cien por cien. Era... humano. Un humano con forma de paloma.

—La gente cambia —dijo Aru.

No sabía si era su imaginación, pero le pareció que los ojos de Bu estaban particularmente brillantes, como si estuviera a punto de llorar. Se peinó las plumas con el pico.

Entre el aburrido tono gris de su plumaje destacaba una única pluma dorada, que Bu les entregó.

—Mis arras —dijo solemnemente.

—¿Arras? —repitió Mini—. ¡Uy! ¿No es lo que se da la gente que se casa?

—¡Puaj! —exclamó Bu.

—Yo soy un partidazo —jadeó Aru cuando terminó de carcajearse.

—¡Son unas arras! Pero ¡no de matrimonio! —les dijo Bu con una expresión de clara repugnancia—. Es una garantía. Una promesa... de sinceridad. De lealtad. Aquí y ahora doy mi palabra y mis arras para ayudar a la causa de las Pandava.

Mini y Aru se miraron la una a la otra. ¿Ahora, qué? Mini agarró la vara *danda* e intentó nombrar caballero a Bu diciéndole: «*Sir* Bu...», pero él graznó y se fue volando a una zona diferente del museo.

A Aru le dolía la cara de sonreír. Miró por la ventana que quedaba a la izquierda de la puerta. Aunque todavía no era de noche, las estrellas habían empezado a colocarse en el cielo. No era habitual que Aru las viese tan claramente, por culpa de la niebla tóxica y la contaminación lumínica de la ciudad. Esa noche, en cambio, las estrellas se veían cercanas y brillantes. Casi titilantes. Un rayo de luz cruzó el cielo, seguido de un poderoso trueno. Mini dio un brinco, pero para Aru sonó a un aplauso. Sabía que Indra estaba atento a lo que hacía.

—Ahora todo será diferente, ¿verdad? —preguntó Mini mientras miraba por la ventana de la derecha—. Y no ha terminado. El Durmiente volverá algún día.

—Estaremos preparadas —dijo Aru con firmeza.

«Estaré preparada», pensó.

Una hora más tarde, Mini se puso la mochila sobre los hombros. En sus manos, la vara *danda* se había encogido a su forma de polvera morada. Se la guardó en el bolsillo.

—¿Quieres que vaya contigo? —le preguntó la madre de Aru.

Una vez más, el elefante de piedra se había arrodillado en el suelo, había alzado la trompa y abierto la puerta, para ofrecerle a Mini una vía de regreso a casa. En el aire flotaba un ligero rastro de magia.

—No, no hace falta —dijo Mini—. Gracias, tía.

Habría gente a la que le sorprendería que Mini ya le llamase «tía» cuando acababa de conocerla (aunque lo cierto es que Mini ya conocía muchas cosas sobre la madre de Aru). Pero así es como se habían criado ellas. Llamaban de manera automática «tío» o «tía» a cualquier amigo de sus padres.

—Tu madre y yo volveremos a hablar en breve —le dijo la madre de Aru—. Ha... ha pasado bastante tiempo.

—Lo sé —contestó Mini. Y entonces se puso roja como un tomate—. O sea, no es que lo sepa por haber visto tus secretos más profundos y oscuros ni nada de eso.

Bu, a quien hacía poco le habían contado todos los detalles de la aventura, graznó con fuerza. Claramente, quería decirle a Mini: «Cierra el pico antes de liarla más».

Mini se acercó a Aru para darle un último abrazo.

—Nos vemos pronto —le dijo.

Acto seguido, cruzó la puerta del elefante. Bu la vio irse y le gritó:

—¡No te olvides de hidratarte! ¡Los Pandava deben estar siempre hidratados!

Bu voló hacia lo alto de la trompa del elefante para dirigirse a la madre de Aru. No es muy intimidante que una paloma te hable desde el suelo, las cosas como son. Pero bueno, tampoco es que una paloma parlante dé una imagen de solemne respetabilidad.

—Krithika —le dijo suavemente—. Tal vez deberíamos hablar.

La madre de Aru suspiró. Alejó el brazo del hombro de Aru y ella sintió una ráfaga de frío. En ese momento, Krithika ladeó la cara de Aru y, con cuidado, le apartó el pelo de la frente. Miraba a Aru con anhelo, como si nunca la hubiera observado lo suficiente.

—Sé que tienes un montón de preguntas —le dijo—. Y te las voy a responder. Todas. Pero Bu lleva razón, él y yo tenemos unos asuntos que tratar.

—¿Puede Bu vivir con nosotras?

—¡No soy un animal perdido que has encontrado en la calle! —bufó la paloma.

—¿Y si te busco una jaula bonita?

—¡No soy una mascota!

—Te abrazaré y te achucharé y te llamaré George...

—Soy un hechicero poderoso que...

—Y te pondré una almohada muy blandita.

—¿Una almohada, dices? —Bu inclinó la cabeza—. Bueno, una siesta no me iría nada mal...

—¡Bien! —exclamó Aru antes de que su madre se opusiera—. ¡Gracias, mamá!

Y corrió hacia la Sala de los Dioses. Si su madre y el resto del mundo se habían recuperado, seguro que a esas alturas ya...

Aru encendió la luz de la estancia. Allí, acurrucados en un rincón junto a los restos de la urna de cristal de la lámpara, estaban Burton, Poppy y Arielle. Miraban en todas direcciones, completamente confundidos. Observaron el cristal hecho añicos, después miraron por la ventana.

—Creía... —Arielle frunció el ceño— creía que vinimos por la tarde.

Pero esa confusión desapareció cuando Poppy vio a Aru.

—Lo sabía —dijo con regocijo—. ¡Qué mentirosa! No podías admitir la verdad y por eso has roto la lámpara, ¿verdad? Qué patético.

—No he mentido —respondió Aru como si tal cosa—. La lámpara estaba maldita de veras. Justo ahora acabo de luchar contra un viejo demonio en la entrada del museo.

Burton levantó el móvil. La luz roja empezó a parpadear. Estaba grabando.

—¿Quieres repetirlo? —le preguntó, engreído.

—Pues claro —dijo Aru acercándose a él—. Os mentí. A veces digo mentiras. Tengo muchísima imaginación.

Pero intento no mentir sobre cosas importantes. Esta es la verdad: os acabo de salvar la vida. Incluso he recorrido el Reino de la Muerte para salvaros.

—Necesitas ayuda, Aru —le dijo Arielle.

—Me muero de ganas de enseñarle el vídeo a todo el instituto —dijo Burton.

—Os lo voy a demostrar —les aseguró Aru.

En el bolsillo notó el bolígrafo de Chitragupta. Lo utilizó para escribir un mensaje en el aire. «Échame una mano, tío.»

Inmediatamente, un objeto se introdujo en su bolsillo. Aru lo sacó: una hoja de papel que antes no estaba allí. La leyó deprisa, intentando contener una sonrisa.

—¿Sigues grabando? —le preguntó Aru.

—Sí —dijo Burton.

Los tres se reían por lo bajo.

—Genial —exclamó Aru. Y comenzó a leer—: «El veintiocho de septiembre, Poppy Lopez fue al despacho del señor Garcia para decirle que le parecía haber visto que alguien se dirigía a su coche con un bate de béisbol. Cuando el profesor salió de la sala, Poppy cogió el examen sorpresa de un estante y le hizo una foto con el móvil. En ese examen sacó un sobresaliente».

Poppy se puso pálida.

—«El martes dos de octubre, Burton Prater se comió los mocos y después le dio a Arielle una galleta de chocolate que se le había caído al suelo. No se había lavado las manos. Ni la galleta.» —Aru levantó la mirada con una mueca—. ¿En serio? Qué asco. Seguro que es así como se coge la peste.

—¿Es verdad? —Arielle parecía estar a punto de vomitar.

—«Y ayer, Arielle llevó a clase el anillo de compromiso de su madre y lo perdió en el recreo. A su madre le dijo que se lo había cogido la criada.»

Arielle se ruborizó.

Aru dobló el papel. Después, dio un golpecito a la luz roja parpadeante del móvil de Burton.

—¿Lo tienes todo?

—¿Có-cómo... cóm... cómo has...? —tartamudeó Poppy.

—Tengo amigos por todas partes —dijo Aru.

Aquella fue una de esas veces en las que Aru desearía estar sentada en un enorme sillón de cuero negro con un gato de aspecto extraño en su regazo y un puro apagado en la boca. Le habría encantado girar en el asiento y exclamar: «Es vuestro día de suerte». Sin embargo, se conformó con un encogimiento de hombros.

—¿Sigues queriendo enseñar el vídeo en el instituto?

Burton trasteó en el móvil, buscó el vídeo y lo borró.

Como muestra de buena voluntad, Aru les entregó la hoja de papel.

—Ahora estamos empatados.

Los tres se quedaron mirándola. Aru sonrió.

—Vámonos de aquí —dijo Poppy.

—Buen fin de sema... —empezó a decir Burton, pero Poppy le dio un golpe.

—Pelota.

Cuando se fueron, Aru encontró otro papelito en el bolsillo.

«¡Ha sido la primera y la última vez! Qué traviesa eres
Posdata: el palacio te manda besos y te dice hola.»

—Hola, palacio —sonrió Aru.

Tal vez fuera solo su imaginación, pero le pareció notar un poquito de calor que provenía de la tesela de hogar que tenía en el bolsillo.

# CUARENTA Y DOS

## Palabras vomitadas

**C**uando sonó el timbre de la última hora, Aru a duras penas fue capaz de no saltar por encima de los pupitres. No era la única en ese estado de extrema emoción. Aquel era el último día de clase antes de las vacaciones de Navidad.

Aunque en Atlanta solo hacía frío y no nevaba, todo el mundo notaba que ya casi era Navidad. La mejor época del año. Los techos estaban cubiertos de bombillas de colorines y de copos de nieve de papel. Los villancicos que llevaban sonando desde noviembre todavía no habían empezado a volverla loca. Y aquel día en clase de química, la profesora les enseñó a hacer falsa nieve con agua y bicarbonato, por lo que la mayoría de las mesas estaban llenas de muñecos de nieve diminutos.

Aru empezó a recoger sus cosas. Arielle, su compañera de laboratorio, le sonrió, pero fue una sonrisa recelosa, en plan: «¿Eres una bruja?».

—Y... ¿adónde te vas por Navidad? —le preguntó Arielle.

Como de costumbre, Aru mintió. Pero esta vez fue por un motivo diferente.

—A ninguna parte —dijo—. ¿Tú?

—A las Maldivas —le respondió Arielle—. Tenemos una multipropiedad en una isla privada.

—Espero que te lo pases muy bien.

Arielle pareció sorprenderse por el comentario de Aru, pero le devolvió una sonrisa más sincera.

—Gracias. Ah, por cierto, mis padres van a dar una fiesta de Año Nuevo en el teatro Fox del centro. No sé si te ha llegado la invitación, pero que sepas que tu madre y tú estáis invitadas, si queréis venir.

—¡Gracias! —le dijo Aru. Ahora sí que no le mintió—. Pero tenemos planes en familia.

Nunca antes había pronunciado las palabras «planes en familia», y pensó que jamás se cansaría de decirlas.

—Ah. Bueno, pásalo bien.

—¡Lo intentaré! —gritó Aru—. ¡Felices vacaciones!

Acto seguido, se puso la mochila en el hombro y salió al frío exterior. Mientras que la mayoría de sus compañeros de clase se dirigían a sus aviones privados o a sus chóferes, Aru puso rumbo al Más Allá, a su sesión de entrenamiento.

Cada lunes, miércoles y viernes, durante tres horas, Aru y Mini aprendían estrategia militar de Hanuman, baile y protocolo de Urvashi y folclore de Bu. En teoría iban a empezar con más profesores la semana siguiente, y hasta se juntarían con otros chicos del Más Allá que también se estaban entrenando (aunque ninguno descendía de los dioses).

—¿Otros chicos? ¿Como nosotras? —había preguntado Mini.

—Ajá —exclamó Aru—. Puede que veamos al chico serpiente del Carrefour.

—No creo que se acuerde de mí...

—Te estampaste contra un poste de teléfono, Mini. Diría que eso es fácil de recordar.

Mini le soltó un bastonazo con la *danda*.

Antes de que se juntaran con los demás estudiantes, sin embargo, sus padres quisieron asegurarse de que las dos aprendían lo básico y se ponían al día. Según Bu, no eran más que «clases de repaso para zopencas divinas». Qué maleducado.

A Aru no le hacía especial ilusión aprender a bailar, pero como le había explicado Urvashi:

—Cuando Arjuna sufrió una maldición y perdió su virilidad durante un año, se convirtió en un maravilloso profesor de baile, y eso hizo que fuera aún más grácil en combate. Lo sé bien: al fin y al cabo, fui yo quien lo maldijo.

—¿Cuándo empezaremos las clases más agresivas? —había preguntado Aru el último miércoles.

El *vajra*, que aquel día había decidido transformarse en un bolígrafo brillante y no en un relámpago, resplandeció con la pregunta de Aru.

—La violencia es algo que nadie debería desear. —Bu entornó los ojos.

Hoy, al volver a casa, Aru pensó en el último mensaje que había recibido de Mini. Seguía sin tener móvil, por lo que no podían enviarse mensajes de texto, pero ese problema lo resolvió el elefante de piedra. Cuando aquella mañana echó un vistazo a la boca del elefante, vio una nota con la letra de Mini:

«¿Cómo voy a ir hoy a entrenar?
Estoy segura al 99 % de que tengo la peste bubónica.
(Ayer incluso vi una rata.)»

Aru rio al recordarlo. Pero la risa pronto murió en su garganta cuando vio quién caminaba por la acera unos pasos por delante.

El chico nuevo del instituto.

Aiden Acharya había empezado las clases la semana anterior, algo muy poco práctico, teniendo en cuenta que las vacaciones de Navidad estaban a punto de comenzar. Pero según la cotilla número uno del instituto (Poppy), su familia había sido de lo más convincente (que eran superricos, vamos). No le estaba costando nada adaptarse, aunque claro, cómo le iba a costar siendo... así.

Hasta hacía poco, Aru no había pensado demasiado en qué era lo que hacía guapo a un chico. Supuso que los estándares básicos: no sonar como un mono chillón y no oler como un par de zapatillas que hubiera usado media clase. Aiden, por otro lado, tenía hoyuelos y un pelo negro y ondulado. Y olía bien. No a jabón ni a desodorante, sino a ropa limpia. Además, sus ojos eran muy oscuros y estaban enmarcados por pestañas aún más oscuras.

Aru todavía no había hablado con él. ¿Qué le iba a decir? Lo único que sabía era que se había mudado con su madre a una casa enorme, justo delante del museo. El día anterior, la madre de él y la de ella empezaron a hablar por la calle. La gente de la India siempre se comportaba así. («Anda, ¿eres indio? ¡Yo también! ¿Qué te parece?»)

Aiden se había quedado junto a su madre. En un momento dado, a Aru le pareció que la había pillado mirándolos desde el interior del museo. Aru esbozó su sonrisa más atractiva antes de recordar que llevaba un par de cuernos de metal. Bu le había insistido que los llevase cuando estuviera en casa. («¿Y si necesitas llevar un casco para luchar contra demonios? ¡Tu cuello tiene que ser fuerte!»)

Aru había entrado en pánico, se había chocado con la nevera y caído al suelo de bruces. Se quedó en el suelo de la cocina durante una hora.

Y seguía queriendo estrangular a Bu.

Cerró muy fuerte los ojos porque le daba vergüenza la posibilidad de que Aiden la hubiera visto con los cuernos y, entonces, se estampó contra algo. Contra la mochila de él. Aru levantó la mirada. Aiden la bajó. Por lo menos le sacaba una cabeza. Bajo la luz de la tarde, su piel brillaba, dorada.

—Hola —le dijo.

Aru abrió la boca. Y la cerró. «Vamos, Aru. Has caminado por el Reino de la Muerte. Puedes hablar con un...»

—¿Nos conocemos, verdad? —le sonrió él.

—Yo... —Aru se quedó sin palabras.

¿Por qué de pronto le sonaba la voz tan grave? Se parecía al hombre del tiempo de la tele. Cerró la mano y se dio un golpe en el cuello. Y entonces se puso a toser. «¡Di algo!» Pero lo único que se le ocurría a su mente era: «¿Cómo te va?». «¡No!», pensó Aru. «No digas eso, ni de broma.» Eso le pasaba por ver tantos capítulos de *Friends*. Aru sonrió. Y entonces abrió la boca.

—¡Sé dónde vives!

Aiden se quedó mirándola. Aru se quedó mirándole.

—¿Que qué?

—Yo... Mmm... Demonios. Adiós.

Nunca había corrido tanto para llegar a casa.

# CUARENTA Y TRES

¿Por qué, por qué?
Malditas palabras

—¿**E**n serio? —dijo Mini.

Era la quinta vez que se lo preguntaba.

—Mini, si lo vuelves a decir...

Una carcajada de Urvashi la hizo callar.

Los viernes, la primera clase era baile tradicional (en concreto, *bharatanatyam*) y protocolo con Urvashi. Como Aru había llegado tan alterada por el encontronazo con Aiden, Urvashi exigió saber qué había ocurrido.

Cuando Aru se lo contó, Urvashi se rio tan fuerte que provocó una tormenta eléctrica. Varios mercaderes del Bazar Nocturno se le habían quejado por haberlos dejado sin existencias de chubasqueros (chubasqueros reales que, además, repelían la lluvia). Pero en cuanto Urvashi les sonrió y les murmuró: «¿Qué es lo que ha pasado?», los vendedores olvidaron lo que iban a decir y se fueron con ojos soñadores.

Ahora, Urvashi había llamado a Hanuman y a Bu y pedido a Aru que volviera a contar la historia. Hanuman no se rio, pero dejó escapar una sonrisa. Bu todavía no se había recuperado del ataque de risa.

—Recuerdo que Arjuna era mucho más... —empezó Urvashi.

—¿Agradable? —propuso Bu.

—¿Encantador? —terció Hanuman.

—¿Guapo? —sugirió Mini.

—¡Mini! —exclamó Aru.

—Perdón —dijo ella, ruborizándose.

—¿Sabéis? En mis tiempos, bastaba con bajar en picado y llevarte a la persona que te gustaba —dijo Bu—. Es mucho más efectivo que hablar.

—Diría que eso es un secuestro —contraatacó Mini.

—Era muy romántico.

—Pero era un secuestro.

—Venga, Pandava. —Hanuman batió las palmas—. Toca clase de estrategia.

Pandava. La palabra aún sonaba extraña en la cabeza de Aru, sobre todo porque sabía que no solo las incluía a ellas dos. El Durmiente seguía por ahí, y cuanto mayor fuera el peligro, más Pandava serían necesarias. Aru las había distinguido en su visión. Todas chicas... ¿Dónde estarían?

Con un suspiro, Aru se quitó los cascabeles de los tobillos y se los dio a Urvashi.

—No te preocupes, querida. —Urvashi le acarició la cabeza—. Cuando haya terminado contigo, bastará una risa tuya para que los hombres caigan rendidos.

Aru no quería matarlo. Quizá hablar un poco con él.

¿Por qué era todo tan difícil?

Cuando Aru y Mini se despidieron de Urvashi, el estudio de baile del Bazar Nocturno se cerró detrás de ellas. Urvashi se negaba a dar clases en otro lado, porque «tengo una imagen que mantener, y no pienso pisar un suelo que hayan manchado las sombras de otros». Es decir, que tres veces por semana, el cielo del Bazar Nocturno se abría para permitir que Urvashi descendiera en una flor de loto azul y celestial, grande como el museo. Cuando las chicas terminaban la clase, los pétalos de la flor se cerraban alrededor de Urvashi y la ninfa volvía flotando a los cielos.

Las lecciones de Hanuman eran mucho más... duras.

—Por aquí —dijo el semidiós con cara de mono, brincando delante de las dos.

Aru y Mini lo siguieron, obedientes. A Hanuman le gustaba utilizar el terreno del Bazar Nocturno. Ese día las llevó por el huerto de Sueño Frutal y cruzaron un pasaje abovedado formado por plumas plateadas y resplandecientes.

—Son plumas de los *chakoras* o pájaros de la luna —dijo Hanuman—. Si le arrancáis una pluma a un pájaro de la luna, brillará mucho, pero solo unos instantes. Si esperáis a que se le caiga la pluma de manera natural, os dará luz para siempre.

En efecto, el pasaje emplumado no perdía intensidad.

Al otro lado del camino, el paisaje era escarpado y más peligroso. Al mirar hacia abajo, vieron un profundo cañón, surcado por un río que lo cruzaba de punta a punta. En el aire de la orilla opuesta flotaba una corona centelleante.

—¡Pandava! —gritó Hanuman por encima del rugido del río.

Mini empalideció. Aru recordó que su hermana tenía un miedo atroz a las alturas. A las arañas no, aunque tampoco es que le gustaran demasiado...

—Imaginad que debéis recuperar la corona —les dijo Hanuman—. ¿Cómo conseguiríais cogerla?

—¿Buscando otro camino? —propuso Mini.

—¿Engañando a la orilla para que la traiga hasta aquí? —sugirió Aru.

—¡Elegid siempre la senda más sencilla! —Hanuman puso mala cara—. Aru, tiendes a elegir... lo complicado.

—O será que no me quiero ahogar.

Mini asintió con energía.

—En mis tiempos, construí un puente. Les pedí a mis amigos que me ayudaran. Entre todos lanzamos rocas al agua para poder cruzar al otro lado —les contó Hanuman.

—Yo no tengo ningún amigo así —dijo Aru.

—¡Eh! —protestó Mini.

—Además de ti, quiero decir.

—¿Y si cambiáis de forma? —preguntó Hanuman—. Siempre considerad cómo os podéis adaptar vosotras a vuestro entorno, y no penséis en adaptar vuestro entorno a vosotras.

—Pero no podemos cambiar de forma, ¿no? —se extrañó Mini.

—¡Utilizad vuestra cola! —exclamó Hanuman. Su cola se colocó sobre su hombro.

—No tenemos cola. —Le enseñó el trasero para que lo viera.

—Ah —dijo Hanuman. Su cola abandonó su hombro.

En ese momento, sonó una alarma. Hanuman se puso tenso. Antes era alto y ancho como un hombre normal y corriente. Al oír el pitido creció de golpe, y en el proceso agarró a Aru y a Mini para que se colocaran en sus manos abiertas.

—Voy a vomitar —dijo Mini, agachándose en la palma de Hanuman.

—Vaya —murmuró Aru. Tardó unos instantes en acostumbrarse, pero presenció unas magníficas vistas de todo el Bazar Nocturno. Daba la impresión de que miles de ciudades estaban pegadas a él. Desde allí, Aru vio la cola de la entrada, que llegaba hasta un banco de nubes. En la zona de seguridad, el *raksasa* con cabeza de toro había sido sustituido por uno con caparazón de tortuga. Aru incluso llegó a entrever la joya brillante que formaba la Corte Estacional.

La alarma sonó una vez más.

El cielo cambió y perdió la división de colores de día y noche. Ahora era de un negro uniforme.

—Han robado algo —dijo Hanuman, husmeando el aire—. Debéis ir a casa de inmediato. El lunes os mandaré un mensaje.

—Espera, ¿qué han robado? —quiso saber Aru. Estiró el cuello para ver más allá de la mano de Hanuman, como si así fuera a pillar al ladrón en plena huida. Lamentó que alguien hubiera perdido algo. Pero por lo menos así no era la única que tenía el peor día de su vida.

—Algo que hasta los dioses temen —dijo Hanuman sombríamente.

Hanuman solo tuvo que dar tres pasos para pasar de un extremo del Bazar Nocturno al otro. Dejó a Aru y a Mini junto a la puerta de piedra con elefantes tallados. La habían construido solo para ellas cuando sus madres decidieron que ya iba siendo hora de que empezaran su entrenamiento.

—Id con cuidado —les dijo Hanuman. Les dio una palmadita en la cabeza con la punta del dedo meñique (que era tan grande que las podría espachurrar) y se alejó en sentido contrario.

—Al menos tenemos tiempo libre, ¿no? —se animó Mini.

—Sí —dijo Aru.

Pero ¿a qué precio?

# CUARENTA Y CUATRO

## Guau, guau

**M**ini estaba tumbada boca arriba en la cama de Aru.

Era sábado, el día después de que el Bazar Nocturno entero hubiera entrado en pánico por algo que se había robado. Aru examinaba la boca del elefante cada hora, pero aún no tenían noticias de Hanuman.

Bu estaba particularmente nervioso. Seguro que seguía enfadado porque la gata del vecino se le había acercado sigilosamente y le había robado dos plumas de la cola. Aru lo vio perseguir al pobre felino por la acera, gritando: «¡Soy un rey majestuoso! ¡Has ultrajado mi honor!». Pero ni siquiera su venganza (le mordisqueó la cola a la gata y le escondió el bol de comida) había bastado para tranquilizarlo.

—¿Vendrás esta noche? ¡Mi padre va a preparar *pancit*! —dijo Mini con emoción—. Es mi plato favorito.

Aru quería ir, pero era la última noche antes de que su madre se fuera a estudiar un nuevo yacimiento arqueológico. Todavía no habían hablado de lo que ocurrió entre ella y el padre de Aru. A veces, Aru tenía la sensación de que su madre estaba a punto de decirle algo, y entonces bajaba los hombros. Que al menos lo intentase ya era mucho. A Aru seguía sin gustarle que su madre se fuera, pero ahora las dos procuraban disfrutar al máximo el tiempo que sí podían estar juntas.

—Te llamaré todos los días. Y está Sherrilyn también —le prometió su madre—. Pero tienes que entender que lo estoy haciendo por ti.

—Lo sé —le respondió Aru.

Y no le mintió. Su madre insistía en que, en alguna parte, esperando que lo encontraran, había un objeto antiguo que tal vez iba a ayudarlas a derrotar al Durmiente de una vez por todas.

—¿Cómo sabes que no va a ir a por ti? —le preguntó Aru.

—Créeme, cariño —le contestó con un suspiro—. Soy la última persona a la que quiere ver.

Aru sabía lo importante que era para su madre continuar con la investigación. Ahora entendía que su madre no solamente buscaba antiguallas para el museo, sino que también buscaba proteger el futuro de todos. Iba en busca de respuestas... y de una manera de corregir sus errores. Aun así, a Aru le dolía ir a casa de Mini y ver que la familia de su hermana se preocupaba por ella, la mimaba y siempre la arropaba por la noche.

Cada uno veía el amor de una forma diferente.

Bu se posó en los pies de Aru.

—¿Por qué no estáis leyendo poesía o practicando estrategias de guerra? ¡Debéis ser concienzudas con vuestro entrenamiento! —dijo.

—Bu, es sábado.

—El Durmiente se ha ido, pero no ha sido vencido. ¿Quién sabe la clase de líos que debe de estar tramando? —siguió Bu. Mini le dio un golpe con la vara *danda* y se echó a reír cuando las plumas se le erizaron y Bu ululó como un búho cabreado—. ¡Criatura diabólica!

Bu se arregló las plumas con el pico y, de vez en cuando, hacía una pausa dramática para mirarlas fijamente.

—Se le llama el Durmiente por una razón. A lo mejor pasa mucho tiempo hasta que volváis a tener noticias suyas él, así de bien se esconde. Pero volveréis a tener noticias de él. Hasta entonces, otros seres, más oscuros y más peligrosos que los que habéis visto, vendrán para probar su fuerza.

—Aguafiestas —murmuró Mini.

Aru se frotó el hombro. Todavía tenía agujetas del último ejercicio de entrenamiento. Y estaba bastante convencida de que Hanuman le había hecho un esguince en el cuello al darle una palmadita en la cabeza.

—¿Nos dejas vivir un poco? ¡Es sábado! —se quejó Aru, frustrada.

—¡Poco vais a vivir si no os lo tomáis en serio!

—¡Sí que nos lo tomamos en serio! —dijo Aru—. En la leyenda, los hermanos Pandava se divertían la mitad del tiempo y luchaban la otra mitad. Yo solo cumplo con la tradición. —Se giró hacia Mini—. Hoy no voy a poder, pero ¿qué tal mañana? ¿Llevo chuches o Twix?

—Chuches —dijo Mini.

—Niñas desagra.... —empezó a decir Bu.

Era su sermón preferido. Aru ya casi se lo sabía de memoria. «¡Niñas desagradecidas! ¡A los dioses les dará vergüenza ver que es así como elegís comportaros!»

Pero en ese momento se oyó un aullido en el exterior del museo.

—¿Lo habéis oído? —Mini dio un brinco.

Las chicas corrieron hasta la ventana. Bu las siguió revoloteando. Al ser diciembre, Aru tuvo que quitar un poco de nieve de la cornisa para poder abrirla. Asomó la cabeza y echó un vistazo a la calle.

En la acera, un lobo gigantesco caminaba nervioso. Llevaba algo en la boca: un arco dorado muy pesado y una flecha. Ninguno de los viandantes se fijó en el animal.

A Aru el arco y la flecha le dieron mala espina. Brillaban con luz propia, como la *danda* y el *vajra*. ¿Era un arma celestial?

—Mmm, ¿hola? —gritó Mini—. ¡Lobo gigante!

—¿Cómo es que solo lo vemos nosotras? —preguntó Aru—. ¿Deberíamos bajar?

El *vajra* voló hasta su mano y se transformó en un cuchillo, luego en una espada, luego en una flecha. No es que Aru pudiera hacer nada con esas armas.

—¿Qué tiene en la boca?

Delante de sus narices, el lobo cambió de forma. Un estallido de luz azul crujió y lo envolvió. Un segundo después, se transformó en una chica. Era más alta que cualquier compañero de clase de Aru, pero debía de tener unos doce años. Ojos color avellana, piel morena y pelo largo y castaño. Agarró el arco.

—Esto no pinta bien —dijo Mini.

La chica se detuvo y olisqueó el aire. ¿Las husmeaba... a ellas?

Por lo visto, un ruido la sobresaltó, porque se retorció y se convirtió en un pájaro azul. Cogió el arco con el pico y se fue volando.

En el piso de abajo, el elefante de piedra empezó a emitir la sirena de aviso. Era la señal de llamada del Más Allá. Una llamada de socorro.

Aru tuvo el ligero presentimiento de que el objeto robado que todo el mundo andaba buscando era un arco dorado.

—¿Cómo es posible que nadie lo haya visto? —se extrañó Mini.

Aru no tenía ni idea. Al mirar hacia la calle, sin embargo, vio a alguien por la ventana: a Aiden. Por la expresión de sorpresa del chico, era evidente que también había visto al lobo-chica-pájaro.

Pero aquello no tenía ningún sentido. ¿Por qué iba a ser capaz Aiden de ver algo del Más Allá? Aru frunció el ceño, cerró la ventana y corrió la cortina.

—Esto va a ser divertido —dijo Bu con una risilla.

—¿Qué te hace tanta gracia? —le preguntó Mini.

—¿No deberíamos hacer algo con ella? —insistió Aru—. ¿Quién era?

—Esa —dijo Bu— era vuestra hermana.

Aru estuvo a punto de caer al suelo del susto.

—¿CÓMO? —exclamaron Mini y Aru al mismo tiempo.

—Pero si es... ¡es una bestia! —dijo Mini encogiéndose.

—Sí que es una bestia —repitió Aru con admiración.

—¡Y seguro que lo ha robado! —dijo Mini—. ¡Es una ladrona!

—Ya sabéis lo que se suele decir... —observó Bu—. La familia no se elige.

Mini empezó a golpearse la cabeza contra el marco de la puerta.

—Pero si justo acabamos de terminar una misión... —gimió.

Aru fue hasta la ventana y miró hacia la acera ahora vacía y la luz casi invernal. El mundo todavía olía a casi Navidad. En el aire flotaba una sensación fría. Pero también otra cosa... un flujo de magia que Aru sentía que le corría por las venas.

A su lado, Mini comenzó a tirarse del pelo. La vara *danda*, como si imitara el humor de la chica, daba saltos y bailaba, y en un abrir y cerrar de ojos pasó de una polvera morada a un bastón imponente. En cuanto al *vajra*: el relámpago se había quedado en silencio. Esperando. Últimamente había dejado de adoptar la forma de una bola. Ahora prefería convertirse en un fino brazalete dorado y colocarse en la muñeca de Aru.

Bu planeó cerca del techo y gritó con alegría:

—¡Os lo dije! ¡Por eso teníais que hacer los deberes! ¡El mal ataca cuando le place!

A su pesar, Aru sonrió.

Ella era Aru Shah.

Una Pandava reencarnada. La hija del dios del trueno.

Contaba con su mejor amiga, una paloma un pelín trastornada y el conocimiento del Más Allá para guiarla. Pasara lo que pasara, no iban a poder con ella.

—¿Qué estás pensando, Aru? —le preguntó Mini.

Aru se quitó el *vajra* de la muñeca. El brazalete se transformó en un gigantesco rayo de luz que iba del suelo al techo.

—Que deberíamos ensayar un grito de guerra.

—¿Qué tal «¡Aaaaaahhhh, no quiero morir!»? —sugirió Mini.

Aru arrugó la nariz. Vale, a lo mejor no estaba segura al cien por cien de que pudieran con lo que fuera que estaba por venir. Pero estaba bastante segura.

Y eso ya era más que la última vez.

# GLOSARIO

¡**B**uenas! Antes de empezar este glosario, me gustaría decir que de ninguna de las maneras pretende ser exhaustivo ni recoger todos los matices de la mitología hindú. La India es gigantesca y los mitos y leyendas cambian de un lugar a otro. Lo que vas a leer a continuación es solamente un trocito de lo que yo he entendido de las historias que me contaron y de la investigación que he llevado a cabo. Lo fantástico de la mitología es que tiene unos brazos muy amplios, capaces de abarcar muchas tradiciones de muchísimas regiones. Espero que este glosario te dé cierto contexto para el mundo de Aru y Mini y, quizá, te anime a que tú también te pongas a investigar un poquito. ☺

*Apsara.* Bailarinas celestiales muy bellas que entretienen a la Corte de los Cielos. A menudo son las esposas de los músicos celestiales. En los mitos hindúes, el dios Indra suele enviar a las *apsaras* a interrumpir la meditación de los sabios que se están volviendo demasiado poderosos. Cuesta muchísimo seguir meditando cuando una ninfa celestial empieza a bailar delante de ti. Y si menosprecias su cariño (como hizo Arjuna en el Mahabharata), la *apsara* te podría maldecir. Cuidadito.

**Ashuín (Nashatía y Dasra).** Dioses gemelos que simbolizan el alba y el ocaso y que son considerados los dioses de la medicina y la sanación. Son jinetes y, a menudo, se les representa con cabeza de caballo. Gracias a Kunti (la madre de Arjuna, Yudhisthira, Bhima y Karna, bendecida con la habilidad de recurrir a cualquier dios para darle un hijo), los Ashuin se convirtieron en los padres de Nakula y Sahadeva, los Pandava gemelos, engendrados por Madri, la segunda esposa del rey Pandu.

**Astras.** Armas sobrenaturales que se suelen solicitar durante una batalla a través de un cántico específico. Hay todo tipo de *astras*, como la *gada*, la maza de Hanuman, que es un martillo gigantesco; o la *instraastra*, invocada por el dios Indra, que lanza una lluvia de flechas, así como Indra, el dios del clima, es capaz de invocar lluvias. ¿Lo pillas? ¡Ja! A los dioses les gusta la ironía. Y la violencia.

**Asura.** Raza de seres semidivinos que a veces son buenos y a veces son malos. Se los conoce sobre todo por la historia del batido del océano. Hubo una vez en que los dioses no eran inmortales. Para conseguir beber la inmortalidad (*amrita*), tenían que batir el Océano de Leche. Pero... es un océano. Por tanto, los dioses necesitaron ayuda. Y ¿a quiénes llamaron? Lo has adivinado: a los *asuras*. Los dioses les prometieron un pedacito de inmortalidad, pero no quisieron compartirla, claro está. El dios Vishnu, el dios supremo, se transformó en Mohini, una hechicera. En cuanto los *asuras* y los *devas* (los dioses) terminaron de batir el océano, Mohini les dio a hurtadillas toda la *amrita* a los dioses. Como es de esperar, a los *asuras* no les hizo ninguna gracia.

**Bharata.** Nombre sánscrito para el subcontinente indio, en honor al legendario emperador Bharata, antepasado de los Pandava.

**Bharatanatyam.** Baile clásico originario del sur de la India. Una servidora se pasó diez años estudiando el *bharatanatyam*. (Pregúntaselo a mis rótulas... Siguen enfadadas conmigo.) El *bharatanatyam* también cuenta una historia a su manera. Es habitual que la coreografía de los bailes se extraiga de la mitología hindú. El *bharatanatyam* se suele relacionar con el dios Shiva. Nataraja, que significa «el señor del baile», es otro de los nombres de Shiva, y representa al baile como una fuerza tan creativa como destructora.

**Bollywood.** Versión india de Hollywood que produce miles de películas al año. Es fácil reconocer una película de Bollywood porque todo el mundo recibe una bofetada de mentira por lo menos una vez y porque, cuando empieza un número musical, el escenario cambia drásticamente. (¿Cómo es posible que empezaran bailando en las calles de la India y terminaran la canción en Suiza?) Uno de los actores más famosos de Bollywood es Shah Ruck Khan. (Una servidora jamás se enamoró de él hasta las trancas y jamás tuvo una fotografía suya en la taquilla... No tienes ninguna prueba, déjame.)

**Brahmasura.** Érase una vez un *asura* que rezaba mucho, pero mucho, al dios Shiva (el Señor de la Destrucción, como quizá recuerdes). Encantado con la severidad del *asura*, Shiva le concedió un deseo, y el tipo, como quien no quiere la cosa, pidió lo siguiente: «Cuando toque la cabeza de alguien con la mano, esa persona quedará reducida a cenizas». Me imagino la conversación así:

Shiva: Pero ¿por qué?

Brahmasura: ☺

Shiva: No, en serio, ¿por qué? Es un deseo horrible.

Brahmasura: ☺

Shiva: Eh... Bueno. Vale. ¡Te vas a arrepentir! *agita el puño*

Brahmasura: ☺

En fin, sigamos. Todo el mundo odia y teme a Brahmasura, así que el dios Vishnu da con una solución. Se transforma en Mohini, la preciosa hechicera. Brahmasura se pone en plan: «Madre del amor hermoso, te amo», y Mohini le responde: «Ja, ja, muy bien, bailemos primero, a ver si sigues todos mis movimientos». Lleno de emoción, Brahmasura acepta. Bueno, pues te vas a reír, porque cuando Mohini/Vishnu se lleva una mano a la cabeza, Brahmasura imita el gesto. PUM. Se convierte en cenizas. Que os sirva de lección, mortales: no subestiméis las cosas que os parezcan inofensivas, como el baile, porque podríais acabar convertidos en un montón de cenizas.

**Chakora.** Pájaro mitológico del que se cuenta que vive de la luz de la luna. Imagina una gallina muy bonita que, en lugar de los granos de maíz, prefiere alimentarse con polvo lunar (que suena mucho más delicioso, las cosas como son).

**Chitragupta.** Dios encargado de archivar todo lo que hace una persona en la vida. Se le conoce por ser muy meticuloso y a menudo se considera que fue el primero en utilizar letras. Antes de que Chitragupta llegase al inframundo, el dios Yama (el dios de la Muerte) se sentía abrumado por la cantidad de gente que vivía en su reino. A veces se liaba tanto que enviaba a alguien bueno al infierno y a alguien malo al cielo. Uy. Debió de ser difícil de explicar. Me pregunto si les dieron regalos para la siguiente vida: «¡Sentimos mucho el lío! Tomad: un descuento del diez por ciento para siempre en vuestros pedidos de Telepizza».

**Danda.** Vara gigantesca y castigadora que suele considerarse el símbolo de Yama, el dios de la Muerte.

**Devas.** Término sánscrito para la raza de los dioses.

**Dharma.** Uf. Esta palabra es una de las grandes. La manera más sencilla de explicar el *dharma* es decir que significa deber. Pero no es un deber en plan: «Es tu trabajo», sino en plan: «Es la forma correcta de vivir desde un punto de vista cósmico».

**Diya.** Lámpara de aceite que se utiliza en algunas zonas del sur asiático y que normalmente está hecha de latón y situada en los templos. Las *diyas* de barro se pintan de colores y se usan durante el Diwali, el festival hindú de las luces.

**Gandhari.** Poderosa reina de Hastinapura. Cuando se casó con Dhritrashtra, un rey ciego, decidió llevar una venda sobre los ojos para compartir su ceguera. Solamente una vez se permitió quitársela: para mirar a Duryodhana, su hijo mayor (y enemigo de los hermanos Pandava). De haber estado desnudo en aquel momento, la mirada de su madre lo habría vuelto invencible. Pero le dio cosa y se dejó puesta la ropa interior, y por lo tanto siguió siendo vulnerable. (Se parece un poco a la historia de Aquiles, ¿verdad?)

*Ganesha.* Dios con cabeza de elefante venerado por ser el encargado de eliminar los obstáculos, además de eso, también es el dios de la fortuna y los nuevos comienzos. Su *vahana* (vehículo divino) es un ratón. Hay muchas historias de por qué Ganesha tiene la cabeza de un elefante. Según la que me contó mi abuela, la madre del dios, Parvati, lo moldeó con barro mientras Shiva, su marido (y el Señor de la Destrucción), estaba fuera. Mientras Parvati estaba arreglando la casa para el regreso de Shiva, le dijo a Ganesha que no dejara que nadie entrase por la puerta. (Los invitados pueden ser muy pesados.) Ganesha, que es muy buen chico, exclamó: «¡Vale!». Cuando Shiva abrió la puerta y gritó: «¡Cariño, ya estoy en casaaa!», Ganesha y él se miraron a los ojos, con el ceño fruncido, y preguntaron al mismo tiempo: «¿Y tú quién te crees que eres?». (Recuerda que es la primera vez que padre e hijo se ven.) Enfadado por no poder entrar en su propia casa, Shiva le cortó la cabeza a Ganesha. (Supongo que fue una situación de lo más extraña para la familia.) Para evitar una gran pelea con Parvati, Shiva salió, agarró la cabeza de un elefante, la colocó en el cuerpo de su hijo y ¡pum!, todo solucionado.

*Gunghroo.* Pulseras de tobillo de cascabeles. Las llevan las bailarinas indias.

*Halahala.* Cuando los dioses y los demonios batieron el Océano de Leche para conseguir el néctar de la inmortalidad, del agua salieron un montón de cosas. ¡Algunas molaban mucho! Como el caballo de siete cabezas que Indra reclamó como su *vahana*. Una de las que no molaron tanto fue el *halahala*, el veneno más mortífero del mundo. Shiva salvó las vidas de los dioses y los demonios al beberse el veneno que salía del océano, y por eso su cuello es de color azul y uno de sus nombres, Nilakantha, significa «el que tiene el cuello azul».

*Hanuman.* Una de las figuras principales del *Ramayama*, el poema épico indio, un personaje conocido por su devoción hacia el dios-rey Rama y Sita, su esposa. Hanuman es hijo de Vayu, el dios del viento, y de Anjana, una *apsara*. De niño cometió mil travesuras, como por ejemplo confundir el sol con un mango e intentar comérselo. Todavía hay templos y santuarios dedicados a Hanuman, y muchos luchadores lo veneran por su increíble fuerza. Es hermanastro de Bhima, el segundo hermano Pandava.

*Indra.* Rey del cielo y dios del trueno y el rayo. Es el padre de Arjuna, el tercer hermano Pandava. Su arma principal es el *vajra*, un relámpago. Tiene dos *vahanas*: Airavata, el elefante blanco que tejía nubes, y Uchchaihshravas, el caballo blanco de siete cabezas. Creo que adivinaría cuál es el color favorito del dios...

*Karma.* Filosofía según la cual tus acciones afectan a lo que te ocurrirá en un futuro. Imagina que en la pastelería tan solo queda una porción de tarta de chocolate.

Se la compras a tu madre, pero un tío te la roba mientras estás guardando el cambio en el bolsillo. Mientras corre hacia la puerta y se ríe a carcajadas («¡Muajaja, el chocolate es mío!»), resbala con una piel de plátano y la caja con el pastel sale despedida y aterriza junto a tus pies. En ese momento, sacudirías la cabeza, dirías: «¡Es el karma!» y te llevarías el pastel.

**Kurukshetra.** Kurukshetra es famosa por ser una ciudad actual del estado de Haryana, en la India. En el *Mahabharata*, el poema épico hindú, Kurukshetra es la región en la que se llevó a cabo la guerra del Mahabharata. Su nombre proviene del rey Kuru, antepasado de los Pandava y también de sus enemigos/primos mortales, los Kaurava.

**Lakshmí.** Diosa hindú de la salud y la buena suerte y consorte (esposa) de Vishnu, una de las tres deidades hindúes más importantes. Sus *vahanas* son un búho y un elefante, y a menudo se la representa sentada sobre una flor de loto abierta.

**Mahabharata.** Uno de los dos poemas épicos sánscritos de la Antigua India (el otro es el *Ramayana*). Es una gran fuente de información sobre el desarrollo del hinduismo entre los años 400 y 200 a. C. y cuenta la historia de la batalla entre dos grupos de primos, los Kaurava y los Pandava.

**Mahabharata (la guerra).** Guerra que libraron los Pandava y los Kaurava por el trono de Hastinapura. Muchos reinos antiguos fueron arrasados cuando escogieron a qué bando apoyar.

*Makara.* Criatura mítica que normalmente tiene forma de medio cocodrilo y medio pez. Es frecuente ver estatuas de los *makaras* en las entradas de los templos, porque son seres que custodian los umbrales. Ganga, la diosa del río, tiene un *makara* como *vahana*.

*Mayasura.* Rey demonio y arquitecto que construyó el Palacio de las Ilusiones de los Pandava.

*Mehndi.* Un tipo de tatuajes provisionales hechos con polvo de hojas secas de henna. Los diseños son muy elaborados y a menudo decoran manos y pies durante ocasiones especiales, como las bodas y los festivales hindúes. Cuando se secan, desprenden un olor muy particular, entre regaliz y chocolate. (¡Me encanta ese olor!)

*Naga (nagini en plural).* Grupo de seres mágicos serpentinos que en algunas regiones de la India se consideran divinos. Entre los *nagini* más famosos se encuentra Vasuki, uno de los reyes serpiente que los dioses y los *asuras* utilizaron como cuerda para coger el elixir de vida una vez batido el Océano de Leche. Otro es Ulupi, una princesa *naga* que se enamoró de Arjuna, se casó con él y lo salvó gracias a una gema mágica.

*Pandava.* (Hermanos Pandava: Arjuna, Yudhisthira, Bhima, Nakula y Sahadeva). Cinco príncipes/guerreros semidivinos, los héroes del poema épico *Mahabharata*. Arjuna, Yudhisthira y Bhima fueron hijos de la reina Kunti, la primera esposa del rey Pandu; Nakula y Sahadeva, de la reina Madri, la segunda esposa de Pandu.

*Pranam.* Reverencia para tocar los pies de una persona respetable, como un profesor, un abuelo o alguien mayor.

Por culpa de los *pranams*, las reuniones familiares son muy traicioneras, porque lo más normal es que te acabe doliendo la espalda de haber hecho tantas reverencias seguidas.

**Raksasa.** Seres mitológicos, como semidioses, que a veces son buenos y a veces son malos. Son poderosos hechiceros y pueden adoptar la forma que deseen.

**Ramayana.** Uno de los dos poemas épicos sánscritos (el otro es el *Mahabharata*). Relata cómo el rey-dios Rama, ayudado por su hermano y Hanuman, el semidiós con cara de mono, rescata a Sita, la esposa de Rama, de las garras de Ravana, el rey demonio de diez cabezas.

**Ritus.** Estaciones. Según el calendario indio, hay seis estaciones: primavera (Vasanta), verano (Grishma), monzón (Varsha), otoño (Sharada), preinvierno (Hemanta) e invierno (Shishira).

**Salwar kameez.** Conjunto indio tradicional cuya traducción es «pantalones y camisa». (Un poco decepcionante, lo sé.) Un *salwar kameez* es elegante o sencillo, dependiendo de la ocasión. Normalmente, cuanto más elegante es el conjunto, más pica al llevarlo.

**Samsara.** Ciclo de la muerte y las reencarnaciones.

**Sánscrito.** Lengua antigua de la India. Muchos textos y poemas épicos hindúes están escritos en sánscrito.

**Sari.** Vestido que llevan las mujeres del sur asiático, formado por un largo lienzo de seda colorido que envuelve el cuerpo. Intentar ponérselo sin ayuda suele conducir al llanto. Y es muy difícil bailar mientras lloras.

**Shakhuni.** Uno de los antagonistas del *Mahabharata*. Shakhuni era rey de Subala y hermano de Gandhari, la reina ciega. Es muy conocido por orquestar la infame partida de dados entre los Pandava y los Kaurava, que acabó provocando un exilio de doce años de los Pandava y, al final, la guerra.

**Sherwani.** Abrigo largo hasta las rodillas que llevan los hombres en el sur asiático.

**Shiva.** Uno de los tres dioses principales del panteón hindú, a menudo relacionado con la destrucción. También es conocido como el Señor del Baile Cósmico. Su consorte es Parvati.

**Soma.** La bebida de los dioses.

**Uchchaihshravas.** Caballo volador con siete cabezas creado durante el batido del Océano de Leche. Es el rey de los caballos, un *vahana* de Indra. ¿Dragones? ¿Qué dragones? Yo quiero uno de estos.

**Urvashi.** Célebre *apsara*, considerada la más bella de todas. Su nombre significa, literalmente, «la que puede controlar los corazones de los demás». Y también tiene mucho genio. En el *Mahabharata*, mientras Arjuna pasaba el rato en el cielo con Indra, su padre, Urvashi hizo correr el rumor de que Arjuna le parecía bastante mono. Pero Arjuna no estaba por la labor. En cambio, la llamó «madre» con mucho respeto, porque Urvashi había sido la esposa del rey Pururavas, un antepasado de los Pandava. Al sentirse despreciada, Urvashi lo maldijo y Arjuna perdió la virilidad durante un año. (¡Menuda era!) En ese tiempo, Arjuna se hizo pasar por eunuco, se puso el nombre de Brihannala y le enseñó a cantar y a bailar a la princesa del reino de Virata.

**Valmíki.** Sabio venerado por ser el autor del *Ramayana*. Se ganó el nombre de Valmiki («colina de la hormiga») después de llevar a cabo numerosas penitencias religiosas durante muchos años. En ese tiempo, a su alrededor se formaron enormes hormigueros. No se sabe por qué. Construir un nido alrededor de una persona no parece una decisión demasiado acertada. A lo mejor creyeron que era una roca. Debió de ser un *shock* cuando Valmiki al fin abrió los ojos y se levantó. («Roca, ¡cómo has podido! ¡Traición!»)

**Vayu.** Dios del viento y padre de Bhima, el segundo hermano Pandava. Vayu también es el padre de Hanuman, el semidiós con cara de mono. Su montura es una gacela.

**Yama.** Señor de la Muerte y la Justicia, padre del hermano mayor Pandava, Yudhisthira. Su montura es un búfalo de agua.

Si has llegado hasta el final del glosario, mereces que choquemos los cinco. Por desgracia, es un gesto que me despierta ciertos recelos. (Como diría Mini: «¡Gérmenes! ¡Plaga!».) ¿Qué te parece si, en lugar de eso, chocamos los codos? Prepárate, allá vamos. Tres... dos... uno...